H. P. LOVECRAFT
(1890-1937)

HOWARD PHILLIPS LOVECRAFT nasceu em Providence, Rhode Island, em 1890. A infância foi marcada pela morte precoce do pai, em decorrência de uma doença neurológica ligada à sífilis. O seu núcleo familiar passou a ser composto pela mãe, as duas tias e o avô materno, que lhe abriu as portas de sua biblioteca, apresentando-lhe clássicos como *As mil e uma noites*, a *Odisseia* e a *Ilíada*, além de histórias de horror e revistas pulp, que posteriormente influenciariam sua escrita. Criança precoce e reclusa, recitava poesia, lia e escrevia, frequentando a escola de maneira irregular em função de estar sempre adoentado. Suas primeiras experiências com o texto impresso se deram com artigos de astronomia, chegando a imprimir jornais para distribuir entre os amigos, como o *The Scientific Gazette* e o *The Rhode Island Journal of Astronomy*.

Em 1904, a morte do avô deixou a família desamparada e abalou Lovecraft profundamente. Em 1908, uma crise nervosa o afastou de vez da escola, e ele acabou por nunca concluir os estudos. Posteriormente, a recusa da Brown University também ajudou a agravar sua frustração, fazendo com que passasse alguns anos completamente recluso, em companhia apenas de sua mãe, escrevendo poesia. Uma troca de cartas inflamadas entre Lovecraft e outro escritor fez com que saísse da letargia na qual estava vivendo e se tornasse conhecido no círculo de escritores não profissionais, que o impulsionaram a publicar seus textos, entre poesias e ensaios, e a retomar a ficção, como em "A tumba", escrito em 1917.

A morte da mãe, em 1921, fragilizou novamente a saúde de Lovecraft. Mas, ao contrário do período anterior de reclusão, ele deu contin[uidade]
cendo a futura esposa, S[onia Greene,]
sa dona de uma loja de c[hapéus]

Lovecraft se mudou. Porém, a tranquilidade logo foi abalada por sucessivos problemas: a loja faliu, os textos de Lovecraft não conseguiam sustentar o casal, Sonia adoeceu e eles se divorciaram. Após a separação, ele voltou a morar com as tias em Providence, onde passou os dez últimos anos de sua vida e escreveu o melhor de sua ficção, como "O Chamado de Cthulhu" (1926), *O caso de Charles Dexter Ward* (1928) e "Nas montanhas da loucura" (1931).

A morte de uma das tias e o suicídio do amigo Robert E. Howard o deixaram muito deprimido. Nessa época, Lovecraft descobriu um câncer de intestino, já em estágio avançado, do qual viria a falecer em 1937. Sem ter nenhum livro publicado em vida, Lovecraft ganhou notoriedade após a morte graças ao empenho dos amigos, que fundaram a editora Arkham House para ver seu trabalho impresso. Lovecraft transformou-se em um dos autores cult do gênero de horror que flerta com o sobrenatural e o oculto, originário das fantasias góticas e tendo como precursor Edgar Allan Poe.

Livros do autor na Coleção **L&PM** POCKET:

O caso de Charles Dexter Ward
O chamado de Cthulhu e outros contos
O habitante da escuridão e outros contos
O medo à espreita e outras histórias
Nas montanhas da loucura e outras histórias de terror
A tumba e outras histórias

H.P. LOVECRAFT

O CHAMADO DE CTHULHU
E OUTROS CONTOS

Tradução de ALEXANDRE BOIDE

www.lpm.com.br

L&PM POCKET

Coleção **L&PM** POCKET, vol. 1241

Texto de acordo com a nova ortografia.
Título original: *Nyarlathotep; The Nameless City; The Music of Erich Zann; Herbert West – Reanimator; The Rats in the Walls; Cool Air; The Call of Cthulhu; Pickman's Model; The Colour Out of Space; History of the Necronomicon e The Dunwich Horror*

Primeira edição na Coleção **L&PM** POCKET: fevereiro de 2017

Tradução: Alexandre Boide
Capa: Ivan Pinheiro Machado. *Ilustração*: iStock
Preparação: Patrícia Yurgel
Revisão: Marianne Scholze

CIP-Brasil. Catalogação na publicação
Sindicato Nacional dos Editores de Livros, RJ.

L947c

Lovecraft, H. P., 1890-1937
    O chamado de Cthulhu e outros contos / H. P. Lovecraft; tradução Alexandre Boide. – Porto Alegre, RS: L&PM, 2017.
    304 p. ; 18 cm.   (Coleção L&PM POCKET, v. 1241)

    Tradução de: *Nyarlathotep; The Nameless City; The Music of Erich Zann; Herbert West – Reanimator; The Rats in the Walls; Cool Air; The Call of Cthulhu; Pickman's Model; The Colour Out of Space; History of the Necronomicon e The Dunwich Horror*
    ISBN: 978-85-254-3471-5

    1. Ficção americana. I. Boide, Alexandre. II. Título. III. Série.

17-38876   CDD: 813
                             CDU: 821.111(73)-3

© da tradução, L&PM Editores, 2016

Todos os direitos desta edição reservados a L&PM Editores
Rua Comendador Coruja, 314, loja 9 – Floresta – 90220-180
Porto Alegre – RS – Brasil / Fone: 51.3225.5777 – Fax: 51.3221.5380

Pedidos & Depto. Comercial: vendas@lpm.com.br
Fale conosco: info@lpm.com.br
www.lpm.com.br

Impresso no Brasil
Verão de 2017

Sumário

Nyarlathotep 7
A cidade sem nome 12
A música de Erich Zann 30
Herbert West – Reanimador 42
Os ratos nas paredes 86
Ar frio 115
O chamado de Cthulhu 128
O modelo de Pickman 172
A cor vinda do espaço 191
A história do *Necronomicon* 233
O horror de Dunwich 236

Nyarlathotep

Nyarlathotep... o caos rastejante... eu sou o último... faço meu relato ao vazio audiente...

Não me lembro exatamente de quando começou, mas foi alguns meses atrás. A tensão como um todo era terrível. Em determinado momento, uma agitação política e social acrescentou um estranho e mórbido temor de um hediondo perigo físico; um perigo disseminado e abrangente, que poderia ser imaginado apenas em meio aos mais terríveis espectros noturnos. Eu me recordo de que as pessoas falavam a respeito com expressões pálidas e preocupadas, murmurando alertas e profecias que ninguém em sã consciência ousaria repetir ou admitir que ouvira. Uma sensação de culpa monstruosa se abatia sobre o lugar, e dos abismos entre as estrelas vinham rajadas geladas que faziam os homens estremecerem em locais escuros e ermos. Houve uma alteração demoníaca na sequência das estações – o calor continuava assustadoramente forte no outono, e todos sentiram que o mundo ou talvez o universo tivesse passado do controle de deuses ou poderes conhecidos para o de deuses ou poderes de que ninguém nunca tivera conhecimento.

E foi então que Nyarlathotep apareceu, vindo do Egito. Quem ele era, ninguém sabia, mas tinha sangue nativo ancestral e a aparência de um faraó. As pessoas comuns se ajoelhavam diante dele, mesmo sem saber por quê. Ele dizia ter se erguido das trevas de 27 séculos, e que ouvira mensagens de lugares que não são deste planeta. Às terras da civilização chegou Nyarlathotep, escuro, esguio e sinistro, sempre comprando estranhos instrumentos de vidro e metal, que combinava a instrumentos ainda mais estranhos. Falava muito de ciências – de eletricidade e psicologia – e dava exibições de poder que deixavam os espectadores perplexos, o que elevou sua fama a uma magnitude excessiva. Os homens aconselhavam uns aos outros a ver Nyarlathotep, e estremeciam. E, aonde quer que Nyarlathotep fosse, o sossego acabava, pois as madrugadas eram preenchidas por gritos de pesadelos. Nunca antes os gritos de pesadelos foram um problema público de tal dimensão; homens sábios chegaram a desejar que se proibisse o sono nas madrugadas, para que os berros nas cidades pudessem perturbar menos o pálido luar que se derramava sobre as águas esverdeadas sob as pontes e sobre os velhos campanários que se deterioravam contra o céu insalubre.

Eu me lembro de quando Nyarlathotep veio à minha cidade – a grande, antiga e terrível cidade de inúmeros crimes. Meu amigo me contou sobre ele e sobre o fascínio irresistível de suas revelações, e fiquei ansiosíssimo para explorar seus mistérios absolutos. Segundo meu amigo, existiam coisas horríveis e impressionantes que iam além de minhas fantasias imaginativas mais febris; que aquilo que era lançado sobre uma tela numa câmara escura profetizava coisas que ninguém além de Nyarlathotep ousava profetizar, e que no espalhar de suas faíscas eram extraídas dos homens coisas que nunca foram extraídas antes, embora se mostrassem apenas nos olhos. E ouvi dizer que em outras partes aqueles que conheciam Nyarlathotep viam coisas que outros não eram capazes de ver.

Foi nesse outono quente que saí pela noite com as multidões inquietas para ver Nyarlathotep, atravessando a noite sufocante e subindo escadarias infindáveis até o recinto asfixiante. E, na forma de sombras projetadas em uma tela, vi vultos de manto e capuz entre ruínas, e rostos malignos e amarelos espiando por entre monumentos desmoronados. E vi o mundo lutando contra a escuridão, contra ondas de destruição vindas do espaço mais distante, convulsionando, se debatendo, se aglomerando em torno do sol fraco e quase frio. Então as faíscas se espalharam maravilhosamente sobre a cabeça dos espectadores, e os cabelos se arrepiaram enquanto sombras grotescas e indescritíveis apareceram e baixaram sobre a plateia. E quando eu, que era mais racional e cético que os demais, murmurei um protesto com as palavras "impostura" e "eletricidade estática", Nyarlathotep nos pôs para fora, pelas escadarias estonteantes, de volta para as ruas quentes, úmidas e desertas da madrugada. Gritei bem alto que *não estava* com medo; que eu nunca teria medo, e outros me acompanharam em meus gritos para se consolar. Comentamos uns com os outros que a cidade estava exatamente *igual*, e ainda viva; e quando as luzes começaram a oscilar praguejamos sem parar contra a companhia elétrica, rindo das expressões estranhas em nossos rostos.

Acredito que sentimos algo descer da lua esverdeada, pois quando passamos a depender da luz do luar começamos a nos dividir em curiosas formações involuntárias e parecíamos saber nossa destinação, embora não ousássemos pensar a respeito. Em determinado momento olhamos para o calçamento e encontramos os paralelepípedos soltos e deslocados pela grama, com um discreto rastro de metal enferrujado mostrando onde passavam os trilhos dos bondes. E em seguida vimos um bonde – abandonado, sem janelas, dilapidado e quase tombado. Quando contemplamos o horizonte, não conseguimos localizar a terceira torre na beira do rio, e notamos que a silhueta da segunda estava com a parte superior ruída. Então nos separamos em colunas estreitas, cada uma atraída para uma direção diferente. Uma desapareceu em um beco estreito à esquerda, deixando apenas o eco de um gemido de susto. Outra se embrenhou por uma entrada do metrô dominada pelo mato, ecoando um riso de loucura. Já minha coluna foi sugada para o campo aberto, onde sentimos um frio que não correspondia ao outono quente; pois, enquanto atravessávamos o terreno escuro e alagadiço, vimos diante de nós o brilho do luar infernal se refletindo em neves malignas. Neves inexplicáveis, onde não havia rastros e que levavam a uma única direção, na qual havia um abismo tornado ainda mais negro por seus paredões reluzentes. A coluna parecia de fato bem estreita enquanto se dirigia em transe para o abismo. Fiquei um pouco para trás, pois o espaço escuro na neve que reluzia em tons de verde era assustador, e imaginei ter ouvido as reverberações de um grito inquietante enquanto meus companheiros desapareciam; mas meu poder de resistência era fraco. Como se estivesse sendo arrastado pelos que desapareceram, de certa forma flutuei por entre os acúmulos titânicos de neve, trêmulo e amedrontado, na direção do vórtice escuro do inimaginável.

Histericamente senciente, silenciosamente delirante, só os deuses poderiam dizer. Uma sombra doentia e sensível se contorcendo em mãos que não são mãos, lançada cegamente pelos pós-crepúsculos macabros de criações em putrefação, cadáveres de mundos mortos com chagas que foram cidades, ventos sepulcrais que varrem as estrelas pálidas e enfraquecem seu brilho. Além dos mundos vagavam fantasmas de coisas monstruosas; colunas semivisíveis de templos profanos jaziam sobre rochas inomináveis sob o espaço e se estendiam pelos vazios atordoantes acima das esferas da luz e da escuridão. E, permeando todo esse repulsivo cemitério do universo, o abafado e enlouquecedor rufar de tambores e o gemido fraco e monótono de flautas blasfemas vindas de câmaras escuras e inconcebíveis além do Tempo; o detestável ritmo e a melodia que faziam dançar de forma lenta, desajeitada e absurda os gigantescos e tenebrosos deuses supremos – as gárgulas cegas, mudas e impensantes cuja alma é Nyarlathotep.

A cidade sem nome

Assim que me aproximei da cidade sem nome, soube que era amaldiçoada. Eu estava viajando por um vale seco e terrível sob o luar, e à distância a vi elevando-se de forma misteriosa das areias como as partes de um cadáver despontam de uma cova malfeita. O medo exalava das pedras carcomidas pelo peso das eras naquela velha sobrevivente do dilúvio, naquela tataravó da mais antiga das pirâmides, e uma aura invisível me repeliu e me fez querer me afastar dos segredos antigos e sinistros que homem nenhum deveria ver, e homem nenhum além de mim ousou ver.

Em um ponto remoto do deserto da Arábia fica a cidade sem nome, em ruínas e inexpressiva, com suas paredes baixas quase escondidas pelas areias de incontáveis eras. Deve ter sido erguida antes que as primeiras pedras de Mênfis fossem fixadas, e antes que os tijolos da Babilônia fossem fabricados. Não existem lendas antigas o bastante para citar seu nome, ou recordar uma época em que ali houve vida, mas ela está presente nos sussurros ao redor das fogueiras dos acampamentos e nos murmúrios das avós nas tendas dos xeiques, e por isso todas as tribos a temem sem saber exatamente por quê. Foi nesse local que o poeta louco Abdul Alhazred sonhou na noite anterior à composição de seu inexplicável dístico:

> O que não está morto pode eternamente jazer,
> E com estranhos éons até a morte pode morrer.

Eu deveria saber que os árabes tinham um bom motivo para evitar a cidade sem nome, a cidade citada em estranhas histórias, mas nunca vista por um vivente, porém resolvi desafiá-los e me dirigir à paisagem desolada e abandonada com meu camelo. Fui o único a vê-la, e por isso nenhum outro rosto exibe linhas de expressão de medo tão horrendas como as minhas; por isso nenhum outro homem estremece com tanto pavor quando o vento da noite sacode as janelas. Quando a encontrei na imobilidade assustadora de um sono sem fim, ela me encarou, esfriada pelos raios gélidos da lua em meio ao deserto escaldante. E, quando retribuí o olhar, me esqueci do triunfo de tê-la encontrado e freei meu camelo para esperar o amanhecer.

Aguardei durante horas, até o leste se acinzentar e as estrelas perderem o brilho, e então o cinza se tornar uma luz rosada bordeada de dourado. Ouvi um ruído e vi uma tempestade de areia se agitar nas pedras antigas, embora o céu estivesse limpo e a vasta paisagem do deserto permanecesse mergulhada na imobilidade. Em seguida surgiu no horizonte longínquo a borda calcinante do sol, vista através da pequena tempestade de areia, que já se acalmava, e em meu estado febril tive a sensação de que de algum lugar remoto e profundo viera um ruído metálico musical para saudar o disco implacável, da mesma forma como Mêmnon canta nas margens do Nilo. Meus ouvidos zumbiam, e minha imaginação se inflamou quando conduzi meu camelo lentamente pela areia na direção da morada silenciosa de pedra; um lugar antigo demais para o Egito e Meroé se lembrarem; um lugar que apenas eu entre todos os viventes pude ver.

Fiquei vagando entre as fundações sem forma de casas e palácios, sem encontrar um único entalhe ou alguma inscrição que pudesse contar sobre os homens, se é que foram mesmo homens, que construíram e habitaram a cidade tanto tempo atrás. A antiguidade do lugar era incalculável, e eu desejava encontrar algum sinal ou dispositivo para provar que a cidade fora de fato erigida pela espécie humana. Havia certas *proporções* e *dimensões* nas ruínas que não gostei de ver. Tinha comigo várias ferramentas, e escavei bastante entre as paredes das construções obliteradas, mas o progresso era lento, e nada significativo foi revelado. Quando a noite e a lua voltaram, senti um vento frio que renovou meu medo, então não ousei permanecer na cidade. E, quando me afastei das paredes antigas para dormir, uma pequena e suspirante tempestade de areia ganhou força atrás de mim, varrendo as pedras cinzentas, embora o luar estivesse radiante, e a maior parte do deserto permanecesse imóvel.

Acordei de sonhos terríveis pouco antes do amanhecer, com os ouvidos zumbindo como se eu estivesse em meio a uma barulheira de metal contra metal. Vi o sol vermelho subindo em meio às últimas rajadas de uma tempestade de areia que pairava sobre a cidade sem nome, contrastando com a quietude do restante da paisagem. Mais uma vez me aventurei entre as ruínas macabras que se avolumavam sob as areias como um ogro sob um cobertor, e mais uma vez escavei em vão em busca de relíquias da raça esquecida. Na hora do almoço descansei, e à tarde passei boa parte do tempo rastreando as paredes, as ruas desaparecidas e os contornos de construções quase desaparecidas. Vi que a cidade tinha sido bem imponente, e me perguntei a respeito da fonte de tal grandeza. Em minha mente visualizei os esplendores de uma época tão distante que Caldeia não seria capaz de recordá-la, e pensei em Sarnath, a Condenada, que ficava na terra de Mnar na juventude da humanidade, e em Ib, entalhada em pedra cinzenta antes mesmo que a humanidade existisse.

Subitamente me deparei com um local onde o leito da rocha se elevava na areia e formava um penhasco baixo, e ali vi com satisfação o que parecia ser uma promessa de mais indícios do povo antediluviano. Escavadas de forma rústica na face do penhasco, havia as fachadas inconfundíveis de uma porção de casas ou templos baixos de pedra, cujos interiores poderiam preservar muitos segredos de eras remotas demais para ser calculadas, embora as tempestades de areia já tivessem desfigurado havia muito os eventuais entalhes que poderiam existir do lado de fora.

As aberturas escuras perto de mim eram baixas e estavam cobertas de areia, mas consegui liberar uma delas com minha pá e rastejar para dentro, carregando uma tocha para revelar os mistérios que pudesse conter. Quando entrei, vi que a caverna era de fato um templo e mostrava sinais claros da raça que vivera e fizera sua adoração ali antes que o deserto virasse um deserto. Altares primitivos, pedestais e nichos, todos curiosamente baixos, se faziam presentes; e, embora eu não tenha visto pinturas ou afrescos, havia pedras de formatos singulares que claramente assumiram a forma de símbolos por meios artificiais. A altura pequena da câmara entalhada era bem estranha, pois eu mal conseguia endireitar as costas quando me ajoelhava, mas era uma área tão ampla que minha tocha revelava apenas uma parte por vez. Estremeci bizarramente em alguns dos recantos mais afastados, pois certos altares e pedras sugeriam rituais esquecidos de um caráter terrível, revoltante e inexplicável, o que me levou a questionar que tipo de homens poderia ter construído e frequentado tal templo. Quando examinei tudo o que o lugar continha, rastejei de volta para fora, ávido para descobrir o que os demais templos poderiam esconder.

A noite se aproximava, mas as coisas tangíveis que vi tornaram minha curiosidade mais forte que o medo, então não fugi das longas sombras projetadas pelo luar, que me encheram de medo quando contemplei pela primeira vez a cidade sem nome. No crepúsculo liberei mais uma abertura e com uma nova tocha rastejei lá para dentro, encontrando mais símbolos vagos de pedra, porém nada que fosse mais definido do que aquilo que havia no outro. O teto era tão baixo quanto, mas o espaço era menos amplo, terminando em uma passagem estreita com santuários obscuros e crípticos. Eu estava examinando esses santuários quando o ruído do vento e do meu camelo do lado de fora rompeu a atmosfera de imobilidade e me fez sair para ver o que assustara o animal.

O luar brilhava intenso sobre as ruínas primevas, iluminando uma densa nuvem de areia que parecia soprada por um vento forte, mas não a plena força, vindo de algum ponto do penhasco atrás de mim. Eu sabia que fora o vento gelado e carregado de areia que assustara o camelo, e estava pensando em levá-lo a um lugar mais bem abrigado quando por acaso olhei para cima e notei que não havia vento algum acima do penhasco. Isso me deixou atordoado e temeroso outra vez, mas imediatamente me recordei dos ventos súbitos que vi e ouvi na alvorada e no crepúsculo e considerei que fosse uma coisa normal. Concluí que deveria vir de alguma fissura na rocha que levava a uma caverna, e observei a areia revoluta mostrar o rastro até sua origem; logo percebi que vinha da abertura escurecida de um templo à distância, mais ao sul de onde eu estava. Em meio à nuvem sufocante de areia, fui abrindo caminho na direção desse templo, que à medida que eu me aproximava foi se revelando maior que os demais, com uma entrada bem menos maltratada pela areia esturricada. E eu teria entrado, não fosse a força do vento gelado que quase apagou minha tocha. O ar jorrava loucamente da abertura escurecida, suspirando de forma misteriosa, agitando a areia e espalhando-a pelas estranhas ruínas. Em pouco tempo enfraqueceu, e a areia foi ficando mais e mais mansa, até por fim voltar à imobilidade completa; porém, alguma presença parecia espreitar por entre as pedras espectrais da cidade, e quando olhei para a lua tive a impressão de que tremulava, como se estivesse refletida por águas inquietas. Meu medo era maior do que eu poderia expressar, mas não suficiente para amenizar minha sede de conhecimento; então, assim que o vento parou, caminhei na direção da câmara escura.

    Esse templo, como eu pude ver de fora, era maior que qualquer outro que eu visitara, e provavelmente se tratava de uma caverna natural, pois dava passagem a ventos de alguma região mais além. Ali eu conseguia ficar quase de pé, mas notei que as pedras e os altares eram baixos como nos outros templos. Nas paredes e no teto observei pela primeira vez alguns vestígios da arte pictorial da antiga raça, curiosas marcas espiraladas de tinta quase desaparecidas ou esfareladas; e em dois dos altares vi com empolgação um labirinto de entalhes curvilíneos bem executados. Quando ergui minha tocha, tive a impressão de que o teto era regular demais para ser natural, e me questionei a respeito dos entalhadores pré-históricos que foram os primeiros a trabalhar naquela pedra. Sua engenharia devia ser avançadíssima.

    Então o brilho da chama fabulosa me mostrou o que eu estava procurando – a abertura para os abismos mais remotos de onde o vento súbito soprava; fiquei desorientado quando vi que se tratava de uma porta pequena e claramente *artificial* entalhada na rocha sólida. Enfiei minha tocha lá dentro, contemplando um túnel escuro com teto curvado e baixo sobre uma escada de degraus pequenos e numerosos, em uma trajetória descendente inclinadíssima. Vou continuar sonhando com esses degraus pelo resto da vida, pois descobri qual era sua função. No momento eu mal conseguia determinar se eram mesmo degraus ou simples apoios para os pés na descida precipitosa. Minha mente girava a mil com pensamentos enlouquecidos, e as palavras e os avisos dos profetas árabes pareciam flutuar pelo deserto a partir das terras conhecidas pelos homens para a cidade sem nome inexplorada pela humanidade. No entanto, hesitei apenas por um momento antes de avançar pela abertura e começar a descer a passagem inclinada, virado de costas, como se estivesse em uma escada vertical.

Apenas sob o assombro terrível das drogas ou do delírio um homem pode experimentar uma descida como a que fiz. A passagem estreita continuava descendo infinitamente como algum hediondo poço assombrado, e a tocha que eu segurava sobre a cabeça não era capaz de iluminar as profundezas desconhecidas às quais me dirigia. Perdi a noção do tempo e não me lembrei de consultar o relógio, mas fiquei apavorado ao pensar na distância que já havia percorrido. Havia mudanças de direção e de inclinação, e em determinado momento me deparei com uma longa e estreita passagem de nível onde precisei rastejar com os pés à frente do corpo no terreno rochoso, segurando a tocha com o braço estendido atrás da cabeça. O local não tinha altura suficiente para que eu me ajoelhasse. Depois disso havia mais degraus inclinados, e eu ainda estava descendo indefinidamente quando minha tocha se apagou. Acho que no momento nem percebi, pois quando me dei conta ainda a segurava acima da cabeça como se estivesse acesa. Eu estava desorientado por aquele desejo instintivo pelo estranho e o desconhecido que me fez vagar pela Terra e frequentar lugares distantes, antigos e proibidos.

Na escuridão fulguravam em minha mente os fragmentos de meu estimado tesouro de folclores demoníacos; frases de Alhazred, o árabe louco, parágrafos dos pesadelos apócrifos de Damáscio e versos infames do delirante *Image du Monde*, de Gauthier de Metz. Eu ia repetindo as estranhas citações, murmurando sobre Afrasiab e os demônios que flutuavam com ele pelo Oxus, e mais tarde passei a repetir sem parar uma frase de um dos velhos contos de Lord Dunsany – "o negrume sem reverberação do abismo". Quando a inclinação se tornou quase vertical, recitei uma parte de uma canção de Thomas Moore até ficar com medo de seguir com a citação:

> Um reservatório de escuridão e negrume
> Como quando as bruxas enchem seus cadinhos
> Com drogas destiladas com um eclipse a caminho.
> Inclinado para ver se o pé podia passar
> No fundo do abismo eu vi, em recorte,
> Até onde chegava minha visão dificultada,
> As encostas lisas como vidro a brilhar,
> Como se ambas tivessem sido envernizadas
> Com o piche escuro do Mar da Morte
> Que pela costa oleosa se faz espalhar.

O tempo tinha praticamente deixado de existir quando meu pé sentiu de novo o nível do chão e me vi em um local um pouco mais alto que os cômodos nos dois templos menores, que naquele momento estavam tão incalculavelmente acima de minha cabeça. Não dava para caminhar de pé, mas eu podia ficar ereto quando me ajoelhava, e na escuridão consegui avançar a esmo. Logo percebi que estava em uma passagem estreita com paredes repletas de caixotes de madeira com frente de vidro. Quando, em um local de aspecto paleozoico e abismal, notei a presença de materiais como madeira polida e vidro, estremeci ao pensar nas possíveis implicações. Os caixotes estavam aparentemente enfileirados a intervalos regulares e eram oblongos e horizontais, horrendamente parecidos com caixões no formato e no tamanho. Quando tentei mover dois ou três para um exame mais minucioso, descobri que estavam firmemente fixados.

Vi que a passagem era longa, então disparei em uma corrida engatinhada que causaria ojeriza caso algum olho estivesse me observando na escuridão; alternando entre um lado e outro para sentir os arredores e me certificar de que as paredes e fileiras de caixotes ainda estavam lá. As pessoas estão tão acostumadas a pensar visualmente que quase me esqueci da penumbra e visualizei o corredor infindável de madeira e vidro em sua monotonia de teto baixo como se o estivesse enxergando. E então, em um momento de emoção indescritível, eu o vi.

Quando exatamente a fantasia se fundiu com minha visão real não sei dizer, mas um brilho gradual surgiu mais à frente, e imediatamente vi os contornos fracos do corredor e dos caixotes, revelados por alguma fosforescência subterrânea desconhecida. Por um instante tudo se mostrou exatamente como eu imaginava, pois o brilho era bem fraco; mas à medida que continuei seguindo adiante rumo à luz mais forte percebi que minha fantasia nada tinha de exata. Aquele corredor não era uma relíquia tosca como os templos na cidade mais acima, e sim um monumento de uma arte magnífica e exótica. Traços ricos, vívidos e ousadamente fantásticos formavam um mural contínuo de pinturas cujos contornos e linhas eram indescritíveis. Os caixotes eram de uma estranha madeira dourada, com a parte frontal de um vidro finíssimo, contendo formas mumificadas de criaturas de um grotesco impossível de igualar mesmo nos sonhos mais caótico dos homens.

Tentar descrever tais monstruosidades é impossível. Eram de uma espécie reptiliana, com contornos corporais que às vezes se assemelhavam a crocodilos, às vezes a focas, porém com mais frequência a nada que um naturalista ou paleontólogo possa ter ouvido falar. Em termos de tamanho tinham a medida aproximada de um homem baixo, e suas pernas dianteiras tinham pés delicados e de aparência flexível que se pareciam curiosamente com mãos e dedos humanos. Porém o mais estranho eram as cabeças, que apresentavam formas que contrariavam todos os princípios biológicos existentes. Não há nada que possa servir de parâmetro de comparação – em uma fração de segundo pensei em espécies tão variadas como gatos, buldogues, o mítico sátiro e um ser humano. Nem o próprio Jove tinha uma testa tão colossal e protuberante, mas os chifres, a falta de nariz e as mandíbulas de aligátor excluíam as criaturas de qualquer categoria estabelecida. Questionei por um instante se as múmias seriam reais, suspeitando que pudesse se tratar de ídolos artificiais, mas logo concluí que de fato se tratava de alguma espécie paleógena que vivia quando a cidade sem nome ainda era habitada. Para coroar a forma grotesca, a maioria estava vestida com tecidos finíssimos e luxuosamente enfeitada com ornamentos de ouro, pedras preciosas e metais cintilantes desconhecidos.

A importância dessas criaturas rastejantes deve ter sido tremenda, pois eram retratadas com destaque nos desenhos exóticos das paredes e do teto com afrescos.

Com uma habilidade sem par, o artista os ambientou em um mundo todo próprio, onde havia cidades e jardins construídos de acordo com suas dimensões corporais; e eu me vi obrigado a pensar que aquela história pictográfica era apenas alegórica, talvez para mostrar o progresso da raça que idolatrava tais imagens. As criaturas, pensei comigo mesmo, eram para os homens da cidade sem nome o equivalente da loba para os romanos, ou de algum totem de animais para uma tribo de índios.

Observando aquela vista, pensei ser capaz de esboçar um maravilhoso épico da cidade sem nome; a história de uma metrópole imponente à beira-mar, que governava o mundo antes de a África emergir das ondas, e de suas dificuldades quando o mar encolheu e o deserto surgiu no meio do vale fértil que a abrigava. Vi suas guerras e seus triunfos, seus apuros e suas derrotas, e depois sua terrível luta com o deserto quando milhares de seu povo – ali representado de forma alegórica pelos grotescos répteis – foram levados a escavar as rochas de alguma maneira para outro mundo dos quais falavam seus profetas. Era tudo vividamente estranho e realista, e sua ligação com a atordoante descida que fiz era inconfundível. Reconheci inclusive as passagens.

Enquanto me esgueirava na direção da luz mais forte vi as fases posteriores da pintura épica – a despedida da raça que habitara a cidade sem nome e o vale por aproximadamente dez milhões de anos; a raça cujas almas definharam depois de abandonar o cenário que seus corpos conheciam havia tanto tempo, onde tinham se estabelecido como nômades na juventude da Terra, escavando a rocha virgem em santuários primevos que nunca deixaram de idolatrar. Com a iluminação melhor, observei as imagens mais de perto, lembrando que os estranhos répteis deviam representar os homens desconhecidos, de acordo com os costumes da cidade sem nome. Muitas coisas ali eram peculiares e inexplicáveis. Aquela civilização, que tinha inclusive um alfabeto escrito, aparentemente alcançara avanços maiores que as civilizações do Egito e da Caldeia, que vieram muitíssimo depois, mas havia omissões curiosas. Por exemplo, não encontrei nenhuma imagem representando a morte e os costumes funerários, com exceção das relacionadas a guerras, casos de violência e pragas; e me peguei questionando essa reticência a respeito da morte natural. Era como se um ideal de imortalidade terrena fosse cultivado ali na forma de uma ilusão.

Mais perto do fim da passagem havia cenas absolutamente pitorescas e extravagantes, panoramas contrastantes da cidade sem nome em seu estado de abandono e ruína, e do estranho novo reino ou paraíso que a raça escavara na pedra. Nesses panoramas a cidade e o vale desértico eram retratados sempre à luz do luar, com uma nuvem dourada pairando sobre as paredes desabadas, revelando parcialmente a esplêndida perfeição de outrora, exibida de forma espectral e elusiva pelo artista. As cenas paradisíacas eram quase extravagantes demais para ser tomadas como verdadeiras; retratavam um mundo escondido de luz do dia eterno, repleto de cidades gloriosas e morros e vales etéreos. Perto do fim pensei ter visto sinais de um anticlímax artístico. As pinturas eram menos bem-feitas e muito mais bizarras até mesmo que as mais bizarras das cenas anteriores. Pareciam registrar uma lenta decadência da espécie ancestral, acompanhada de uma voracidade crescente do mundo exterior do qual havia sido expulsa pelo deserto. A forma física das pessoas – sempre representadas pelos idolatrados répteis – parecia aos poucos definhar, embora seus espíritos fossem representados pairando sobre as ruínas ao luar. Sacerdotes emaciados, mostrados como répteis com mantos ornamentados, amaldiçoavam o ar na superfície e aqueles que o respiravam; e uma terrível cena final retratava um homem de aspecto primitivo, talvez um pioneiro da antiga Irem, a Cidade dos Pilares, sendo dilacerado por membros da raça ancestral. Eu me lembrei do quanto os árabes temiam a cidade sem nome e me alegrei ao ver que fora daquele espaço nas paredes cinzentas e no teto não havia mais pinturas.

Enquanto contemplava a história contada no mural, me aproximei do fim do corredor de teto baixo e notei o grande portão pelo qual passava toda a fosforescência luminosa do ambiente. Avançando naquela direção, gritei de surpresa ao ver o que havia mais adiante, pois em vez de outros cômodos mais bem iluminados havia apenas um vazio ilimitado de radiância uniforme, uma visão que seria possível olhando do cume do monte Everest para o mar enevoado e iluminado pelo sol. Atrás de mim a passagem era tão apertada que mal conseguia me comportar, mas à minha frente havia um infinito de refulgência subterrânea.

Descendo da passagem para o abismo havia um lance inclinadíssimo de degraus – pequenos e numerosos como os dos caminhos escuros que atravessei –, porém alguns metros depois vapores reluzentes escondiam tudo. Escancarada e encostada à parede esquerda da passagem havia uma enorme porta de metal, incrivelmente espessa e decorada com fantásticos baixos-relevos, que se fechada poderia isolar do mundo de luz as câmaras e passagens da rocha. Olhei para os degraus e a princípio não ousei explorá-los. Toquei a porta aberta de metal, mas não consegui movê-la. Em seguida desabei no chão de pedra, com a mente em chamas em virtude de reflexões que nem a morte por exaustão poderia extinguir.

Enquanto fiquei imóvel de olhos fechados, livre para raciocinar, muita coisa que observei com leveza nos afrescos voltou à minha cabeça com um novo e terrível significado – cenas representando a cidade sem nome em seu auge, a vegetação do vale ao redor e as terras distantes em que seus mercadores negociavam. A alegoria das criaturas rastejantes me intrigava em virtude de sua proeminência generalizada, e pensei comigo que deveria ser muito presente para fazer parte de uma história pictográfica de tamanha importância. Nos afrescos, a cidade sem nome era retratada em proporções adaptadas às dos répteis. Eu me perguntei a respeito das reais proporções e da magnificência do lugar, e me detive por um instante em certas estranhezas que notei nas ruínas. Refleti sobre a altura dos templos primevos e do corredor subterrâneo, que sem dúvida fora escavado tendo em mente a deferência às deidades reptilianas que eles homenageavam, embora obrigasse quem as cultuava a rastejar. Talvez os próprios rituais envolvessem o rastejar como uma forma de imitação das criaturas. Nenhuma teoria religiosa, porém, seria capaz de explicar por que a altura das passagens de nível naquela descida estonteante precisava ser tão baixa quanto os templos – ou mais baixa, já que não era possível nem ajoelhar dentro delas. Quando pensei nas criaturas rastejantes, cujas horrendas formas mumificadas estavam tão próximas, senti uma pontada de medo. As associações mentais costumam ser curiosas, e me amedrontei com a ideia de que, com exceção do pobre homem primitivo dilacerado na última pintura, o meu era o único corpo humano em meio às muitas relíquias e símbolos da vida primeva.

Mas, como sempre em minha estranha e nômade existência, a curiosidade logo desbancou o medo, pois o abismo luminoso e aquilo que poderia conter apresentavam um enigma à altura dos melhores exploradores. Que um estranho mundo de mistério se descortinava abaixo daquele lance de degraus peculiarmente pequenos não havia como duvidar, e eu esperava descobrir ali o que aqueles memoriais humanos no corredor das pinturas não revelavam. Os afrescos retratavam cidades inacreditáveis, morros e vales naquele reino inferior, e minha fantasia se voltou para as ruínas ricas e colossais à minha espera.

Meus medos, na verdade, tinham mais relação com o passado do que com o futuro. Nem mesmo o horror físico de minha posição naquele corredor apertado de répteis mortos e afrescos antediluvianos quilômetros abaixo do mundo conhecido e diante de um outro mundo de luzes e névoas sobrenaturais seria capaz de se comparar com o pavor mortal que senti ao pensar na antiguidade abismal daquela cena. Uma antiguidade tão vasta que nenhuma medida seria capaz de se aproximar da idade de suas pedras primevas e seus templos escavados nas rochas na cidade sem nome, e o último dos atordoantes mapas nos afrescos exibia oceanos e continentes que o homem esqueceu, com apenas um ou outro contorno familiar. O que pode ter acontecido nos éons geológicos desde que as pinturas cessaram e a raça que abominava a morte enfim sucumbiu com ressentimento à inevitável decadência ninguém é capaz de dizer. Aquelas cavernas e o reino luminoso mais adiante um dia já fervilharam de vida; eu estava a sós com suas vívidas relíquias, e estremeci ao pensar nas incontáveis eras pelas quais essas relíquias mantiveram uma silenciosa e abandonada vigília.

De repente fui acometido por um medo agudo que vinha me afetando de forma intermitente desde que avistara o terrível vale e a cidade sem nome sob um luar gélido, e apesar de minha exaustão me vi assumindo freneticamente uma posição sentada e olhando para trás, para o corredor escuro que levava ao mundo exterior. Minhas sensações eram bem parecidas com as que me faziam temer a cidade sem nome à noite, e eram tão pungentes quanto inexplicáveis. No momento seguinte, porém, tive um choque ainda maior na forma de um som definível – o primeiro a quebrar o silêncio absoluto naquelas profundezas tumulares. Era um gemido grave e profundo, como o choro distante de espíritos condenados, e vinha da direção na qual eu olhava. Seu volume cresceu depressa, até começar a reverberar assustadoramente pelo corredor de teto baixo, e nesse momento percebi a corrente de ar frio que se intensificava, fluindo dos túneis para a cidade. O toque desse ar restabeleceu meu equilíbrio, pois imediatamente me lembrei das rajadas repentinas que se elevavam da abertura do abismo a cada crepúsculo e alvorada, e que serviram para revelar os túneis ocultos para mim. Olhei para o relógio e vi que a alvorada se aproximava, então me preparei para resistir ao vendaval que se deslocava de seu lar cavernoso da mesma forma como fizera ao entardecer. Meu medo diminuiu, pois um fenômeno natural tende a desfazer as inquietações em relação ao desconhecido.

O vento noturno e uivante se agitava de forma cada vez mais insana daquele abismo no interior da terra. Fiquei prostrado de novo e tentei em vão me agarrar a algo no chão por medo de ser arrastado para o portal do abismo de fosforescência. Tamanha fúria eu não esperava e, quando me dei conta de que estava sendo puxado para o abismo, mil novos terrores de apreensão e imaginação se abateram sobre minha mente. A malignidade do vento despertou fantasias inacreditáveis; mais uma vez me comparei tremulamente com a única imagem naquele corredor apavorante, o homem que foi dilacerado pela raça sem nome, pois naquelas correntes de ar cortantes e tumultuosas parecia haver uma raiva vingativa ainda mais poderosa por ser quase impotente. Imagino que tenha gritado em frenesi até perto do fim – eu estava quase louco –, mas caso tenha feito isso meus gritos se perderam na babel infernal dos ventos uivantes. Tentei rastejar contra a corrente invisível e assassina, mas não conseguia nem me manter no lugar enquanto era arrastado de forma lenta e inexorável para o mundo desconhecido. Por fim a razão deve ter se perdido por completo, pois senti que estava balbuciando sem parar o inexplicável dístico do árabe louco Alhazred, que sonhou com a cidade sem nome:

> O que não está morto pode eternamente jazer,
> E com estranhos éons até a morte pode morrer.

Apenas os deuses macabros do deserto podem saber o que de fato aconteceu – que provações indescritíveis na penumbra eu suportei ou qual Abadom* me guiou de volta para a vida, onde sempre vou estremecer ao me lembrar daquele vento noturno, até que a morte – ou coisa pior – me leve. Monstruosa, antinatural, colossal era a coisa – de uma dimensão além de qualquer ideia crível pelo homem, a não ser no silêncio abominável das madrugadas de insônia.

Como mencionei, a fúria do vento era infernal – cacodemoníaca –, e suas vozes eram horrendas e tinham a violência reprimida de eternidades de abandono. Naquele momento essas vozes, embora soassem caóticas diante de mim, pareceram atingir meu cérebro de forma articulada atrás de mim; e naquele túmulo de antiguidades de éons atrás, léguas abaixo do mundo iluminado

---

* Abadom: anjo do abismo sem fundo no Apocalipse. (N.E.)

dos homens, ouvi o praguejar e rosnar hediondo de criaturas que se expressavam em línguas estranhas. Ao me virar, enxerguei contra o éter luminoso do abismo o contorno do que não podia ser visto na penumbra do corredor – uma horda de demônios em disparada digna de pesadelo; distorcidos pelo ódio, grotescamente paramentados, semitransparentes; demônios de uma raça que nenhum homem seria capaz de confundir – os répteis rastejantes da cidade sem nome.

E, quando o vento parou, fui arrastado para o negrume habitado por carniçais das entranhas da Terra, pois atrás da última das criaturas a grande porta se fechou com um ruído ensurdecedor de melodia metálica cujas reverberações se espalharam pelo mundo distante para saudar o sol, assim como Mêmnon nas margens do Nilo.

A música de Erich Zann

Examinei os mapas da cidade com o máximo empenho, porém nunca mais consegui encontrar a Rue d'Auseil. Não foram só os mapas modernos, pois sei que os nomes mudam. Pelo contrário, vasculhei profundamente os registros antigos do lugar; explorei pessoalmente cada região, fosse qual fosse o nome, que pudesse corresponder à rua que conhecia como Rue d'Auseil. Mas, apesar de tudo o que fiz, permanece sendo um fato humilhante não conseguir encontrar a casa, a rua ou mesmo a localidade onde, durante os últimos meses de minha vida de estudante pobre de metafísica na universidade, escutei a música de Erich Zann.

Que minha memória seja falha, disso não tenho dúvida, pois minha saúde física e mental estava seriamente abalada ao longo de meu período de residência na Rue d'Auseil, e não me recordo de ter levado nenhum de meus poucos conhecidos até lá. Mas o fato de eu não ser capaz de reencontrar o lugar é ao mesmo tempo peculiar e aterrador, pois ficava a meia hora de caminhada da universidade e era marcado por particularidades dificilmente esquecidas por qualquer um que lá tivesse estado. Nunca conheci alguém que tivesse visto a Rue d'Auseil.

A Rue d'Auseil ficava do outro lado de um rio escuro, ladeado por galpões imensos de tijolos com janelas opacas e cortado por uma austera ponte de pedra escura. Perto do rio, a penumbra estava sempre presente, como se a fumaça das fábricas vizinhas bloqueasse permanentemente o sol. O rio também era malcheiroso, impregnado de odores horrendos que jamais senti em outro lugar. Do outro lado da ponte havia ruazinhas estreitas de pedra com trilhos de bonde; e então vinha a ladeira, a princípio suave, porém incrivelmente acentuada quando se chegava à Rue d'Auseil.

Nunca mais vi outra rua tão estreita e inclinada como a Rue d'Auseil. Era quase um penhasco, inviável para qualquer veículo, com vários lances de degraus no caminho e terminando diante de um paredão enorme e coberto de trepadeiras. O calçamento era irregular, ora de pedras lisas e planas, ora de paralelepípedos com cantos arredondados, ora de terra batida com uma insistente vegetação verde acinzentada. As casas eram altas, com telhados pontudos, absurdamente antigas e inexplicavelmente inclinadas para trás, para a frente e para o lado. De quando em quando um par de residências, ambas inclinadas para a frente, quase se tocavam formando um arco sobre a rua; e naturalmente todas impediam que a maior parte da luz chegasse ao chão. Havia inclusive algumas passarelas suspensas ligando casas de lados opostos da rua.

Os habitantes dessa rua me causavam uma impressão bem peculiar. A princípio imaginei que fosse porque eram todos calados e reticentes; mais tarde porém concluí que era porque eram todos muito velhos. Não sei como acabei em uma rua como essa, mas não estava em meu perfeito juízo quando me mudei para lá. Morei em muitos lugares pobres, e sempre era despejado por falta de dinheiro; por fim encontrei aquela instável casa de cômodos na Rue d'Auseil, mantida pelo paralítico Blandot. Era a terceira construção da rua a partir do alto, e de longe a mais alta de todas.

Meu quarto ficava no quinto andar; era o único cômodo habitado do pavimento, já que a casa estava quase vazia. Na noite em que cheguei ouvi uma estranha música vinda do sótão no alto da edificação, e no dia seguinte perguntei a respeito ao velho Blandot. Ele me contou que se tratava de um violista alemão já idoso, um homem estranho e mudo que assinava como Erich Zann e tocava seu instrumento à noite na orquestra de um teatro barato; acrescentou que o fato de Zann gostar de tocar até tarde da noite depois de voltar do teatro era a razão por ter escolhido o alto e isolado sótão, cuja janela solitária na ponta triangular do telhado era o único ponto da rua do qual era possível olhar por cima do paredão e observar a paisagem em declive mais abaixo.

Desde então ouvia Zann todas as noites e, apesar de não conseguir dormir, eu ficava assombrado com a estranheza de sua música. Embora soubesse muito pouco sobre essa arte, estava certo de que nenhuma daquelas harmonias tinha relação com alguma música que houvesse escutado antes, e concluí que se tratava de um compositor com uma verve altamente original. Quanto mais ouvia, mais ficava fascinado, e depois de uma semana resolvi conhecer o velho.

Uma noite, quando ele voltava do trabalho, abordei Zann no corredor e disse que gostaria de conhecê-lo e lhe fazer companhia enquanto tocava. Era um homem miúdo, magro e encurvado, com roupas em farrapos, olhos azuis, um rosto grotesco de sátiro e quase totalmente calvo; ao ouvir minhas palavras, pareceu ao mesmo tempo irritado e assustado. Minha atitude amigável, no entanto, por fim o cativou; e com um grunhido ele fez um gesto para que o acompanhasse pela escada escura, rangente e decrépita que levava ao sótão. Seu quarto, um dos dois que ocupavam o pavimento imediatamente abaixo do telhado inclinado, era voltado para o poente, na direção do paredão do alto da rua. O cômodo era amplo, e parecia ainda maior em virtude de sua ocupação mínima e negligente. De mobília havia apenas uma cama estreita de ferro, uma pia encardida, uma mesinha, uma prateleira grande de livros, uma estante de ferro para partituras e três cadeiras antigas. As folhas das partituras estavam espalhadas desordenadamente pelo chão. As paredes eram de tábuas expostas, e provavelmente nunca haviam recebido uma camada de gesso; a abundância de poeira e teias de aranha fazia o quarto parecer mais abandonado que habitado. Obviamente, o mundo de beleza de Erich Zann se localizava em algum cosmo distante da imaginação.

Fazendo um gesto para que me sentasse, o homem mudo fechou a porta, posicionou a trava robusta de madeira e acendeu uma vela para se somar àquela que trazia consigo. Em seguida removeu a viola da capa roída pelas traças e se sentou na menos desconfortável entre as cadeiras. Não usou a estante para partituras, mas, sem me permitir escolher e tocando de memória, me encantou durante uma hora inteira com melodias que eu nunca tinha ouvido antes; melodias que deviam ser de sua própria lavra. Descrever sua natureza exata é impossível para alguém não versado em música. Eram uma espécie de fuga, com passagens recorrentes de uma qualidade das mais cativantes, porém para mim se fizeram notáveis mais pela ausência das notas estranhas que escutara do meu quarto em outras ocasiões.

Eram notas assombrosas de que me lembrava, e que tantas vezes cantarolava ou assobiava imprecisamente para mim mesmo; então quando o instrumentista baixou o arco perguntei se poderia executar algumas delas. No momento em que iniciei meu pedido seu rosto enrugado de sátiro perdeu a placidez entediada que demonstrou enquanto tocava e pareceu expressar a mesma mistura curiosa de raiva e susto que notei quando abordei o velho pela primeira vez. Por um momento pensei em usar da persuasão, sem levar em conta os caprichos inerentes à senilidade; tentei inclusive despertar o ânimo mais exótico de meu anfitrião assobiando algumas das melodias que escutei na noite anterior. Mas não persegui esse intento por mais de um instante, pois quando o musicista mudo reconheceu o que eu assobiava seu rosto de repente se contorceu em uma expressão indecifrável, e sua mão direita ossuda, comprida e fria se ergueu para silenciar minha boca e encerrar a imitação tosca. Ao fazer isso revelou ainda mais sua excentricidade, lançando um olhar exaltado na direção da única janela, escondida atrás da cortina, como se temesse algum invasor – um gesto duplamente absurdo, pois o sótão era alto e inacessível de qualquer telhado vizinho, e a janela era o único ponto na ladeira, de acordo com o que o mantenedor da casa me contou, do qual era possível ver além do paredão.

O olhar do velho fez com que o comentário de Blandot me voltasse à mente, e por um impulso caprichoso senti vontade de espiar a ampla e estonteante paisagem de telhados ao luar e das ruas da cidade do alto do morro, que de todos os moradores da Rue d'Auseil apenas o incompreensível musicista podia ver. Eu me movi na direção da janela e estava prestes a afastar as cortinas ordinárias quando, com uma raiva assustada ainda maior que antes, o inquilino mudo me deteve de novo, dessa vez apontando com o queixo para a porta e nervosamente fazendo força para me arrastar até lá com as duas mãos. Sentindo uma repulsa genuína por meu anfitrião, ordenei que me soltasse e avisei que sairia imediatamente. Seu aperto se aliviou, e quando viu minha repulsa e meu olhar ofendido sua raiva pareceu arrefecer. Ele me apertou de novo entre as mãos, porém dessa vez de maneira amigável; me conduziu para a cadeira, e com um aspecto aparentemente melancólico foi até a mesa atulhada, onde escreveu algumas palavras a lápis no francês esforçado de um estrangeiro.

O bilhete que enfim me foi entregue era um pedido de tolerância e compreensão. Zann explicou que era velho, solitário e afetado por estranhos medos e distúrbios nervosos relacionados a sua música e a outras coisas também. Ele gostara de me ter como ouvinte, e queria que eu voltasse e relevasse suas excentricidades. Porém, não poderia tocar suas estranhas harmonias e não suportava ouvi-las sendo reproduzidas por outra pessoa; também não conseguia suportar que alguém tocasse em algo dentro de seu quarto. Até nossa conversa no corredor ele não sabia que eu era capaz de ouvir sua música de meu quarto, e me perguntou se poderia pedir a Blandot um cômodo em um andar mais baixo, onde não conseguisse escutá-lo à noite. Conforme escreveu, ele arcaria com a diferença no aluguel.

Enquanto me esforçava para decifrar seu francês sofrível, fui me sentindo mais leniente com relação ao velho. Ele era vítima de um sofrimento físico e nervoso, assim como eu; e meus estudos metafísicos me ensinaram a ser bondoso. No silêncio que se seguiu, um leve som se fez ouvir na janela – a veneziana deve ter sido sacudida pelo vento da noite – e por algum motivo tive um sobressalto quase tão violento quanto o de Erich Zann. Quando terminei de ler apertei a mão de meu anfitrião e saí em termos amigáveis. No dia seguinte Blandot me deu um quarto mais caro no terceiro andar, entre os habitados por um agiota idoso e um respeitável tapeceiro. Não havia ninguém morando no quarto andar.

Não demorou muito para eu descobrir que o interesse de Zann em minha companhia não era tão grande quanto pareceu enquanto ele tentava me convencer a me mudar do quinto andar. Ele não me fez nenhum convite, e quando o visitei pareceu incomodado e tocou de forma desinteressada. Isso sempre acontecia à noite – de dia ele dormia e não recebia ninguém. Minha simpatia por ele não aumentou, mas o quarto no sótão e a estranha música pareciam exercer um fascínio singular sobre mim. Eu sentia um desejo curioso de olhar por aquela janela, por cima do paredão e para a ladeira de telhados reluzentes e pontudos que deveria ser possível ver de lá. Uma vez subi até lá no horário de apresentação no teatro, quando Zann estava fora, porém a porta estava trancada.

O que eu conseguia fazer era ouvir a música noturna do velho mudo. No começo subia na ponta dos pés ao meu antigo quinto andar, e depois criei coragem para superar o último lance de degraus rangentes até o sótão de teto inclinado. No corredor estreito, atrás da porta trancada e com o buraco da fechadura tapado, escutava com frequência sons que me enchiam de um pavor indefinível – o pavor de maravilhas distantes e mistérios obscuros. Não que os sons fossem assustadores, pois não eram; mas emitiam vibrações que aludiam a algo que não era desta Terra, e em certos trechos assumiam um caráter sinfônico que eu não conseguia acreditar que pudesse ser produzido por um único instrumentista. Certamente, Erich Zann era um gênio de grande capacidade. À medida que as semanas se passavam, a música se tornava mais exótica, ao passo que o velho musicista ia adquirindo um aspecto cada vez mais dilapidado e furtivo que era digno de pena. Ele não me recebia mais em momento nenhum, e me evitava sempre que nos cruzávamos na escada.

Então uma noite, quando eu ouvia do outro lado da porta, a viola estridente deu lugar a uma babel sonora caótica; um pandemônio que me levaria a duvidar de minha frágil sanidade caso do outro lado da porta trancada não houvesse a lamentável prova de que aquele horror era real – o grito terrível e inarticulado que apenas um mudo é capaz de emitir, e que surge apenas nos momentos mais tenebrosos de medo ou angústia. Bati repetidas vezes na porta, mas não obtive resposta. Em seguida me pus a esperar no corredor às escuras, tremendo de frio e de medo, até ouvir os fracos esforços do velho musicista para se levantar se apoiando em uma cadeira. Como acreditava que ele recobrara a consciência depois de um desmaio, renovei meus chamados, dizendo meu nome e avisando de quem se tratava. Ouvi Zann cambalear até a janela e fechar a veneziana e o caixilho, e depois cambalear até a porta, que destrancou com movimentos débeis para me receber. Dessa vez sua satisfação com minha presença era autêntica, pois seu rosto contorcido reluziu de alívio quando ele se agarrou ao meu casaco como uma criança segura a saia da mãe.

Em meio a tremores patéticos, o homem me forçou a sentar em uma cadeira e desabou em outra, ao lado da viola e do arco, largados descuidadamente no chão. Ele ficou imóvel por um tempo, balançando a cabeça de maneira estranha, mas transmitindo a paradoxal impressão de que estava ouvindo algo intenso e apavorante. Em seguida pareceu se acalmar, e se acomodou em uma cadeira junto à mesa para escrever um rápido bilhete, que me entregou e em seguida voltou à mesa para escrever de maneira acelerada e incessante. O bilhete me implorava, por misericórdia e em benefício de minha própria curiosidade, que aguardasse onde estava enquanto ele preparava um relato completo em alemão de todos os terrores assombrosos que o acometiam. Eu esperei, e o lápis do homem mudo trabalhava sem parar.

Foi talvez uma hora depois, enquanto eu ainda esperava e as folhas escritas pelo velho musicista não paravam de se acumular, que vi Zann se sobressaltar como se tivesse sofrido um choque terrível. Inquestionavelmente estava olhando para a janela escondida pela cortina e escutando algo, todo trêmulo. Então me pareceu que eu também ouvi um som; porém não era nada horripilante, e sim uma nota musical notavelmente grave e infinitamente distante, sugerindo que alguém tocava em uma casa vizinha, ou em alguma habitação além do paredão além do qual nunca consegui espiar. Sobre Zann o efeito foi terrível, pois largando o lápis ele se pôs de pé de repente, apanhou a viola e começou a preencher a noite com a música mais exótica que ouvi sair de seu arco sem precisar escutar às escondidas do outro lado da porta.

Seria inútil tentar descrever a música de Erich Zann naquela noite assustadora. Era mais horrível que qualquer outra coisa que eu pudesse ter escutado à distância, porque era possível ver a expressão em seu rosto e perceber que dessa vez sua motivação era o mais puro medo. Ele estava tentando fazer barulho para afastar ou encobrir alguma coisa – o que era eu não conseguia imaginar, mas senti que devia ser algo assustador. A música era mirabolante, delirante e histérica, mas mantinha todas as qualidades da genialidade suprema que eu sabia que aquele estranho velho possuía. Reconheci a melodia – uma dança húngara agitada e muito popular nos teatros – e refleti por um momento que aquela era a primeira vez que ouvia Zann tocar uma obra de outro compositor.

Cada vez mais altos e exóticos soavam os gritos e gemidos da viola desesperada. O instrumentista transpirava de forma absurda e se contorcia como um macaco, sem parar de voltar freneticamente os olhos para janela escondida pelas cortinas. Em meio a seus encadeamentos frenéticos era quase possível ver os vultos de sátiros e bacantes dançando e girando loucamente por entre abismos fervilhantes de nuvens, fumaça e relâmpagos. E então tive a impressão de ouvir uma nota mais aguda e constante que não vinha da viola; uma nota controlada, deliberada, objetiva e zombeteira que vinha de algum ponto distante mais a oeste.

Nesse momento a veneziana começou a ser sacudida por um vento noturno uivante que passou a soprar do lado de fora como se fosse uma resposta à loucura tocada do lado dentro. A viola ruidosa de Zann então se superou, emitindo sons que eu jamais imaginara que uma viola fosse capaz. A veneziana foi sacudida com mais força, se abriu e começou a se chocar contra os batentes da janela. Em seguida o vidro se espatifou assustadoramente em virtude dos impactos constantes, e o vento gelado entrou, fazendo as velas crepitarem e espalhando as folhas de papel sobre a mesa onde Zann começara a escrever seu terrível segredo. Olhei para Zann e vi que estava alheio a qualquer observação consciente. Seus olhos azuis estavam arregalados, vidrados e sem foco, e sua música frenética se tornou uma orgia cega, mecânica e irreconhecível que caneta nenhuma poderia sequer se aproximar de registrar.

Uma lufada súbita, mais forte que as demais, apanhou o manuscrito e o arrastou na direção da janela. Corri desesperado atrás das folhas de papel, mas antes mesmo que eu me aproximasse dos vidros quebrados elas já estavam fora de alcance. Então me lembrei de meu desejo de olhar pela janela, a única janela na Rue d'Auseil de onde era possível ver o declive do outro lado do paredão, e a cidade que se espraiava mais abaixo.

Estava escuro, mas as luzes da cidade estavam sempre acesas, e eu esperava vê-las em meio à chuva e ao vento. No entanto, quando olhei do alto da janela mais alta da rua, enquanto as velas crepitavam e a viola enlouquecida uivava com o vento noturno, não vi cidade nenhuma, nem luzes benévolas iluminando ruas familiares, apenas a escuridão de um espaço aberto ilimitado; um espaço inimaginável e avivado pelo movimento e pela música, sem qualquer semelhança com coisa alguma desta Terra. Enquanto eu observava tudo horrorizado, o vento apagou as velas no sótão antigo, me deixando na escuridão selvagem e impenetrável com o caos e o pandemônio diante de mim e a loucura demoníaca da viola noturna às minhas costas.

Dei um passo atrás na escuridão, sem ter como acender alguma luz, me chocando contra a mesa, derrubando uma cadeira e por fim chegando cegamente ao local onde as trevas gritavam com aquela música atordoante. Era possível pelo menos tentar salvar minha vida e a de Erich Zann, qualquer que fosse o poder que agia contra mim. Senti que algo gelado me tocou e berrei, mas meu grito não pôde ser ouvido em meio ao som horripilante da viola. De repente o arco ensandecido me atingiu na escuridão, e soube que estava perto do instrumentista. Estendi as mãos para a frente, tateando o espaldar da cadeira de Zann até tocar e sacudir seu ombro em uma tentativa de fazê-lo recobrar os sentidos.

Ele não demonstrou reação, e a viola continuou a rugir sem arrefecer. Ergui a mão para sua cabeça, cujo balançar mecânico consegui deter, e gritei em seu ouvido que precisávamos fugir das emanações desconhecidas da noite. Mas ele não me respondeu nem cessou o frenesi de sua música indescritível, enquanto por todo o sótão as estranhas correntes de vento pareciam dançar em meio à escuridão e à babel sonora. Quando minha mão tocou sua orelha eu estremeci, apesar de não saber por que – mas então senti o rosto imóvel; o rosto gelado, rígido e sem vida cujos olhos vidrados encaravam inutilmente o vazio. Foi quando, por algum milagre conseguindo encontrar a porta e a grande trava de madeira, eu me afastei daquela criatura de olhos vidrados nas trevas e do uivo fantasmal da viola amaldiçoada cuja fúria se intensificou mesmo durante minha fuga.

Os saltos e pulos na descida às pressas da escadaria infinita da casa escura; a corrida desesperada pelos degraus da rua estreita, íngreme e antiga de casas inclinadas; o pisotear nas pedras das ruas baixas e da margem do rio pútrido cercado de paredes de ambos os lados; a respiração ofegante ao atravessar a imensa ponte escura na direção das ruas e dos bulevares mais salutares que conhecemos – ainda guardo comigo todas essas terríveis sensações. E me recordo de que não havia vento, de que a lua brilhava no céu e de que todas as luzes da cidade estavam acesas.

Apesar das buscas e investigações esmeradas de minha parte, nunca mais fui capaz de encontrar a Rue d'Auseil. Mas não chego a me sentir totalmente desolado; nem por isso nem pela perda em abismos inimagináveis das folhas densamente escritas que poderiam conter a única explicação para a música de Erich Zann.

Herbert West – Reanimador

I. Da escuridão

De Herbert West, que era meu amigo na faculdade e mais além na vida, eu só posso falar com grande terror. Esse terror não se deve de maneira nenhuma ao caráter sinistro de seu recente desaparecimento, é engendrado pela natureza da obra de sua vida como um todo e adquiriu sua forma mais aguda há mais de dezessete anos, quando estávamos no terceiro ano de curso na Escola de Medicina da Universidade do Miskatonic, em Arkham. Enquanto ele estava comigo, o aspecto prodigioso e diabólico de seus experimentos me fascinava totalmente, e eu era seu companheiro mais próximo. Agora que ele se foi e o feitiço se quebrou, o medo é ainda maior. As lembranças e possibilidades são ainda mais horripilantes que as realidades.

O primeiro dos incidentes terríveis em nossa relação foi o maior choque que já experimentei, e é com grande relutância que o relato. Como expliquei antes, aconteceu quando estávamos na faculdade de medicina, onde West já se fizera notório por suas teorias exóticas sobre a natureza da morte e a possibilidade de superá-la artificialmente. Suas visões, amplamente ridicularizadas pelo corpo docente e pelos demais estudantes, tinham como base a natureza essencialmente mecanicista da vida e abordavam meios de operar o maquinário orgânico da humanidade por meio de ações químicas calculadas depois do colapso do processo natural. Em seus experimentos com várias soluções de reanimação, ele matara e tratara um número imenso de coelhos, porquinhos-da-índia, gatos, cachorros e macacos, até se tornar o maior incômodo existente na faculdade. Por várias vezes ele conseguiu obter sinais de vida em animais aparentemente mortos, em muitos casos sinais violentos, mas ele logo viu que o aperfeiçoamento do processo, caso fosse possível, envolveria necessariamente uma vida toda de pesquisa. Da mesma forma se tornou claro que, como a mesma solução nunca agia da mesma maneira em espécies com organismos diferentes, ele precisaria de cobaias humanas para conseguir progressos mais substanciais e especializados. Foi aí que ele se viu em conflito pela primeira vez com as instâncias superiores da universidade e foi impedido de conduzir futuros experimentos por ninguém menos que o reitor da faculdade de medicina – o culto e benevolente dr. Allan Halsey, cujo trabalho em benefício dos doentes ainda é lembrado por todos os moradores mais antigos de Arkham.

Eu sempre fui excepcionalmente tolerante com os interesses de West, e com frequência discutíamos suas teorias, cujas ramificações e implicações eram quase infinitas. Compartilhando a opinião de Haeckel de que a vida se resume a um processo químico e físico, e que a assim chamada "alma" é um mito, meu amigo acreditava que a reanimação artificial dos mortos pode depender apenas da condição dos tecidos; e que, a não ser que a decomposição já tenha começado, um cadáver plenamente provido de órgãos pode ser devolvido com as devidas providências à condição específica conhecida como vida. O fato de que a vida psíquica ou intelectual poderia ser prejudicada pela menor deterioração das sensíveis células nervosas mesmo por um tempo mínimo de morte era de pleno conhecimento de West. No início sua esperança era encontrar um reagente que restaurasse a vitalidade antes da ocorrência da morte, e somente os repetidos fracassos com animais lhe demonstraram que os movimentos vitais naturais eram incompatíveis com os artificiais. Ele então passou a trabalhar com espécimes absolutamente frescos, injetando suas soluções na corrente sanguínea imediatamente após a extinção da vida. Foi essa a circunstância que tornou os professores tão descuidadamente céticos, pois eles achavam que a morte de fato não havia acontecido em nenhum dos casos. Eles não pararam para examinar a questão de forma atenta e racional.

Não foi muito depois que o corpo docente interditou seu trabalho que West me confessou sua decisão de conseguir de alguma forma cadáveres frescos e continuar em segredo os experimentos que não podia mais conduzir abertamente. Ouvi-lo falar sobre meios e maneiras era bem aflitivo, pois na faculdade nós nunca precisávamos obter espécimes anatômicos por conta própria. Quando o necrotério não dispunha de material apropriado, dois negros locais se encarregavam do assunto, e quase nunca eram questionados. West era um jovem baixo e magro com feições delicadas, óculos no rosto, cabelos loiros, olhos azul-claros e voz suave, e era perturbador ouvi-lo discorrer sobre as respectivas vantagens do cemitério Christchurch e das covas rasas dos indigentes. Por fim decidimos pelos indigentes, porque praticamente todos os corpos sepultados no Christchurch eram embalsamados, o que obviamente inviabilizava as pesquisas de West.

Nessa época eu servia como seu assistente ativo e motivado, e o ajudava a tomar todas as decisões, não apenas no que dizia respeito à fonte de cadáveres, mas também na procura por um lugar apropriado para nosso repugnante trabalho. Fui eu que pensei na fazenda abandonada dos Chapman para além de Meadow Hill, onde instalamos no pavimento térreo uma sala de cirurgias e um laboratório, ambos com cortinas escuras para esconder o que fazíamos durante a noite. O local ficava afastado de todas as estradas e longe da vista de qualquer vizinho, mas as precauções não eram de forma alguma desnecessárias, pois boatos de luzes estranhas, avistadas por acaso em caminhadas noturnas, em pouco tempo arruinariam nosso empreendimento. Concordamos em descrever a coisa toda como um laboratório de química, caso fôssemos descobertos. Aos poucos fomos equipando nosso sinistro retiro da ciência com materiais adquiridos em Boston ou então discretamente desviados da faculdade – objetos que foram cuidadosamente desfigurados para não serem reconhecidos por quem não os conhecesse muito bem – e providenciamos pás e picaretas para os diversos enterros que precisaríamos fazer no porão. Na faculdade usávamos o incinerador, mas tratava-se de um aparato dispendioso demais para um laboratório não autorizado. Os corpos eram sempre um incômodo – mesmo o menor dos cadáveres de cobaias em um pequeno experimento clandestino conduzido no quarto de West no alojamento universitário.

Seguíamos os obituários como carniçais, pois nossos espécimes exigiam qualidades especiais. Queríamos cadáveres enterrados logo após a morte e sem qualquer preservação artificial; de preferência livres de doenças que provocassem deformações e irrevogavelmente com todos os órgãos presentes. Vítimas de acidentes eram as mais promissoras. Passávamos semanas sem tomar conhecimento de nada que fosse apropriado; mesmo assim conversávamos com diretores de necrotérios e hospitais, em nome da faculdade para manter as aparências, e sempre que possível sem levantar suspeitas. Descobrimos que a faculdade tinha prioridade de escolha em todos os casos, então poderia ser necessário permanecer em Arkham durante as férias de verão, quando apenas alguns poucos cursos extracurriculares eram oferecidos. Enfim, porém, a sorte nos favoreceu, pois um dia ouvimos falar de um caso quase ideal no cemitério de indigentes: um jovem e robusto trabalhador se afogara na manhã anterior na Lagoa de Sumner, e fora enterrado pela prefeitura sem velório ou embalsamento. Naquela tarde encontramos sua cova e determinamos que começaríamos os trabalhos logo após a meia-noite.

Foi uma tarefa repulsiva aquela que realizamos no início da madrugada, embora na época não tivéssemos o pavor de túmulos que as experiências posteriores nos provocariam. Levamos pás e lamparinas a óleo, pois, apesar de já existirem as lanternas elétricas, ainda não eram satisfatórias como os dispositivos de tungstênio de hoje. O processo de desenterrar era lento e sórdido – poderia ser macabramente poético caso fôssemos artistas em vez de cientistas – e ficamos felizes quando nossas pás atingiram a madeira. Quando o caixão de pinho estava totalmente descoberto, West se agachou e removeu a tampa, arrastando para fora e erguendo seu conteúdo. Estendi os braços e icei o conteúdo para fora da cova, e então trabalhamos duro para devolver ao local sua aparência anterior. A empreitada nos deixou apreensivos, principalmente em virtude da rigidez e da expressão vazia de nosso primeiro troféu, mas conseguimos remover todos os vestígios de nossa visita. Quando reposicionamos a última pá de terra, pusemos o espécime em um saco de lona e partimos para a velha casa dos Chapman para além de Meadow Hill.

Em uma mesa de dissecação improvisada na antiga sede da fazenda, sob a luz de uma potente lâmpada de acetileno, o espécime não parecia muito espectral. Era um jovem robusto e, a julgar pela aparência nada imaginativa e de um tipo inegavelmente plebeu – silhueta corpulenta, olhos cinzentos e cabelos castanhos –, um animal saudável sem sutilezas psicológicas e pelo jeito com processos vitais dos mais simples e eficientes. Agora, com os olhos fechados, parecia mais estar dormindo do que morto; mas o exame especializado de meu amigo logo não deixaria dúvidas a esse respeito. Tínhamos enfim encontrado o que West sempre desejara – um morto de verdade do tipo ideal, pronto para a solução preparada de acordo com os mais cuidadosos cálculos e teorias para uso em humanos. Nossa tensão cresceu demais. Sabíamos que havia poucas chances de algo parecido com o sucesso total, e não havia como evitar o temor a respeito de eventuais resultados grotescos de uma reanimação parcial. Em especial estávamos apreensivos quanto à mente e os impulsos da criatura, pois no intervalo subsequente à morte algumas células nervosas poderiam ter sofrido deterioração. De minha parte, eu ainda guardava algumas noções peculiares em relação à tradicional "alma" humana e estava fascinado pelos segredos que poderiam ser revelados com uma volta dos mortos. Eu me perguntava que visões aquele plácido jovem poderia ter presenciado em esferas inacessíveis, e o que poderia relatar caso sua vida fosse restituída por completo. Minha curiosidade, porém, não chegava a ser avassaladora, já que em grande parte eu compartilhava do materialismo de meu amigo. Ele estava mais tranquilo do que eu quando injetou uma grande quantidade de seu fluido em uma veia do cadáver, imediatamente tapando a incisão com um movimento seguro.

A espera foi terrível, mas West não se deixou abalar em nenhum momento. De tempos em tempos examinava o espécime com o estetoscópio e absorvia filosoficamente os resultados negativos. Depois de mais ou menos 45 minutos sem o menor sinal de vida, ele pronunciou com decepção que a solução se mostrara inadequada, mas estava determinado a aproveitar o máximo possível a oportunidade e tentar uma mudança na fórmula antes de se desfazer de sua prenda macabra. Naquela tarde tínhamos aberto uma cova no porão, que precisaria ser preenchida até o amanhecer – pois apesar de termos colocado um cadeado na porta queríamos evitar até mesmo o mais remoto risco de uma tenebrosa surpresa. Além disso, o corpo não estaria nem um pouco fresco na noite seguinte. Levamos a lâmpada de acetileno para o laboratório anexo e deixamos nosso hóspede silencioso deitado na escuridão, concentrando todas as energias na mistura de uma nova solução; a pesagem e as medidas foram supervisionadas por West com um cuidado quase obsessivo.

O terrível acontecimento foi repentino e completamente inesperado. Eu estava despejando algo de um tubo de ensaio para outro, e West estava ocupado com a lamparina a álcool usada como bico de Bunsen naquela construção sem ligação de gás quando da sala às escuras que deixáramos veio a mais apavorante e demoníaca sequência de gritos que nós dois já havíamos ouvido. Nem mesmo o inferno poderia produzir um caos sonoro mais indescritível se as profundezas se abrissem para liberar a agonia dos condenados, pois uma cacofonia inconcebível concentrava todo o terror divinal e todo o desespero sobrenatural de uma natureza reanimada. Humano não poderia ter sido – o homem não é capaz de produzir tais ruídos –, e sem pensar em nosso empreendimento ou na possível descoberta realizada West e eu saltamos pela janela mais próxima como animais acuados, virando tubos, lâmpada e retortas enquanto mergulhávamos enlouquecidamente no abismo estrelado da noite na zona rural. Acho que fomos gritando aos tropeções por todo o caminho até a cidade, apesar de assumirmos ares de maior controle ao chegarmos às primeiras habitações – só o suficiente para parecermos dois bêbados voltando para casa depois de uma noitada.

Nós não nos separamos, e conseguimos chegar sem problemas ao quarto de West, onde conversamos aos sussurros sob a luz do lampião até o amanhecer. Então nos acalmamos um pouco com teorias racionais e um planejamento de investigação, para que pudéssemos dormir durante o dia – as aulas foram ignoradas. Mas naquela noite duas notícias no jornal, não relacionadas entre si, tornaram o sono impossível para nós outra vez. A velha casa abandonada da fazenda dos Chapman havia inexplicavelmente se incendiado até que não restasse nada além de uma pilha de cinzas; isso podíamos explicar, porque a lâmpada fora tombada. Também foi noticiada uma tentativa de violar uma cova recém-ocupada no cemitério de indigentes, como se a terra tivesse sido inutilmente escavada sem a ajuda de uma pá. Isso não conseguimos entender, pois havíamos reposicionado tudo com muito cuidado.

E por dezessete anos depois do fato West continuou olhando o tempo todo por cima do ombro, alegando ouvir passos atrás de si. Agora, ele desaparecera.

II. O demônio da praga

Nunca vou me esquecer daquele horripilante verão de dezesseis anos atrás, quando como um nauseante ifrite dos salões de Iblis* a febre tifoide avançou furtivamente

---

* Na mitologia árabe, um ifrite é um demônio maligno, e Iblis, o chefe dos demônios, expulso do paraíso por desobediência. (N.E.)

sobre Arkham. É por causa desse flagelo satânico que a maioria se recorda desse ano, pois um verdadeiro terror pairou com asas de morcego sobre as pilhas de caixões nas tumbas do cemitério Christchurch; mas para mim existe um horror maior nessa época – um horror conhecido apenas por mim agora que Herbert West desapareceu.

West e eu estávamos trabalhando em um projeto de pós-graduação na faculdade de medicina da Universidade do Miskatonic, e meu amigo ganhara uma vasta notoriedade em virtude de seus experimentos com a reanimação dos mortos. Depois do abate científico de incontáveis pequenos animais, seu exótico trabalho foi interrompido ostensivamente por ordem de nosso cético reitor, dr. Allan Halsey; mas West continuou a realizar alguns testes secretos em seu cavernoso quarto de alojamento, e em uma terrível e inesquecível ocasião roubou um cadáver humano do túmulo no cemitério de indigentes e levou para uma casa de fazenda abandonada em uma propriedade além de Meadow Hill.

Eu estava com ele nessa ocasião hedionda, e vi quando injetou nas veias inertes o elixir que imaginava que em alguma medida restauraria os processos químicos e físicos da vida. Tudo terminou de uma maneira terrível – em um delírio de medo que mais tarde atribuímos a nossos nervos exaltados – e West nunca mais conseguiu se livrar da sensação enlouquecedora de estar sendo assombrado e perseguido. O corpo não estava fresco o suficiente; é mais do que óbvio que para restaurar os atributos mentais de sempre um cadáver precisa estar muito fresco; e um incêndio na velha casa nos impediu de enterrar a criatura. Seria melhor se soubéssemos que o corpo estava debaixo da terra.

Depois dessa experiência West abandonou suas pesquisas por um tempo; mas, quando o zelo de cientista nato aos poucos retornou, ele mais uma vez começou a importunar o corpo docente da faculdade, pedindo para usar a sala de dissecação e os espécimes humanos mais frescos para o trabalho que considerava tão importante. Seus apelos, porém, foram em vão, pois a decisão do dr. Halsey se mostrou inflexível, e os demais professores endossavam o veredito do chefe. Na teoria radical da reanimação eles não viam nada além dos delírios imaturos de um jovem diletante cujo físico, com silhueta miúda, cabelos loiros, olhos azuis atrás dos óculos e voz suave, não fornecia nenhuma pista do poder sobrenatural – quase diabólico – de sua mente. Eu consigo vê-lo agora como era na época – e estremeço. Seu rosto ficou mais sério, mas nunca envelhecido. E agora houve o incidente no Sanatório de Sefton e West desapareceu.

West confrontou o dr. Halsey perto do fim de nosso último semestre de graduação em um enfrentamento verbal em que o gentil reitor revelou estar alguns degraus acima dele no quesito cortesia. Ele sentiu que estava tendo seu progresso retardado de forma desnecessária e irracional em um trabalho de uma grandeza suprema; um trabalho que poderia conduzir sozinho futuramente, mas que gostaria de começar enquanto ainda dispunha das instalações excepcionais da universidade. O fato de os tradicionalistas ignorarem seus resultados singulares com animais e insistirem na negação da possibilidade da reanimação era indescritivelmente repulsivo e quase incompreensível para um jovem de temperamento afeito à lógica como West. Apenas a maturidade seria capaz de ajudá-lo a entender as limitações mentais crônicas de quem faz o tipo "professor doutor" – produto de gerações de puritanismo patético; gentil, consciencioso e às vezes cordato e amigável, mas sempre estreito, intolerante, guiado pelo hábito e com perspectivas cronicamente limitadas. A idade proporciona mais compaixão por esses caracteres incompletos mas altamente espiritualizados, cujo verdadeiro vício de origem é a falta de ousadia, e que em última análise são punidos pela ridicularização generalizada de seus pecados intelectuais – pecados como o ptolomeísmo, o calvinismo, o antidarwinismo, o antinietzscheísmo e todo tipo de sabatarianismo e leis suntuárias. West, que apesar de todas as suas incríveis realizações científicas ainda era jovem, tinha pouca paciência com o bom dr. Halsey e seus colegas catedráticos; guardava um ressentimento cada vez maior, acompanhado de um desejo de provar suas teorias para aqueles obtusos em posição de poder de forma dramática e inapelável. Como a maioria dos jovens, se deixava levar por elaborados devaneios de revanche e triunfo que se encerravam com um perdão magnânimo.

E então veio o flagelo, cruel e mortal, das cavernas de pesadelo do Tártaro. West e eu nos formamos na época em que começou a se espalhar, mas ficamos para um projeto de férias de verão, então estávamos em Arkham quando a doença se abateu em toda a sua fúria demoníaca sobre a cidade. Apesar de ainda não sermos médicos licenciados, tínhamos nossos diplomas e fomos colocados às pressas a serviço do público quando o número de atingidos aumentou. A situação estava fora de controle, e as mortes eram frequentes demais para os coveiros locais darem conta. Os enterros ocorriam sem embalsamamento e em rápida sucessão, e mesmo as tumbas do cemitério Christchurch estavam repletas de caixões com corpos não embalsamados. Essa circunstância não passou despercebida por West, que sempre se pegava pensando na ironia da situação – tantos espécimes frescos, mas nenhum direcionado para suas pesquisas! Estávamos terrivelmente ocupados, e o excesso de tensão mental e nervosa deixava meu amigo em um estado ensimesmado e mórbido.

Mas os inimigos de modos suaves de West também estavam assolados de obrigações. A faculdade estava fechada, e todos os médicos do corpo docente foram ajudar no combate à praga da febre tifoide. O dr. Halsey se destacou particularmente nesse serviço sacrificante, dedicando de peito aberto suas habilidades formidáveis a casos que muitos outros recusavam por causa do perigo ou da aparente inevitabilidade da morte. Em menos de um mês o destemido reitor se tornou um herói popular, mas permanecia inabalado pela fama enquanto lutava para não sucumbir à fadiga física e à exaustão nervosa. West não escondia a admiração pela fortaleza de seu rival, mas em virtude disso se tornou ainda mais determinado a provar a veracidade de suas surpreendentes doutrinas. Aproveitando-se do estado de desorganização da faculdade e da autoridade de saúde municipal, conseguiu levar um corpo recém-falecido às escondidas para a sala de dissecação da universidade certa noite, e em minha presença injetou uma nova versão de sua solução. A criatura aos poucos foi abrindo os olhos, mas se limitou a olhar para o teto com uma expressão de horror de gelar a alma antes de cair em um estado inerte que nada se mostrou capaz de interromper. West falou que o corpo não estava fresco o bastante – o ar quente do verão não era nada favorável aos cadáveres. Nessa ocasião quase fomos pegos antes de incinerar a criatura, e West não considerava aconselhável repetir o ousado uso não permitido do laboratório da faculdade.

O auge da epidemia se deu em agosto. West e eu quase morremos, e o dr. Haley faleceu no dia 14 daquele mês. Os alunos compareceram em peso ao funeral, realizado logo no dia seguinte, levando uma coroa imponente, mas ofuscada pelos tributos enviados pelos cidadãos endinheirados de Arkham e pela própria prefeitura. Foi quase um evento público, pois o reitor inegavelmente fora um benemérito local. Depois do sepultamento ficamos todos um tanto deprimidos e passamos a tarde no bar da Câmara de Comércio; West, apesar de abalado pela morte de seu principal opositor, nos deixou de cabelos em pé com menções a suas famosas teorias. A maioria dos alunos foi para casa, ou voltou ao trabalho, quando a noite chegou; mas West me convenceu a ajudá-lo a "aproveitar a noite". A dona da pensão em que West morava nos viu chegar a seu quarto perto das duas da manhã com um terceiro homem entre nós; ela comentou com o marido que nós tínhamos claramente comido e bebido muito bem.

Ao que tudo indicava a ácida matriarca tinha razão, pois às três da manhã a casa toda foi despertada por gritos vindos do quarto de West, e quando arrombaram a porta nós dois fomos encontrados inconscientes no carpete ensanguentado, surrados, arranhados e feridos, com os recipientes e instrumentos de West espalhados aos pedaços ao redor. Apenas a janela aberta oferecia uma pista do agressor, e muitos se perguntaram como ele conseguiu sobreviver à queda do segundo andar para o gramado depois de saltar. Havia roupas estranhas no quarto, mas depois de recobrar a consciência West falou que não eram do estranho, e sim amostras coletadas para análises bacteriológicas em pesquisas sobre a transmissão de doenças por germes. Ele ordenou que fossem queimadas assim que possível na lareira. À polícia ambos declaramos desconhecer a identidade de nosso companheiro. Ele era, West afirmou nervosamente, um completo desconhecido que encontramos em um bar de localização incerta. Todos estávamos nos divertindo jovialmente, e West e eu não queríamos que nosso exaltado companheiro fosse perseguido.

Nessa mesma noite começou a segunda onda de horror em Arkham – o horror que para mim eclipsou a própria praga. O cemitério Christchurch foi o cenário de um terrível assassinato; um vigia foi morto a unhadas não só de uma maneira hedionda demais para ser descrita, mas que despertava dúvidas quanto à possibilidade da autoria humana do fato. A vítima fora vista com vida bem depois da meia-noite – o amanhecer revelou o acontecimento indescritível. O administrador de um circo na cidade vizinha de Bolton foi interrogado, mas jurou que nenhuma de suas feras escapara das jaulas. Os que encontraram o corpo notaram uma trilha de sangue que levava ao mausoléu do cemitério, onde havia uma pequena poça vermelha no chão de cimento em frente ao portão. Uma trilha mais fraca apontava para o bosque, mas desaparecia logo em seguida.

Na noite seguinte os demônios dançaram sobre os telhados de Arkham, e uma loucura sobrenatural uivava junto com o vento. Por toda a cidade febril se espalhou uma maldição que segundo alguns era maior que a praga, e que outros diziam aos sussurros se tratar da alma demoníaca da praga encarnada. Oito casas foram invadidas por uma criatura inominável que deixava uma trilha vermelha de morte em seu rastro – no total, dezessete restos desfigurados e mutilados de corpos humanos foram encontrados depois da passagem do monstro sádico e silencioso que circulava sorrateiramente pelo local. Algumas pessoas afirmavam tê-lo visto de relance na escuridão, e diziam que era branco e parecido com um macaco deformado ou um demônio antropormórfico.

Não deixava muita coisa para trás quando atacava, pois às vezes estava com fome. O número de pessoas assassinadas somava catorze; três dos corpos foram encontrados em casas atingidas pela doença, cujos ocupantes já estavam mortos.

Na terceira noite hordas frenéticas de perseguidores, lideradas pela polícia, capturaram-no em uma casa na Crane Street, perto do campus da Miskatonic. A busca foi organizada de forma cuidadosa, com contatos mantidos por meio de estações telefônicas operadas por voluntários e, quando alguém no distrito da universidade relatou ter ouvido uma janela fechada ser arranhada, a notícia logo se espalhou. Em razão do alarme geral e das precauções adotadas, houve apenas mais duas vítimas, e a captura foi realizada sem nenhum incidente relevante. A criatura por fim foi detida com um tiro, que não se revelou fatal, e levada ao hospital local em meio a comoção e repulsa generalizadas.

Pois algum dia aquilo havia sido um homem. Isso ficava claro apesar dos olhos nauseantes, do simianismo mudo e da selvageria demoníaca. Um curativo foi feito em seu ferimento, e a criatura foi enviada para o sanatório em Sefton, onde bateu a cabeça contra as paredes almofadadas da cela por dezesseis anos – até o recente incidente, quando escapou em circunstâncias que poucos parecem dispostos a explicar. O que mais atordoou os responsáveis pela perseguição em Arkham foi algo notado quando o rosto do monstro foi limpo – a semelhança irônica e inacreditável com um mártir culto e altruísta enterrado apenas três dias antes: o falecido dr. Allan Halsey, benemérito local e reitor da faculdade de medicina da Universidade do Miskatonic.

O horror que se abateu sobre o desaparecido Herbert West e sobre mim foi supremo. Estremeço ainda hoje ao pensar nisso; estremeço ainda mais do que naquela manhã, quando West murmurou por entre as bandagens:

– Maldição, não estava fresco *o bastante*!

III. Seis tiros sob o luar

É incomum disparar os seis tiros de um revólver de forma repentina quando apenas um provavelmente seria suficiente, mas muitas coisas na vida de Herbert West eram incomuns. Por exemplo, não é sempre que um jovem médico que se forma na faculdade é obrigado a esconder os princípios que guiam sua escolha de uma casa e um consultório, mas foi esse o caso de Herbert West. Quando obtivemos nosso diploma na faculdade de medicina da Universidade do Miskatonic, queríamos aliviar nossa pobreza nos estabelecendo como clínicos gerais, e tomamos o cuidado de não revelar que escolhemos nossa casa por ser um lugar bem isolado, e com a maior proximidade possível do cemitério de indigentes.

A reticência quanto a isso quase nunca é sem razão, e a nossa também não era, pois nossas demandas eram consequências de um trabalho especialmente contestado. Na aparência éramos apenas médicos, mas sob a superfície havia objetivos de consequências mais amplas e terríveis – pois o cerne da existência de Herbert West era uma busca em meio aos reinos tenebrosos e proibidos do desconhecido, no qual esperava revelar o segredo da vida e restaurar pela reanimação perpétua a matéria fria do cemitério. Tal busca exige materiais estranhos, entre eles cadáveres humanos frescos; e, para manter o suprimento de tais coisas indispensáveis, é preciso residir em local tranquilo e não muito distante de um campo de sepultamentos informais.

West e eu nos conhecemos na faculdade, e fui o único a simpatizar com seus experimentos horripilantes. Aos poucos me tornei seu inseparável assistente, e depois de sairmos da faculdade precisávamos continuar juntos. Não era fácil encontrar trabalho para dois médicos no mesmo lugar, mas por fim o prestígio da universidade nos assegurou um consultório em Bolton – uma cidadezinha industrial perto de Arkham, sede da faculdade. As Bolton Worsted Mills eram o maior parque industrial do Vale do Miskatonic, e seus empregados falantes de diferentes línguas não eram pacientes muito desejados pelos médicos locais. Escolhemos nossa casa com o máximo cuidado, decidindo-nos por fim por um chalé bastante dilapidado no final da Pond Street; o vizinho mais próximo ficava a cinco casas de distância, e estávamos separados do cemitério de indigentes local apenas por um terreno descampado, cortado por um trecho estreito de um bosque que se estende para o norte. A distância era maior que a desejada, mas só conseguiríamos uma casa mais próxima do outro lado do cemitério, já completamente fora do distrito industrial. Não que estivéssemos insatisfeitos, pois não havia ninguém entre nós e nossa sinistra fonte de suprimentos. A caminhada era longa, mas podíamos transportar nossos espécimes silenciosos sem sermos incomodados.

Nosso consultório se revelou surpreendentemente movimentado desde o início – o suficiente para agradar a maioria dos jovens médicos, e o suficiente para se mostrar um aborrecimento e um fardo para estudantes cujo verdadeiro interesse era outro. Os operários tinham inclinações um tanto turbulentas; e, além de suas diversas necessidades naturais, suas frequentes brigas de soco e de faca nos deixavam sempre ocupados. Mas o que absorvia de fato nossas mentes era o laboratório secreto montado no porão – com uma longa mesa iluminada por lâmpadas elétricas, onde nas madrugadas costumávamos injetar as várias soluções de West nas veias das coisas que arrastávamos do cemitério de indigentes. West estava experimentando enlouquecidamente a fim de encontrar algo que reiniciasse os movimentos vitais de uma pessoa depois de serem interrompidos por aquilo que chamamos de morte, mas encontrou pela frente os mais chocantes obstáculos. A solução precisava ser composta de forma diferente para diferentes tipos de organismos – o que servia para cobaias não servia para seres humanos, e diferentes espécimes humanos exigiam grandes modificações.

    Os corpos precisavam ser recentíssimos, ou a menor decomposição do tecido cerebral tornaria impossível uma reanimação perfeita. Na verdade, o maior problema era conseguir corpos frescos o bastante – West tivera experiências terríveis em suas pesquisas secretas na faculdade com cadáveres de procedência incerta. Os resultados de reanimações parciais ou imperfeitas eram muito mais horripilantes que os fracassos totais, e ambos nos sentíamos aterrorizados pelas recordações de tais ocasiões. Desde nossa primeira sessão demoníaca na fazenda abandonada para além de Meadow Hill, em Arkham, sentíamos uma ameaça à espreita; e West, embora parecesse na maior parte do tempo um autômato científico loiro de olhos azuis, muitas vezes confessou uma sensação apavorante de estar sendo furtivamente perseguido. Ele de certa forma se sentia sempre vigiado – um delírio psicológico causado por nervos abalados e fortalecido pelo inegavelmente perturbador fato de que pelo menos um de nossos espécimes reanimados ainda estava vivo – uma criatura carnívora e assustadora mantida em uma cela acolchoada em Sefton. E havia outro – nosso primeiro – cujo destino exato nunca descobrimos.

Tivemos sorte com os espécimes em Bolton – muito mais que em Arkham. Havíamos nos instalado fazia menos de uma semana quando conseguimos uma vítima de acidente enterrada na noite do acontecido, que abriu os olhos com uma expressão surpreendentemente racional antes de a solução deixar de fazer efeito. Tinha perdido um braço – caso fosse um corpo perfeito poderíamos ter sido mais bem-sucedidos. Entre essa data e o mês de janeiro do ano seguinte obtivemos mais três; um fracasso total, um caso de contração muscular notável e um de movimentação intensa – uma criatura que se levantou sozinha e emitiu um som. Então veio um período de má sorte; o número de enterros caiu, e aqueles que ocorriam eram de espécimes doentes ou mutilados demais para ser usados. Mantínhamos um registro sistemático de todas as mortes e suas circunstâncias.

Em uma noite de março, porém, conseguimos inesperadamente um espécime que não veio do cemitério de indigentes. Em Bolton, o espírito prevalente do puritanismo banira o boxe como esporte – com o resultado de sempre. Lutas clandestinas e precárias entre operários eram comuns, e de tempos em tempos um profissional de nível não muito elevado era trazido. Nessa noite de fim de inverno houve uma dessas contendas; evidentemente os resultados foram desastrosos, pois dois poloneses envergonhados vieram nos procurar e nos pedir com murmúrios incoerentes que aceitássemos um caso secretíssimo e desesperador. Nós os seguimos até um celeiro abandonado, onde o que restava de uma plateia de imigrantes assustados observava um vulto escuro caído no chão.

A luta havia sido entre Kid O'Brien – um grandalhão e naquele momento trêmulo jovem com um nariz adunco que de irlandês não tinha nada – e Buck

Robinson, o "Vapor do Harlem". O negro fora nocauteado, e o primeiro exame revelou que assim permaneceria. Era uma criatura repulsiva, semelhante a um gorila, com braços anormalmente longos que eu não conseguiria descrever de outro modo que não como patas dianteiras, e um rosto que remetia a segredos indecifráveis do Congo e ao batuque dos tambores sob um luar sinistro. O aspecto do corpo deveria parecer ainda pior em vida – mas o mundo contém muitas coisas feias. O medo era evidente na lamentável plateia, pois ninguém sabia quais seriam as consequências legais se o caso não fosse abafado, e ficaram todos muito gratos quando West, apesar de meus tremores involuntários, se ofereceu para livrá-los da criatura de forma discreta – para um propósito que eu conhecia muito bem.

O luar brilhava com intensidade sobre a paisagem sem neve, mas vestimos a criatura e a carregamos para casa entre nós pelas ruas desertas e os descampados da mesma forma como arrastamos algo semelhante naquela noite de horror em Arkham. Chegamos à casa pelo terreno baldio atrás da construção, entramos pela porta dos fundos e descemos ao porão a fim de nos prepararmos para o rotineiro experimento. Nosso medo da polícia era absurdo, apesar de termos programado o trajeto para evitar o solitário patrulheiro de nosso distrito.

O resultado foi exaustivamente anticlimático. Por mais que nosso prêmio parecesse macabro, não reagiu de forma nenhuma às soluções injetadas em seu braço preto; tais soluções foram preparadas com base na experiência com espécimes brancos. Quando a manhã perigosamente se aproximou, fizemos o mesmo que com todos os demais – arrastamos a criatura pelo descampado até o bosque próximo do cemitério de indigentes e a enterramos na melhor cova que o solo congelado era capaz de proporcionar. Não era muito funda, mas era idêntica à do espécime anterior – o que se levantou e emitiu o som. Sob a luz de nossas lanternas, cobrimos cuidadosamente a terra com folhas e cipós caídos, com a certeza de que a polícia jamais a encontraria em um trecho de mata tão densa e escura.

No dia seguinte fiquei ainda mais preocupado com a polícia, pois um paciente mencionara boatos sobre suspeitas de uma morte em uma luta. West ainda tinha mais uma fonte de preocupação, pois naquela tarde foi chamado para um caso que terminou de forma bem ameaçadora. Uma italiana estava histérica por causa do filho desaparecido – um menino de cinco anos que saíra cedo de casa e não voltara para o jantar – e desenvolvera sintomas extremamente alarmantes para alguém com o coração fraco. Era uma histeria das mais tolas, pois o garoto já fugira de casa várias vezes; os camponeses italianos, entretanto, são absurdamente supersticiosos, e a mulher parecia ser mais receptiva a maus presságios do que a fatos comprovados. Às sete da noite ela morreu, e seu marido enlouquecido armou uma cena em sua tentativa de matar West, a quem insanamente culpava por não ter salvado a esposa. Os amigos o contiveram quando ele sacou um estilete, mas West foi embora em meio a gritos inumanos, palavrões e juras de vingança. Acometido por uma nova aflição, o sujeito pareceu se esquecer do filho, que continuava desaparecido conforme a noite avançava. Houve conversas sobre uma expedição de busca no bosque, mas a maior parte dos amigos da família estava ocupada demais com a morta e com o homem aos berros. Somando tudo isso, a tensão nervosa de West devia ser tremenda. Os pensamentos sobre a polícia e o italiano furioso pesavam sobre suas costas.

Nós nos recolhemos por volta das onze, mas não consegui dormir bem. Bolton tinha uma força policial surpreendentemente boa para uma cidade tão pequena, e era impossível não temer a confusão que se seguiria se o caso da noite anterior viesse à tona. Isso poderia significar o fim de nosso trabalho no local – e talvez a prisão para West e para mim. Eu não gostei de saber que boatos sobre a luta estavam circulando. Quando o relógio bateu as três, a luz do luar se projetou sobre meus olhos, mas eu me virei em vez de me levantar para fechar a cortina. Então ouvi a porta dos fundos ser sacudida.

Fiquei imóvel e um tanto atordoado, mas logo ouvi a batida de West em minha porta. Estava de pijamas e chinelo, e nas mãos levava um revólver e uma lanterna elétrica. Pelo revólver percebi que ele estava pensando mais no italiano enlouquecido do que na polícia.

– É melhor irmos os dois – ele murmurou. – Não adiantaria não atender mesmo, e pode ser um paciente... seria bem típico desses tolos bater na porta dos fundos.

Ambos descemos a escada na ponta dos pés, com um medo em parte justificado e em parte provocado pela atmosfera singular da madrugada. A porta continuava sendo sacudida, com um pouco mais de força. Ao chegarmos à porta eu a destranquei com cuidado e abri, e quando o luar revelou um vulto parado ali West fez uma coisa estranha. Apesar do risco de atrair atenção e da ameaça de uma temida investigação policial – algo que no fim das contas foi misericordiosamente evitado pelo relativo isolamento de nosso chalé –, meu amigo de forma súbita, exaltada e desnecessária esvaziou as seis câmaras do tambor de seu revólver no visitante noturno.

Pois o visitante não era italiano nem policial. Reluzindo horrendamente sob o luar espectral havia uma criatura gigantesca e deformada imaginável apenas em pesadelos – uma aparição de olhos vidrados e pele preta que se locomovia praticamente sobre quatro patas, coberta de pedaços de limo, folhas e cipós, emplastada de sangue seco e carregando entre os dentes um objeto cilíndrico e terrível, branco como a neve, que tinha na ponta uma pequena mão.

IV. O grito do morto

Foi o grito de um homem morto que me proporcionou aquele terror mais agudo e amplo associado ao dr. Herbert West, que me atormentou durante os últimos anos em sua companhia. É natural que algo como o grito de um morto provoque terror, pois obviamente não é um acontecimento agradável ou corriqueiro, mas eu estava acostumado a experiências similares, portanto sofri nessa ocasião apenas em virtude de uma circunstância em especial. E, como mencionei, não foi do morto em si que fiquei com medo.

Herbert West, de quem eu era sócio e assistente, tinha interesses científicos que iam muito além da rotina de um médico do interior. Foi por isso que, quando abriu seu consultório em Bolton, escolheu uma casa isolada perto do cemitério de indigentes. Em termos curtos e grossos, o único interesse de West era um estudo secreto do fenômeno da vida e sua interrupção, que levou à reanimação dos mortos por meio de injeções de uma solução estimulante. Para esse macabro experimento era preciso ter um suprimento constante de corpos humanos recentíssimos; recentíssimos porque mesmo a menor decomposição arruinava irreparavelmente a estrutura do cérebro, e humanos porque a solução precisava ser composta de formas diferentes para diferentes tipos de organismos. Dezenas de coelhos e porquinhos-da-índia foram mortos e tratados, mas esse caminho não levou a nada. West nunca fora totalmente bem-sucedido porque nunca conseguiu um cadáver suficientemente fresco. O que ele queria eram corpos cuja vitalidade acabara de se perder; corpos com todas as células intactas e capazes de receber de novo o impulso para o movimento chamado vida. Havia a esperança de que essa segunda e artificial vida pudesse se perpetuar com repetições da injeção, mas nós aprendêramos que uma vida natural ordinária não era capaz de reagir a essa medida. Para estabelecer o movimento artificial, a vida natural tinha que ser extinta – os espécimes precisavam estar frescos, mas inegavelmente mortos.

A surpreendente busca começou quando West e eu éramos estudantes da Escola de Medicina da Universidade do Miskatonic, em Arkham, ao tomarmos conhecimento pleno pela primeira vez da natureza inteiramente mecânica da vida. Isso fora sete anos antes, mas West não parecia nem um dia mais velho – era miúdo, loiro, barbeado, com voz amena e óculos no rosto, e apenas um brilho ocasional de seus olhos azuis e frios revelava o fanatismo intenso e crescente de seu caráter sob a pressão ocasionada por suas terríveis investigações. Nossas experiências muitas vezes se revelavam horripilantes ao extremo – os resultados da reanimação falha, quando aglomerados de matéria morta se galvanizavam em movimentos mórbidos, antinaturais e inconscientes por meio de diversas modificações da solução vital.

Uma criatura emitiu um grito de abalar os nervos; outra se levantou violentamente, nos espancou até perdermos os sentidos e fugiu deixando um rastro de destruição antes de ser colocada atrás das grades de um sanatório; outra ainda, uma monstruosidade africana repulsiva, escavou sua cova rasa com as próprias mãos e cometeu um crime – West teve que atirar nesse espécime. Não conseguíamos corpos frescos o bastante para demonstrar algum vestígio de razão depois de reanimados, portanto criamos involuntariamente horrores inomináveis. Era perturbador pensar que um, talvez dois de nossos monstros ainda estavam vivos – essa ideia nos assombrava como uma ameaça distante, até que West acabasse desaparecendo em circunstâncias assustadoras. Mas, na época do grito no laboratório do porão do chalé isolado em Bolton, nossos medos estavam subordinados à nossa ânsia para obter espécimes extremamente frescos. West era mais ávido que eu, e às vezes parecia olhar quase com cobiça para qualquer pessoa viva de aparência saudável.

Foi em julho de 1910 que a má sorte com relação aos espécimes começou a mudar. Eu estava em longa visita a meus pais em Illinois e, quando voltei, encontrei West em um estado de euforia singular. Ele me contou com empolgação que provavelmente resolvera o problema do frescor por meio de um novíssimo expediente – a preservação artificial. Fiquei sabendo que ele vinha trabalhando em um composto extremamente incomum para embalsamamento, e não foi surpresa descobrir que o resultado foi positivo; mas até que ele explicasse os detalhes não entendi como tal composto poderia ajudar em nosso trabalho, já que o suposto apodrecimento dos espécimes devia ocorrer antes que nos apossássemos deles. Disso, percebi então, West tinha clara consciência; seu composto para embalsamamento era destinado a uso futuro, e não imediato, confiando no destino para fornecer outra vez um cadáver recente e não sepultado, como acontecera anos antes, quando obtivemos o negro morto na luta clandestina em Bolton. Por fim o destino se revelara generoso, pois nessa ocasião havia no laboratório secreto no porão um corpo cuja decomposição não poderia ter começado. O que aconteceria na reanimação, ou se poderíamos esperar reviver sua mente e seu raciocínio, West não se aventurava a prever. O experimento seria um marco em nossos estudos, e ele preservara o corpo à espera de meu retorno, para que ambos pudéssemos compartilhar o espetáculo da maneira como estávamos acostumados.

West me contou como obtivera o espécime. Era um homem vigoroso; um estranho bem-vestido que chegara de trem para fechar algum negócio com as Bolton Worsted Mills. A caminhada pela cidade era longa, e quando o viajante parou em nosso chalé para perguntar onde ficavam as fábricas seu coração estava pesadamente sobrecarregado. Ele recusou um estimulante, e teve uma morte súbita instantes depois. O corpo, conforme era de se esperar, pareceu a West um presente dos céus. Em sua breve conversa com o estranho ficou claro que se tratava de um desconhecido em Bolton, e uma revista subsequente em seus bolsos revelou que era um sujeito de St. Louis chamado Robert Leavitt, aparentemente sem uma família que pudesse conduzir uma investigação imediata de seu desaparecimento. Caso não fosse possível devolver o homem à vida, ninguém saberia de nosso experimento. Enterrávamos nossos materiais em um estreito e denso bosque entre a casa e o cemitério de indigentes. Por outro lado, caso ele pudesse ser revivido, nossa fama seria estabelecida de forma brilhante e eterna. Então, sem demora West injetou no pulso do cadáver o composto destinado a mantê-lo fresco até minha chegada. A questão do coração presumivelmente fraco, que em minha opinião punha em risco o sucesso do experimento, não parecia preocupar muito West. Ele esperava pelo menos conseguir o que não fôramos capazes de obter até então – uma faísca de razão revivida e talvez uma criatura viva e normal.

Então, na noite de 18 de julho de 1910, Herbert West e eu nos posicionamos no laboratório do porão diante da figura branca e silenciosa sob a luz forte do arco voltaico. O composto de embalsamamento funcionou assombrosamente bem, pois eu observava fascinado a silhueta robusta de um corpo falecido fazia duas semanas sem qualquer sinal de rigidez, e precisei que West me garantisse que estava mesmo morto. Sua garantia veio prontamente; ele me lembrou que a solução para reanimação nunca fora usada sem exames minuciosos dos corpos, pois não haveria efeito caso a vitalidade original estivesse presente. Enquanto West tomava as medidas preliminares, fiquei impressionado com a tremenda complexidade do novo experimento; uma complexidade tamanha que ele só confiava em suas mãos delicadas para conduzi-lo. Proibindo-me de tocar o corpo, ele primeiro injetou uma droga no pulso cadáver bem ao lado do local perfurado na injeção do composto de embalsamamento. Isso, segundo ele, serviria para neutralizar o composto e deixar o organismo em um estado de relaxamento natural para que a solução de reanimação pudesse agir sem empecilhos. Pouco depois, quando uma alteração e um leve tremor pareceram afetar os membros sem vida, West empurrou um objeto parecido com uma almofada sobre o rosto em espasmos violentos, e só retirou quando o cadáver pareceu se tranquilizar e ficar pronto para nossa tentativa de reanimação. O pálido diletante fez os últimos testes para comprovar que a vitalidade se fora, ficou satisfeito com os resultados e enfim injetou no braço esquerdo uma quantidade precisa do elixir vital, preparado durante a tarde com um cuidado ainda maior do que tomávamos desde nossos tempos de faculdade, quando nossos feitos eram novos e incertos. Não sou capaz de expressar o suspense extremo e de tirar o fôlego que sentimos enquanto esperávamos pelos resultados naquele primeiro espécime realmente fresco – o primeiro que poderíamos esperar que abrisse a boca e emitisse um discurso racional, talvez para contar o que vira além do abismo intangível.

West era um materialista, não acreditava na alma e atribuía toda a obra da consciência a fenômenos corpóreos; por consequência, não esperava nenhuma revelação de horripilantes segredos de precipícios e cavernas além das fronteiras da morte. Eu não discordava de todo em teoria, mas ainda guardava resquícios vagos e instintivos de minha fé primitiva de meus ancestrais; portanto, era impossível não observar o cadáver com uma certa dose de assombro e terrível expectativa. Além disso, eu não conseguia tirar da memória o grito horripilante e inumano que ouvimos na noite em que arriscamos nosso primeiro experimento na fazenda abandonada em Arkham.

Pouquíssimo tempo se passou antes que fosse possível ver que a tentativa não seria um fracasso total. Um toque de cor surgiu nas bochechas até então brancas como giz e se espalhou sob a barba pálida por fazer que cobria uma extensão curiosamente ampla do rosto. West, que segurava na mão o pulso esquerdo do cadáver, de repente acenou com a cabeça; e quase simultaneamente uma névoa apareceu no espelho inclinado sobre a boca do cadáver. Em seguida houve algumas contrações musculares espasmódicas, e então uma respiração audível e um movimento visível no peito. Olhei para as pálpebras fechadas, nas quais pensei ter detectado um tremor. Então as pálpebras se abriram, revelando olhos cinzentos, plácidos e vivos, mas ainda inconscientes, sem o mínimo traço de curiosidade.

Em um momento de puro capricho, sussurrei perguntas junto às orelhas avermelhadas; perguntas sobre outros mundos cuja memória ainda poderia se fazer presente. O terror subsequente as expulsou de minha mente, mas acho que a última, que fiz mais de uma vez, foi: "Onde você estava?". Não sei se foi respondida ou não, pois nenhum som escapou da boca bem formada, mas sei que naquele momento tive certeza de que os lábios finos se moveram em silêncio, formando sílabas que eu teria vocalizado como "só agora", caso tal frase tivesse algum sentido ou relevância. Nesse momento, eu diria que estava extasiado pela convicção de que uma grande meta fora atingida e pela primeira vez um cadáver reanimado tinha emitido palavras inteligíveis e impelidas por um raciocínio de fato. No instante seguinte se instalou a dúvida quanto a esse triunfo; não havia como questionar que a solução realmente executara, pelo menos por um tempo, sua missão de restaurar uma vida racional e articulada ao morto. Mas eu absorvi esse triunfo como o maior dos horrores – não um horror da criatura que falava, mas do feito que testemunhara e do homem ao qual meu destino profissional estava ligado.

Pois aquele cadáver fresco, enfim se debatendo para adquirir uma plena e assustadora consciência com os olhos arregalados diante da lembrança de seu último momento nesta Terra, lançou as mãos frenéticas em uma luta de vida ou morte contra o ar; e de repente, se desfazendo em uma segunda e definitiva extinção da qual era impossível haver retorno, soltou o grito que vai ressoar eternamente em meu cérebro atormentado pelo sofrimento:

– Socorro! Longe de mim, seu demoniozinho loiro... afaste essa maldita agulha de mim!

V. O horror vindo das sombras

Muitos homens relataram coisas terríveis, sem contar as que foram escritas, acontecidas nos campos de batalha da Grande Guerra. Algumas me fizeram desmaiar, outras me convulsionaram com uma náusea devastadora, enquanto outras ainda me fizeram estremecer e olhar para trás na escuridão; no entanto, apesar de tudo o que tinham de pior, eu acredito que estou envolvido na mais horripilante de todas – o chocante, sobrenatural e inacreditável horror saído das sombras.

Em 1915 eu era um médico com patente de primeiro-tenente em um regimento canadense em Flandres, como um dos muitos cidadãos americanos que se anteciparam ao governo na entrada no gigantesco conflito. Não me juntara ao exército por iniciativa própria, mas como resultado natural do alistamento do homem de quem eu era o indispensável assistente – o dr. Herbert West, celebrado cirurgião de Boston. O dr. West estava ávido pela chance de servir como cirurgião em uma grande guerra, e quando a chance apareceu me levou consigo quase contra minha vontade. Havia razões para eu ficar contente se a guerra nos separasse; razões para considerar a prática da medicina na companhia de West cada vez mais aflitiva; mas, quando ele foi para Ottawa e pela influência de um colega conseguiu um posto médico como major, não resisti à persuasão imperativa de alguém determinado a ter minha capacidade à sua disposição.

Quando afirmo que o dr. West estava ávido para servir em batalha, não quero dizer que fosse um tipo naturalmente beligerante ou preocupado com a segurança da civilização. Sempre uma máquina intelectual de frieza ímpar – miúdo, loiro, com olhos azuis atrás dos óculos –, acho que ele secretamente ridicularizava meus ocasionais entusiasmos marciais e minhas reservas quanto à neutralidade indiferente. Havia, no entanto, algo que ele queria na Flandres dominada pelas batalhas; e para consegui-lo era preciso assumir a aparência de um militar. O que ele queria não era algo que os demais também quisessem, e sim algo ligado ao ramo peculiar da ciência médica que escolhera seguir clandestinamente, e no qual conseguira resultados surpreendentes e às vezes horripilantes. Na verdade, era nada mais nada menos que um suprimento abundante de homens recém-mortos em diferentes estágios de desmembramento.

Herbert West precisava de cadáveres frescos porque a obra de sua vida era a reanimação dos mortos. Era uma obra desconhecida da clientela elegante que rapidamente fez sua fama em Boston, mas era muito bem conhecida por mim, que fora seu amigo mais próximo e único assistente desde os velhos tempos da Escola de Medicina da Universidade do Miskatonic. Foi na época de faculdade que ele iniciou seus terríveis experimentos, primeiro em animais pequenos e depois em corpos humanos obtidos de maneira chocante. Havia uma solução que ele injetava na veia das criaturas mortas e, se estivessem frescas o bastante, elas reagiam de estranhas maneiras. Tivemos muito trabalho para descobrir a fórmula apropriada, pois cada organismo necessitava de um estímulo especialmente adaptado a seu funcionamento. O terror o atormentava quando ele refletia sobre seus fracassos parciais; criaturas inomináveis surgiram de soluções imperfeitas ou de corpos insuficientemente frescos. Um certo número desses fracassos permanecia vivo – um estava em um sanatório, enquanto outros desapareceram –, e quando eu fantasiava sobre eventualidades quase impossíveis, embora plausíveis, com frequência estremecia sob a fachada habitual de imperturbabilidade.

West logo aprendeu que o frescor absoluto era o requisito principal para os espécimes aproveitáveis, e para isso recorreu a expedientes assustadores e antinaturais para a obtenção de corpos. Na faculdade, e durante nossos primeiros anos de prática da medicina em um consultório compartilhado na cidadezinha industrial de Bolton, minha postura em relação a ele era em boa parte de admiração e fascínio; mas, à medida que seus métodos foram ficando mais ousados, comecei a desenvolver um medo corrosivo. Não gostava da maneira como ele olhava para corpos vivos e saudáveis; e então aconteceu a sessão digna de pesadelo no laboratório no porão, quando descobri que um certo espécime ainda estava vivo quando foi obtido. Foi a primeira vez que ele conseguiu reviver a característica do pensamento racional em um cadáver, e seu sucesso, obtido a um custo repulsivo, o deixou completamente insensível.

De seus métodos nos cinco anos posteriores não ouso falar. Mantive-me por perto por pura força do medo, e testemunhei cenas que nenhuma língua humana seria capaz de repetir. Aos poucos descobri que Herbert West era ainda mais terrível que qualquer coisa que fazia – foi quando me dei conta de que seu zelo científico pelo prolongamento da vida, a princípio normal, sutilmente se degenerou em mera curiosidade mórbida e sinistra e em uma inclinação secreta pelo pitoresco e sepulcral. Seu interesse se tornou um vício infernal e perverso em tudo o que era repulsivo e diabolicamente anormal; ele se gabava, impassível, de monstruosidades artificiais que fariam a maioria dos homens saudáveis cair morto de medo e repulsa; ele se tornou, sob a aparência de intelectualidade pálida, um fastidioso Baudelaire dos experimentos físicos – um lânguido Heliogábalo das tumbas.*

Enfrentava perigos sem se abalar; cometia crimes sem se comover. Acho que o clímax se deu quando ele provou que a vida racional podia ser restaurada e buscou novos mundos a conquistar experimentando a reanimação de partes amputadas de corpos. Tinha ideias originais e extravagantes sobre as propriedades vitais independentes de células orgânicas e tecidos nervosos separados dos sistemas psicológicos correspondentes, e conseguiu alguns resultados preliminares horripilantes na forma de tecidos nutridos artificialmente que não morriam e eram obtidos a partir de ovos quase chocados de um indescritível réptil tropical. Estava ansioso para comprovar duas questões biológicas – a primeira, se era possível algum nível de consciência e ação racional sem o cérebro, a partir da medula espinhal e dos diversos centros nervosos; a segunda, se algum tipo de relação intangível e etérea poderia existir para ligar as partes cirurgicamente separadas àquilo que um dia fora um único organismo vivo. Toda essa pesquisa exigia suprimentos absurdos de corpos humanos recém-abatidos – e foi por isso que Herbert West entrou na Grande Guerra.

O acontecimento fantasmal e indescritível aconteceu no fim de uma noite em março de 1915, em um hospital de campanha na retaguarda das linhas de batalha em St. Eloi. Eu me pergunto até hoje se não poderia ter sido um sonho demoníaco ou um delírio. West tinha um laboratório particular em um cômodo do lado leste da

---

* O poeta francês Charles Baudelaire (1821-1867) foi processado por obscenidade após a publicação de *As flores do mal*. Heliogábalo foi imperador romano de 218 a 222. Fez-se notório por introduzir o culto de seu deus sol entre os romanos e por manter relações sexuais com condutores de bigas e atletas. (N.E.)

instalação temporária parecida com um celeiro, montado a seu pedido com a justificativa de desenvolver novos e radicais métodos para cuidar de casos de mutilação até então impossíveis de tratar. Lá ele trabalhava como um açougueiro com seus instrumentos ensanguentados – nunca consegui me acostumar com sua tranquilidade na execução e na classificação de certas coisas. Às vezes ele de fato operava milagres cirúrgicos nos soldados, mas o que mais lhe dava prazer eram feitos menos públicos e altruístas, que exigiam muitas explicações para ruídos que pareciam estranhos até mesmo em meio à babel sonora dos condenados. Entre esses barulhos estavam os frequentes tiros de revólver – certamente comuns no campo de batalha, mas bastante incomuns em um hospital. O dr. West reanimava espécimes que não eram feitos para existir por muito tempo e nem serem vistos por muita gente. Além dos tecidos humanos, West usava o tecido embrionário de réptil que cultivava com resultados singularíssimos. Era melhor que o material de origem humana para manter a vida em fragmentos sem órgãos, o que era naquele momento a principal ocupação de meu amigo. Em um canto escuro do laboratório, sobre um estranho queimador de incubadora, ele mantinha um tonel tampado cheio desse material celular reptiliano, que se multiplicava e inchava de maneira horripilante.

Na noite a que me refiro tínhamos um esplendoroso novo espécime – um homem de grande força física e de uma capacidade mental tamanha que era possível garantir a presença de um sistema nervoso dos mais sensíveis. Era uma situação irônica, pois se tratava do oficial que ajudara West a obter seu posto, e que agora seria nosso associado involuntário. Além disso, no passado estudara secretamente a teoria da reanimação, e em parte sob orientação de West. Sir Eric Moreland

Clapham-Lee, um major condecorado, era o melhor cirurgião de nossa divisão, e fora designado às pressas para St. Eloi quando a notícia de uma batalha sangrenta chegou ao quartel-general. Ele viera em um aeroplano pilotado pelo intrépido tenente Ronald Hill, abatido a tiros logo ao chegar a seu destino. A queda fora espetacular e terrível; Hill ficou irreconhecível depois do fato, que deixou o cirurgião quase decapitado, porém de resto intacto. West apanhou com avidez a criatura sem vida que costumava chamar de amigo e colega de estudos; e eu estremeci quando ele terminou de arrancar a cabeça, colocou-a no tonel infernal de tecido reptiliano a fim de preservá-la para experimentos futuros e foi se ocupar do corpo decapitado na mesa de operações. Ele injetou sangue novo, uniu veias, artérias e nervos no pescoço sem cabeça e fechou a abertura tenebrosa com pele enxertada de um espécime não identificado que ostentava uma farda de oficial. Eu sabia o que ele queria – era saber se aquele corpo altamente organizado poderia exibir, sem a cabeça, algum sinal da vida mental ostentada por Sir Eric Moreland Clapham-Lee. Pertencente a um antigo estudioso da reanimação, o tronco silencioso estava sendo nauseantemente evocado a exemplificá-la.

Ainda consigo ver Herbert West sob a sinistra luz da lanterna elétrica enquanto injetava a solução de reanimação no braço do corpo sem cabeça. A cena eu não consigo descrever – desmaiaria se tentasse, pois a loucura é inerente a uma sala cheia de matérias sepulcrais cuidadosamente classificadas, com sangue e outros dejetos humanos se acumulando no chão sujo quase até os tornozelos, com anomalias reptilianas horripilantes se reproduzindo e borbulhando sob o espectro bruxuleante azul-esverdeado de uma chama em um canto recôndito em meio às sombras.

O espécime, como West reiterava repetidas vezes, tinha um sistema nervoso formidável. As expectativas eram grandes; e, quando alguns movimentos espasmódicos começaram a aparecer, vi um interesse febril surgir no rosto de West. Ele estava se preparando, penso eu, para ver a prova de sua opinião cada vez mais convicta de que a consciência, a razão e a personalidade podem existir de forma independente do cérebro – que o homem não tem um espírito conectivo centralizado, mas simplesmente um mecanismo de matéria nervosa composto de seções completas em si mesmas em maior ou menor medida. Com uma triunfante demonstração West estava prestes a relegar o mistério da vida à categoria de mito. O corpo estremecia com mais vigor, e sob nossos olhares ávidos começou a se erguer de maneira assustadora. Os braços se mexeram de forma inquieta, as pernas se ergueram, e vários músculos se contraíram em uma espécie de convulsão repulsiva. Então a criatura sem cabeça lançou os braços em um gesto inconfundível de desespero – um desespero articulado, aparentemente capaz de provar todas as teorias de Herbert West. Com certeza, os nervos estavam refazendo o último ato do homem em vida; a tentativa de se desvencilhar do aeroplano em queda livre.

O que aconteceu em seguida nunca vou saber com certeza. Pode ter sido só uma alucinação pelo choque causado naquele momento pela súbita e completa destruição do hospital em um cataclismo de projéteis da artilharia alemã – e quem pode contestar, se West e eu fomos os únicos sobreviventes encontrados? West preferia pensar assim antes de seu recente desaparecimento, mas houve momentos em que duvidou, pois seria estranho que ambos tivéssemos sofrido a mesma alucinação. O acontecimento horripilante em si foi muito simples, notável apenas por suas implicações.

O corpo na mesa se ergueu, tateando terrivelmente às cegas, e nós ouvimos um som. Não posso descrevê-lo como uma voz, pois era terrível demais. Seu timbre, porém, não era a pior coisa. Nem sua mensagem; foi um simples grito: "Pule, Ronald, pelo amor de Deus, pule!". A coisa mais tenebrosa era sua fonte.

Pois viera do tonel tampado naquele sinistro canto envolvido por sombras escuras.

VI. As legiões das tumbas

Quando o dr. Herbert West desapareceu, um ano atrás, a polícia de Boston me interrogou intensamente. Havia a desconfiança de que eu estivesse escondendo algo, e talvez de coisas mais graves, mas eu não podia contar a verdade, porque eles não teriam acreditado. Eles sabiam, era verdade, que West estava ligado a atividades que iam além do que acreditavam os homens comuns, pois seus horripilantes experimentos com a reanimação de cadáveres aconteciam fazia tempo demais para que o segredo fosse completo; a apavorante catástrofe final, porém, tinha elementos de fantasias demoníacas que faziam com que até mesmo eu duvidasse da veracidade do que presenciei.

Eu era o amigo mais próximo e assistente secreto de West. Tínhamos nos conhecido anos antes, na faculdade de medicina, e desde o princípio participei de suas terríveis pesquisas. Ele vinha tentando aos poucos aperfeiçoar uma solução que, injetada nas veias dos recém-falecidos, restaurava a vida; tal trabalho exigia uma abundância de cadáveres frescos e portanto envolvia medidas antinaturais. Ainda mais chocantes eram os frutos de alguns dos experimentos – massas sinistras de carne morta que West redespertava por meio de uma reanimação cega, inconsciente e nauseante. Esses eram os resultados habituais, pois para reativar a mente era necessário ter espécimes tão frescos que nem a menor decomposição poderia ter afetado as delicadas células nervosas.

A necessidade de cadáveres recentíssimos foi a ruína moral de West. Eles eram difíceis de obter, e em um terrível dia ele capturou um espécime enquanto ainda estava vivo e respirando. Uma luta corporal, uma agulha e um alcaloide potente o transformaram em um cadáver absolutamente fresco, e o experimento foi bem-sucedido por um momento breve e memorável, mas West saiu dessa experiência com a alma calejada e maculada, com um olhar endurecido que às vezes encarava com uma expressão horripilante e calculista homens com cérebros especialmente ativos e compleição física especialmente vigorosa. Mais tarde desenvolvi um medo agudo de West, pois ele começou a me encarar dessa maneira. As pessoas não pareciam notar seus olhares, mas percebiam meu medo, e depois de seu desaparecimento usaram isso como base para suspeitas absurdas.

West, na verdade, estava mais assustado que eu, pois suas buscas abomináveis o tornaram uma pessoa furtiva e temerosa da própria sombra. Em parte era da polícia que tinha medo, mas às vezes sua apreensão era mais profunda e nebulosa, relativa a certas criaturas indescritíveis nas quais injetara uma vida mórbida que não vira se esvair posteriormente. Em geral ele encerrava seus experimentos com um revólver, mas em certas ocasiões não fora rápido o bastante. Houve o primeiro espécime em cuja cova marcas de escavação manual foram encontradas. Houve também o corpo do professor de Arkham que cometeu atos de canibalismo antes de ser capturado e jogado sem identificação em uma cela de sanatório em Sefton, onde ficou se arremessando contra as paredes por dezesseis anos. A maioria dos demais sobreviventes era de criaturas mais difíceis de descrever – pois nos anos posteriores o zelo científico de West se degenerou em uma obsessão insalubre e delirante, e ele passou a dedicar sua principal habilidade na revitalização não de corpos humanos inteiros, mas de partes isoladas de cadáveres, ou partes combinadas a matérias orgânicas não humanas. A coisa toda se tornara diabolicamente repugnante na época em que ele desapareceu; muitos dos experimentos não podem ser nem ao menos sugeridos em palavras impressas. A Grande Guerra, na qual ambos servimos como cirurgiões, intensificou esse lado de West.

Ao afirmar que o medo de West de seus espécimes era nebuloso, levo em consideração sua natureza particularmente complexa. Parte disso vinha do mero conhecimento da existência de tais monstros indizíveis, mas em parte era em virtude da apreensão quanto aos danos físicos que eles poderiam lhe causar de acordo com as circunstâncias. O fato de estarem desaparecidos acrescentava um terror ainda maior à situação – de todos eles West sabia do paradeiro apenas de um, a pobre criatura no sanatório. Havia também um medo mais sutil – uma sensação delirante, fruto de um curioso experimento realizado no exército canadense em 1915. West, em meio a uma sangrenta batalha, reanimara Sir Eric Moreland Clapham-Lee, um major condecorado e colega de medicina que conhecia seus experimentos e seria inclusive capaz de duplicá-los. A cabeça fora removida, então as possibilidades de vida inteligente no tronco precisavam ser investigadas. No momento em que a construção foi atingida pela artilharia alemã, o sucesso se revelou. O tronco se moveu de maneira inteligente; e, inacreditavelmente, ambos tivemos a certeza de que sons articulados foram emitidos pela cabeça decepada do local onde estava guardada em um canto escuro do laboratório. O bombardeio da artilharia fora um acaso misericordioso, de certo modo – mas West jamais poderia se sentir tão certo quanto gostaria de que nós dois éramos os únicos sobreviventes. Ele costumava tecer conjecturas arrepiantes sobre as possíveis ações de um médico sem cabeça com o poder de reanimar os mortos.

A última morada de West foi uma casa respeitável e muito elegante com vista para um dos cemitérios mais antigos de Boston. Ele escolheu o local por razões puramente simbólicas e estéticas, já que a maior parte dos enterros ocorridos ali se deram no período colonial e portanto não tinham serventia para um cientista em busca de cadáveres frescos. O laboratório ficava em um porão subterrâneo construído em segredo com mão de obra estrangeira, e continha um enorme incinerador para um descarte silencioso e integral dos cadáveres, fragmentos e simulacros sintéticos de corpos – o que quer que sobrasse dos experimentos mórbidos e das diversões profanas de seu dono. Durante a escavação do porão os operários depararam com estruturas de alvenaria bastante antigas, sem dúvida alguma ligadas ao antigo cemitério, porém profundas demais para corresponder a algum sepulcro registrado ali. Depois de inúmeros cálculos, West concluiu que se tratava de algum aposento secreto sob o túmulo dos Averill, no qual o último enterro fora feito em 1768. Eu estava com ele quando examinou as paredes úmidas e carregadas de salitre reveladas pelas pás e picaretas dos operários, e estava preparado para a palpitação tenebrosa que se seguiria à abertura de segredos de séculos escondidos em uma tumba; mas pela primeira vez sua recém-cultivada prudência superou sua curiosidade natural, e ele conteve sua degenerada determinação ordenando que a estrutura de alvenaria fosse mantida intacta e coberta com gesso. Foi assim que tudo permaneceu até a infernal última noite – como parte das paredes do laboratório secreto. Mencionei a decadência de West, mas devo acrescentar que era algo puramente mental e intangível. No exterior ele permanecia o mesmo de sempre – tranquilo, frio, magro e loiro, com olhos azuis atrás dos óculos e um aspecto jovem que os anos e os temores jamais pareciam mudar. Permanecia calmo mesmo quando pensava no túmulo escavado com mãos nuas e olhava por cima do ombro; mesmo quando pensava na criatura carnívora que arranhava e esperneava atrás das grades em Sefton.

O fim de Herbert West começou em uma noite em nosso consultório compartilhado, quando ele me lançou um olhar curioso ao ler uma matéria no jornal. Uma estranha manchete chamara sua atenção naquelas páginas amassadas, e garras inomináveis de dimensões titânicas pareceram transportá-lo a um passado que remontava a dezesseis anos antes. Um fato temerário e inacreditável acontecera no Sanatório de Sefton, a oitenta quilômetros de distância, surpreendendo a vizinhança e deixando perplexa a polícia. No início da manhã, um grupo silencioso de homens apareceu no local, e seu líder deixou os presentes em polvorosa. Era uma figura militar ameaçadora que falava sem mover os lábios e cuja voz parecia conectada de maneira quase ventríloqua a uma caixa preta que carregava. Seu rosto sem expressão era de uma beleza quase radiante, mas deixou em choque o superintendente do local quando a luz do hall de entrada o iluminou – pois era de cera e com olhos de vidro pintado. Algum acidente não mencionado ocorrera com aquele homem. Um outro sujeito guiava seus passos; um grandalhão repulsivo cujo rosto azulado parecia em parte devorado por alguma doença desconhecida. Aquele que falava requereu a custódia do monstro canibal mandado de Arkham dezesseis anos antes; e, diante da recusa, deu um sinal que ocasionou um tumulto estarrecedor. Os invasores espancaram, pisotearam e morderam todos os presentes que não fugiram, matando quatro pessoas e enfim conseguindo a libertação do monstro. As vítimas capazes de se recordar do acontecimento sem cair na histeria juravam que as criaturas agiam menos como homens e mais como autônomos indescritíveis, guiados pelo líder de rosto de cera. Quando a ajuda solicitada chegou, não havia mais sinais dos homens e de seu ataque enlouquecido.

Da hora em que leu a reportagem até a meia-noite, West ficou praticamente paralisado. À meia-noite a campainha tocou, assustando-o terrivelmente. Todos os empregados estavam dormindo no sótão, então eu atendi à porta. Como contei à polícia, não havia carro na rua, apenas um grupo de estranhas figuras carregando uma caixa quadrada que depositaram no corredor depois que um deles grunhiu em uma voz antinatural: "Encomenda expressa... pré-paga". Eles saíram com passos apressados, e observando enquanto se afastavam me ocorreu a estranha ideia de que estavam se dirigindo ao antigo cemitério adjacente aos fundos da casa. Quando fechei a porta, West apareceu e olhou para a caixa. Tinha cerca de meio metro de altura e largura, e trazia o nome e o endereço de West escritos corretamente. Havia também a inscrição: "De Eric Moreland Clapham-Lee, St. Eloi, Flandres". Seis anos antes, em Flandres, um hospital bombardeado caíra sobre o corpo sem cabeça reanimado do dr. Clapham-Lee, e sobre a cabeça decepada que – talvez – fora capaz de emitir sons articulados.

Nem naquele momento West ficou sobressaltado. Sua condição era muito mais sinistra. Sem demora ele falou:

– É o fim... mas vamos incinerar... isso.

Levamos a caixa para o laboratório no porão, à escuta. Não me lembro de muitos detalhes – é possível imaginar meu estado de nervos –, mas é uma mentira cruel dizer que foi o corpo de Herbert West que pus no incinerador. Nós dois posicionamos a caixa de madeira ainda totalmente lacrada, fechamos a porta e acionamos a eletricidade. Não houve nenhum ruído vindo da caixa, no fim das contas.

Foi West quem notou o gesso se desprendendo da parte da parede onde a alvenaria da antiga tumba fora rebocada. Fiz menção de correr, mas ele me deteve. Então vi uma pequena abertura escura, senti um vento gélido e sinistro e o cheiro das entranhas sepulcrais de uma terra pútrida. Não houve ruído, mas nesse momento as luzes elétricas se apagaram e vi contra o brilho fosforescente de algum mundo do além uma horda de criaturas em um labor silencioso que apenas a insanidade – ou coisa pior – poderia criar. Suas silhuetas eram humanas, semi-humanas, remotamente humanas ou nem um pouco humanas – tratava-se de uma horda grotescamente heterogênea. Estavam removendo sem fazer barulho, uma a uma, as pedras da parede de séculos de idade. Então, quando a abertura ganhou a dimensão suficiente, entraram no laboratório em fila indiana, liderados por uma criatura imponente com uma belíssima cabeça de cera. Uma espécie de monstruosidade de olhar enlouquecido atrás do líder agarrou Herbert West. West não resistiu nem emitiu nenhum som. Todos se lançaram contra ele e o despedaçaram diante dos meus olhos, arremessando os fragmentos de seu corpo naquele aposento subterrâneo de abominações fabulares. A cabeça de West foi levada pelo líder de crânio de cera, que usava uma farda do exército canadense. Quando desapareceu vi os olhos azuis atrás dos óculos, que brilhavam de forma horripilante com sua primeira demonstração verdadeira de uma emoção visível e frenética.

Os empregados me encontraram inconsciente na manhã seguinte. West desaparecera. No incinerador, havia somente cinzas indefiníveis. Os detetives me interrogaram, mas o que eu poderia dizer? A tragédia de Sefton não vai ser relacionada a West; nem isso, nem os homens que trouxeram a caixa, cuja existência a polícia negou. Eu contei sobre o aposento anexo, mas eles apontaram para o reboco de gesso intacto e deram risada. Então eu não disse mais nada. Eles imaginam que eu seja um louco ou um assassino – provavelmente estou louco mesmo. Mas eu não seria assim considerado se aquelas amaldiçoadas legiões das tumbas não fossem tão silenciosas.

Os ratos nas paredes

No dia 16 de julho de 1916, me mudei para Exham Priory assim que o último operário encerrou seus trabalhos. A restauração fora uma tarefa extraordinária, pois pouco havia restado da grande construção abandonada além de uma ruína que se limitava às paredes que mantinham a estrutura; porém, como fora o lar de meus ancestrais, não me deixei abalar pelas despesas. O local não era habitado desde o reinado de James I, quando uma tragédia de natureza horripilante, mas praticamente inexplicada, se abateu sobre o senhor da propriedade, cinco de seus filhos e diversos servos, e expulsou em meio a uma nuvem de desconfiança e pavor o terceiro filho, meu ancestral direto e único sobrevivente da abominada linhagem. Com seu único herdeiro denunciado como assassino, a propriedade foi revertida para a Coroa, e o acusado não fez nenhuma tentativa nem de se inocentar nem de reaver sua antiga casa. Abalado por algum terror maior que a consciência ou a lei, e expressando apenas um desejo frenético de afastar das vistas e da memória a velha construção, Walter de la Poer, décimo primeiro barão de Exham, fugiu para a Virginia, onde se tornou o patriarca da família que no século seguinte ficaria conhecida como Delapore.

Exham Priory permaneceu desocupado, ainda que mais tarde fosse incorporado às propriedades da família Norrys e muito estudado em virtude da peculiaridade de sua composição arquitetônica; uma arquitetura que incluía torres góticas erguidas sobre estruturas saxônicas ou românicas, cujas fundações por sua vez eram de estilos anteriores ou de uma combinação de estilos – romano e até mesmo druídico ou galês nativo, caso as lendas sejam verdadeiras. As fundações eram singularíssimas, encravadas em um dos lados no calcário sólido do precipício acima do qual o antigo priorado se elevava sobre um vale desolado a mais ou menos cinco quilômetros do vilarejo de Anchester. Arquitetos e especialistas em antiguidades adoravam examinar aquela estranha relíquia de séculos esquecidos, mas os camponeses locais a detestavam. Já a detestavam centenas de anos antes, quando meus ancestrais viviam por lá, e ainda a detestavam mesmo em meio ao limo e o bolor do abandono. Logo no primeiro dia em Anchester fiquei sabendo que era descendente de uma casa maldita. E nesta semana os operários dinamitaram Exham Priory e estão se encarregando de remover todos os vestígios de suas fundações.

Os dados elementares sobre minha ancestralidade eu sempre conheci, além do fato de que meu primeiro parente na América chegara às colônias envolto por uma estranha nebulosidade. Dos detalhes, porém, me mantinha completamente ignorante em virtude da política de reticências mantida desde sempre pelos Delapore. Ao contrário de nossos vizinhos fazendeiros, quase nunca nos gabávamos de ancestrais participantes das cruzadas ou outros tipos de heróis medievais e renascentistas; da mesma forma, não havia nenhuma tradição passada de pai para filho, a não ser a que pudesse estar registrada em um envelope selado e guardado até a Guerra Civil, entregue pelos patriarcas aos primogênitos para que fosse aberto postumamente. As glórias que celebrávamos eram as obtidas depois da migração; as glórias de uma linhagem orgulhosa e honrada, embora um tanto reservada e não muito sociável, da Virginia.

Durante a guerra, nossa fortuna se desfez e toda a nossa existência foi alterada pelo incêndio de Carfax, nossa casa às margens do James. Meu avô, de idade avançada, pereceu no atentado incendiário, e com ele se perdeu o envelope que nos ligava ao passado. Consigo me lembrar até hoje do incêndio que testemunhei aos sete anos de idade, os gritos das tropas federais, os berros das mulheres e os uivos e as orações dos negros. Meu pai estava no exército, participando da defesa de Richmond, e depois de diversas formalidades minha mãe e eu fomos transportados para além das linhas para nos juntarmos a ele. Ao fim da guerra fomos todos para o norte, de onde vinha minha mãe; e eu cheguei à vida adulta, à meia-idade e por fim à riqueza como um ianque convicto. Nem meu pai nem eu sabíamos o que o envelope hereditário continha, e mergulhado no austero mundo dos negócios de Massachusetts eu tinha perdido todo o interesse nos mistérios que claramente pairavam sobre minha árvore familiar. Caso suspeitasse de sua natureza, teria deixado de bom grado que Exham Priory continuasse entregue ao limo, aos morcegos e às teias de aranha!

Meu pai morreu em 1904, mas sem deixar nenhuma mensagem para mim ou para Alfred, meu único filho, então um menino de dez anos e órfão de mãe. Foi esse menino que reverteu o fluxo de informações da família; pois, apesar de eu ter lhe transmitido apenas conjecturas anedóticas sobre o passado, ele me escreveu com algumas informações interessantíssimas sobre as lendas de nossos ancestrais quando a mais recente guerra o levou à Inglaterra em 1917 como oficial aviador. Ao que parecia, os Delapore tinham uma história pitoresca e talvez sinistra, pois um amigo de meu filho, o capitão Edward Norrys, dos Royal Flying Corps, morava perto da propriedade da família em Anchester e relatou algumas superstições dos camponeses que poucos escritores poderiam igualar em termos de exotismo e incredibilidade. O próprio Norrys, obviamente, não as levava a sério, mas despertou a curiosidade de meu filho e proporcionava um bom material para as cartas que enviava a mim. Foram essas lendas que chamaram minha atenção para minha herança que vinha do outro lado do Atlântico e me fizeram comprar e restaurar a propriedade da família que Norrys mostrara a Alfred em seu pitoresco abandono e oferecera a ele por uma quantia surpreendentemente razoável, pois um tio seu era o dono do local.

Comprei Exham Priory em 1918, mas quase imediatamente deixei de lado os planos de restauração quando meu filho voltou da guerra mutilado e inválido. Durante os dois anos em que ainda viveu não pensei em nada além de cuidar dele, deixando inclusive meus negócios sob a direção de outros sócios. Em 1921, quando me vi amargurado e sem objetivos, um industrial aposentado muito longe de ser jovem, resolvi dedicar meus anos restantes a minha nova propriedade. Quando visitei Anchester em dezembro daquele ano, fui recebido pelo capitão Norrys, um jovem rechonchudo e simpático que tinha grande consideração por meu filho, e consegui sua ajuda para reunir projetos e relatos para a restauração. O local em si eu encarava sem nenhuma emoção, um conjunto precário de ruínas medievais coberto de liquens e permeado de ninhos de gralhas, equilibrado perigosamente sobre um precipício e sem nenhum vestígio de piso ou outros acabamentos interiores além das paredes de pedra das torres.

Enquanto eu trabalhava para resgatar a imagem da construção conforme deixada por meu ancestral mais de três séculos antes, comecei a contratar operários para a reconstrução. Em todos os casos, fui obrigado a recorrer a mão de obra de fora, pois os habitantes de Anchester tinham um medo e um ódio quase inacreditáveis do lugar. O sentimento era tão intenso que às vezes era comunicado para os trabalhadores de fora, causando numerosas deserções; seu escopo parecia incluir tanto a propriedade como a antiga família que lá residia.

Meu filho me contara que era discretamente evitado durante suas visitas por ser um De la Poer, e eu me vi isolado por uma razão similar até convencer os camponeses do quão pouco sabia sobre minha própria linhagem. Mesmo assim, eles deixavam claro que não gostavam de mim, e precisei me informar sobre a maioria das tradições do vilarejo por intermédio de Norrys. O que as pessoas não conseguiam perdoar, talvez, era que eu estava lá para restaurar um símbolo tão incômodo para elas, pois, racionalmente ou não, Exham Priory era visto como nada menos que uma assombração habitada por demônios e lobisomens.

Juntando as histórias que Norrys compilou para mim e complementando-as com os relatos de vários eruditos que estudaram as ruínas, deduzi que Exham Priory fora erguido no local de um templo pré-histórico; uma construção druídica ou pré-druídica que pode ter sido contemporânea de Stonehenge. Que rituais indescritíveis tenham sido celebrados por lá poucos duvidavam; e havia histórias sombrias sobre a transferência desses rituais para o culto de Cibele introduzido pelos romanos. Nas inscrições ainda visíveis no pavimento inferior do porão era possível ler inconfundivelmente combinações como "DIV... OPS... MAGNA. MAT...", um sinal da Magna Mater, cujo culto obscuro fora em vão proibido aos cidadãos romanos. Anchester fora um acampamento da terceira legião de Augusto, como muitos vestígios atestam, e segundo relatos o templo de Cibele era esplendoroso e ficava apinhado de adoradores que realizavam cerimônias inomináveis sob a condução de um sacerdote frígio. As lendas acrescentavam que o declínio da religião antiga não pusera fim às orgias no templo, e que os sacerdotes conduziam a nova fé sem nenhuma mudança real. Da mesma forma, dizem que os rituais não acabaram com o domínio romano, e que alguns saxões ampliaram o que restara do templo e deram ao local os contornos subsequentemente preservados, transformando-o em um centro de culto temido por metade da Heptarquia. Por volta do ano 1000, o local foi mencionado em uma crônica como um enorme priorado de pedra que abrigava uma estranha e poderosa ordem monástica, cercado por extensas hortas e que não precisava de muralhas para manter à distância a apavorada população local. Resistiu incólume à destruição imposta pelas invasões dos danos, mas depois da Conquista Normanda parece ter entrado em acentuado declínio, pois não houve empecilhos quando Henrique III outorgou o local a meu ancestral Gilbert de la Poer, primeiro barão de Exham, em 1261.

De minha família antes dessa data não existe nenhum relato desabonador, mas algo estranho deve ter acontecido na época. Em uma crônica há uma referência a um De la Poer como um "amaldiçoado por Deus" em 1307, e das lendas locais só transparecem maldades e medos terríveis nas menções ao castelo erguido sobre as fundações do antigo templo e priorado. As histórias que circulavam boca a boca eram das mais sinistras, tornadas ainda mais assustadoras por seu caráter reticente, temeroso, nebuloso e evasivo. Esses relatos representavam meus ancestrais como uma raça de demônios dos quais Gilles de Retz* e o Marquês de Sade foram os mais notáveis aprendizes, e implicavam à boca pequena sua responsabilidade por desaparecimentos periódicos de moradores do vilarejo ao longo de várias gerações.

As piores figuras, aparentemente, eram os barões e seus herdeiros diretos; pelo menos, a maior parte dos relatos lhes dizia respeito. Caso tivesse inclinações mais benignas, segundo diziam, o herdeiro sofria uma morte precoce e misteriosa para dar lugar a um descendente mais típico. Ao que parece, havia um culto restrito à família, presidido pelo chefe da casa e às vezes limitado a alguns poucos membros. O temperamento, e não a ancestralidade, era a base mais evidente desse culto, pois vários agregados à família pelo casamento fizeram parte dele. Lady Margaret Trevor de Cornwall, esposa de Godfrey, segundo filho do quinto barão, se tornou uma vilã popular entre as crianças de toda a região, e a heroína demoníaca de uma balada particularmente horripilante que ainda circula perto da fronteira de Gales. Também preservada na forma de baladas, mas não tão bem ilustrada, é a história de Lady Mary de la Poer, que logo depois do casamento com o conde de Shrewsfield foi morta pelo marido e sua mãe, que foram absolvidos e abençoados pelo sacerdote para quem confessaram aquilo que não tinham coragem de admitir para o restante do mundo.

Esses mitos e baladas, exemplos típicos de superstições grosseiras, me causavam grande repulsa. Sua persistência e sua aplicação a toda a minha longa linhagem de ancestrais eram especialmente irritantes, embora as imputações de hábitos monstruosos se mostrassem desagradavelmente condizentes com um conhecido escândalo

---

* Gilles de Rais (1404-1440): nobre francês acusado de torturar, estuprar e matar mais de cem crianças. (N.E.)

de um de meus parentes mais próximos – o caso de um primo meu, o jovem Randolph Delapore de Carfax, que se misturou aos negros e se tornou um sacerdote vodu depois de voltar da Guerra Mexicano-Americana.

Muito menos perturbadores eram os relatos vagos de lamentos e uivos que atravessavam o vale árido e ventoso sob o desfiladeiro de calcário; do cheiro de carniça que se espalhava depois de chuvas fortes; da criatura branca e estrebuchante que o cavalo de Sir John Clave pisoteara certa noite em um campo ermo; e do servo que enlouqueceu com algo que viu dentro do antigo priorado em plena luz do dia. Essas coisas não passavam de crendices tolas, e na época eu era um cético convicto. Os relatos de camponeses desaparecidos eram mais difíceis de refutar, apesar de não parecerem muito significativos tendo em vista os costumes medievais. A curiosidade podia levar à morte nessa época, e mais de uma cabeça cortada foi exposta publicamente nos baluartes – hoje já demolidos – que cercavam Exham Priory.

Alguns dos relatos eram excessivamente pitorescos, e me fizeram desejar ter estudado mais sobre mitologia comparada na juventude. Havia, por exemplo, a crença de que uma legião de demônios com asas de morcego realizava sabás de bruxas todas as noites no antigo priorado – uma legião cujo sustento poderia explicar a abundância desproporcional de vegetais comestíveis nas extensas hortas ao redor da construção. E, a imagem mais vívida de todas, havia um épico dramático sobre os ratos – o exército em movimento de parasitas obscenos que emergiu do castelo três meses depois da tragédia que provocou seu abandono; o exército esquálido, imundo e faminto que arrebatava tudo em seu caminho e devorou galinhas, gatos, cães, leitões, ovelhas e até mesmo dois infelizes seres humanos antes que sua fúria se dissipasse.

Sobre o inesquecível exército de roedores havia um ciclo de mitos à parte, pois eles se espalharam pelas casas dos vilarejos trazendo pragas e terrores em seu rastro.

Essas foram as lendas que me atormentaram enquanto eu tentava concluir, com a velha obstinação de sempre, o trabalho de restauração do lar de meus ancestrais. Mas não se deve supor nem por um instante que esses relatos constituíam meu único contexto psicológico. De outra parte, eu era constantemente elogiado e incentivado pelo capitão Norrys e pelos especialistas em antiguidades que me acompanhavam e me auxiliavam. Quando a tarefa foi concluída, dois anos depois de iniciada, vi os grandes salões, as paredes revestidas de madeira, os tetos abobadados, as janelas com mainéis e as largas escadarias com um orgulho que compensou inteiramente os gastos prodigiosos da restauração. Cada uma das características medievais foi reproduzida com esmero, e as novas adições se fundiam com perfeição às paredes e fundações originais. O castelo de meus antepassados estava completo, e eu estava ansioso pela redenção da má fama local da linhagem que terminava em mim. Eu residiria ali em caráter permanente, e provaria que um De la Poer (pois adotei a grafia original do nome) não era necessariamente um vilão. Minha tranquilidade talvez fosse ainda maior porque, embora Exham Priory mantivesse o aspecto medieval, seu interior era inteiramente novo e livre de pragas e fantasmas.

Como mencionei, me mudei no dia 16 de julho de 1923. Minhas companhias consistiam em sete empregados e nove gatos, uma espécie pela qual tenho um afeto todo particular. Meu gato mais velho, Nigger-Man, tinha sete anos de idade e viera comigo de Bolton, Massachusetts; os outros acumulei enquanto vivi com a família do capitão Norrys durante a restauração do antigo priorado.

Por cinco dias nossa rotina se desenvolveu com uma placidez absoluta, sendo meu tempo gasto principalmente na catalogação de dados familiares ancestrais. Eu conseguira alguns relatos bastante circunstanciais da tragédia final e da fuga de Walter de la Poer, que imaginei serem o provável conteúdo do documento hereditário perdido no incêndio em Carfax. Ao que parece, meu ancestral foi acusado de forma bem razoável de ter matado durante o sono todos os demais moradores da casa, a não ser quatro servos aliados, cerca de duas semanas depois de uma descoberta chocante que mudou todo o seu jeito de ser, mas que, a não ser por implicação, ele não revelou para ninguém com exceção talvez dos servos que o auxiliaram, e depois fugiu para bem longe.

A matança deliberada, que atingiu o pai, três irmãos e duas irmãs, foi amplamente tolerada pelos habitantes do vilarejo e tratada com tanta conivência pelas autoridades que o perpetrador pôde emigrar de forma honrada, sem empecilhos e sem disfarces, para a Virginia; o sentimento geral sussurrado de boca em boca era que ele havia expurgado o local de uma maldição imemorial. Que descoberta o levara a agir de maneira tão terrível era quase impossível conjeturar. Walter de la Poer devia conhecer fazia anos as sinistras histórias sobre a família, portanto esse material não poderia tê-lo levado a tal impulso. Ele teria então testemunhado algum estarrecedor ritual ancestral, ou encontrado algum símbolo assustador e revelador no antigo priorado ou suas redondezas? Sua reputação na Inglaterra era a de um jovem tímido e cordato. Na Virginia sua fama era mais de um homem rígido e seco do que de atormentado e apreensivo. Inclusive ele foi mencionado no diário de um aristocrata aventureiro, Francis Harley de Bellview, como dono de um senso exemplar de justiça, honra e delicadeza.

No dia 22 de julho ocorreu o primeiro incidente que, apesar de desconsiderado à época, adquire um significado sobrenatural tendo em vista os acontecimentos posteriores. Foi simples a ponto de parecer quase desprezível, e diante das circunstâncias era provável que passasse despercebido; pois é preciso lembrar que, como eu estava em uma construção praticamente nova com exceção das paredes principais e cercado por uma boa equipe de empregados, uma reação apreensiva seria absurda, apesar da localidade. Do que me recordei mais tarde foi apenas isto – meu velho gato preto, cujo comportamento eu conhecia tão bem, estava sem dúvida alguma alerta e ansioso de tal forma que seu comportamento natural se transformou. Ele perambulava de cômodo em cômodo, inquieto e incomodado, farejando o tempo todo as paredes que formavam a antiga estrutura gótica. Compreendo que isso parece banal – como a presença inevitável de um cão rosnando em uma história de fantasma antes que o dono veja a aparição –, mas não tenho como suprimir o fato se quiser manter a coerência.

No dia seguinte, um empregado se queixou da inquietação que se espalhou entre os gatos da casa. Ele veio até mim em meu escritório, um cômodo espaçoso no segundo andar voltado para o poente, com abóbodas de arestas, revestimento de carvalho escuro nas paredes e uma janela gótica tripla com vista para o despenhadeiro de calcário e o vale desolado; e no mesmo momento em que ele falava vi a silhueta preta de Nigger-Man rondando a parede oeste e arranhando os painéis que revestiam a velha parede de pedra. Eu disse ao homem que deveria se tratar de algum odor ou emanação peculiar da velha estrutura de alvenaria, imperceptível aos sentidos humanos, mas capaz de afetar os órgãos delicados dos gatos mesmo através do novo madeiramento. Era nisso que de fato eu acreditava e, quando o sujeito especulou sobre a presença de ratos ou camundongos, mencionei que não havia mais ratos ali fazia trezentos anos, e que mesmo os roedores que circulavam pelos campos raramente se aventuravam naquelas paredes altas, onde quase nunca eram vistos. Naquela tarde falei com o capitão Norrys, e ele me garantiu que seria inacreditável se os camundongos infestassem o antigo priorado de uma forma tão súbita e sem precedentes.

Naquela noite, dispensando como sempre a ajuda do valete, eu me recolhi para o quarto na torre oeste que escolhera para mim, com acesso ao escritório por uma escadaria de pedra e um corredor curto – a primeira parcialmente antiga, o segundo inteiramente restaurado. Era um cômodo circular, muito alto e sem painéis de madeira, com as paredes cobertas com um arrás que escolhi pessoalmente em Londres. Ao ver que Nigger-Man me acompanhava, fechei a porta pesada em estilo gótico e me recolhi sob a luz das lâmpadas elétricas com formato de velas antes de enfim apagar as luzes e me deitar na cama maciça de quatro colunas, com o venerável gato em seu lugar de costume aos meus pés. Não fechei as cortinas, e fiquei olhando pela janela norte estreita para a qual estava virado. Havia um indício de aurora no céu, e os arrendados delicados da janela formavam uma bela silhueta.

Em algum momento devo ter pegado naturalmente no sono, pois me lembro da sensação distinta de abandonar estranhos sonhos quando o gato teve um sobressalto violento de sua posição de placidez. Eu o vi sob o brilho fraco da aurora, com a cabeça voltada para a frente, as patas dianteiras sobre meus tornozelos e as traseiras esticadas para trás. Estava olhando intensamente para um ponto na parede à esquerda da janela, um ponto que aos meus olhos nada tinha de muito marcante, mas que naquele momento monopolizou minhas atenções. Enquanto eu observava, percebi que Nigger-Man não estava agitado à toa. Se o arrás se moveu, eu não sei dizer. Acho que sim, muito discretamente. Mas sou capaz de jurar que por trás do revestimento ouvi o ruído baixo e distinto da movimentação de ratos ou camundongos. Em um instante o gato saltou na direção da tapeçaria que cobria a parede, puxando a peça para o chão com seu peso e expondo uma parede de pedra úmida e antiga; fora remendada em certos pontos pelos restauradores, eliminando vestígios da presença de roedores. Nigger-Man corria de um lado para o outro diante dessa parte do quarto, arranhando o arrás caído e às vezes tentando enfiar a pata entre a parede e o piso de carvalho. Não encontrou nada, e depois de um tempo se cansou e voltou para seu lugar a meus pés. Eu não me levantei, mas não consegui voltar a dormir naquela noite.

Pela manhã interroguei todos os empregados, e descobri que ninguém notara nada de incomum, a não ser a cozinheira, que se lembrava do comportamento de um gato deitado em sua janela. O gato rosnara em um determinado instante da noite, acordando a cozinheira a tempo de vê-lo disparar na direção da porta aberta para descer as escadas. Eu cochilei na hora do almoço, e à tarde voltei a falar com o capitão Norrys, que se mostrou interessadíssimo no que contei. Os estranhos incidentes – tão sutis, porém tão curiosos – apelavam para seu senso de pitoresco, e lhe despertavam várias reminiscências de histórias locais de assombrações. Ficamos genuinamente perplexos com a presença dos ratos, e Norrys me emprestou ratoeiras e um pouco de verde-paris, que ordenei que os empregados colocassem em locais estratégicos quando voltei.

Fui me deitar cedo, pois estava cansado, mas fui atormentado por sonhos da espécie mais terrível. Eu estava olhando de uma altura imensa para uma gruta na semipenumbra, com sujeira até os joelhos, onde um criador de porcos demoníaco de barba branca conduzia com seu cajado um bando de animais flácidos e esponjosos cuja aparência me encheu de uma repulsa inenarrável. Então, quando o criador de porcos parou o que estava fazendo e acenou, uma torrente de ratos desabou sobre o abismo fétido e devorou os animais e o homem juntos.

Dessa terrível visão fui acordado abruptamente pelos movimentos de Nigger-Man, que estava dormindo aos meus pés como de costume. Dessa vez não foi preciso questionar o motivo de seus rosnados e sibilados, nem do medo que o fez cravar as garras em meus tornozelos, ignorando o efeito que causariam, pois por todos os lados as paredes do aposento estavam vivas com sons nauseantes – o espreitar parasitário de ratos famintos e gigantescos. Não havia aurora para revelar o estado do arrás – a parte caída que fora substituída –, mas eu não estava assustado a ponto de não conseguir acender a luz.

Quando as luzes se acenderam vi um tremor horripilante espalhado por toda a tapeçaria, fazendo sua estampa executar uma peculiar dança da morte. O movimento desapareceu de forma quase imediata, junto com o som. Pulando da cama, cutuquei o arrás com o cabo comprido de um aquecedor de cama posicionado ali perto e ergui um pedaço para ver o que havia debaixo. Só encontrei a parede de pedra remendada, e nem mesmo o gato exibia mais a tensão decorrente de uma presença anormal no ambiente. Quando examinei a ratoeira redonda deixada no quarto, encontrei todas as armadilhas acionadas, mas não havia vestígio do que ela pudesse ter capturado e deixado escapar.

Voltar a dormir estava fora de questão, portanto, acendendo uma vela, abri a porta e atravessei o corredor na direção da escada que levava a meu escritório, com Nigger-Man em meu encalço. Antes que chegássemos aos degraus de pedra, porém, o gato saiu em disparada e desapareceu escada abaixo. Enquanto eu descia, de repente notei os ruídos no cômodo espaçoso abaixo de mim; ruídos de uma natureza inconfundível. As paredes revestidas de carvalho estavam infestadas de ratos, correndo e cavoucando com as patas, enquanto Nigger-Man corria de um lado para o outro com a fúria de um caçador frustrado. Quando terminei de descer a escada, acendi a luz, o que dessa vez não fez o barulho cessar. Os ratos continuaram sua balbúrdia, correndo com tamanho vigor que por fim consegui identificar a direção de seu deslocamento. Aquelas criaturas, em um número aparentemente infinito, estavam envolvidas em uma migração superlativa de alturas insondáveis para alguma profundeza concebível ou inconcebivelmente mais abaixo.

Ouvi passos no corredor, e logo em seguida dois empregados abriram a porta pesada. Estavam vasculhando a casa em busca da fonte de alguma perturbação desconhecida que lançara os gatos em um pânico ruidoso e os fizera descer correndo as escadas e se posicionar, miando alto, diante da porta fechada do pavimento inferior do porão. Perguntei se tinham ouvido os ratos, mas a resposta foi negativa. E quando me virei para chamar sua atenção para os ruídos atrás do revestimento de madeira percebi que já haviam parado. Na companhia dos dois homens, desci até a porta do pavimento inferior do porão, mas constatei que os gatos já tinham se dispersado. Mais tarde resolvi explorar o pavimento inferior, mas naquele momento me limitei a verificar as ratoeiras. Estavam todas acionadas, mas não haviam capturado nada. Me consolando com o fato de que ninguém mais ouvira os ratos além dos felinos e de mim, fiquei sentado em meu escritório até o amanhecer, refletindo profundamente e recordando cada fragmento de lenda que desenterrei a respeito da construção que habitava.

Dormi um pouco à tarde, recostado em uma poltrona confortável que era uma exceção em meu mobiliário medieval. Mais tarde telefonei para o capitão Norrys, que veio me ajudar a explorar o pavimento inferior do porão. Absolutamente nada foi encontrado, embora não escondêssemos nossa excitação com o fato de estarmos em um local construído pelos romanos antigos. Todas as arcadas e colunas eram romanas – não o estilo romanesco degradado dos inábeis saxões, mas o classicismo rígido e harmonioso do tempo dos césares; as paredes inclusive continham diversas inscrições conhecidas dos especialistas em antiguidades que tantas vezes exploraram o lugar – coisas como "P.GETAE. PROP... TEMP... DONA..." e "L. PRAEC... VS... PONTIFI... ATYS...".

A referência a Átis me fez estremecer, pois eu havia lido Catulo e sabia algumas coisas a respeito dos horripilantes rituais ao deus oriental, cujo culto tanto se misturava com o de Cibele. Norrys e eu, à luz dos lampiões, tentamos interpretar os estranhos e quase apagados símbolos presentes em certos blocos retangulares de superfície irregular que em geral funcionavam como altares, mas não conseguimos identificar nada. Lembramos que um dos padrões, uma espécie de sol radiante, era na visão dos estudiosos usado para identificar uma origem não romana, o que sugeria que aqueles altares foram apenas adotados pelos sacerdotes romanos a partir de uma construção já existente, talvez um templo de nativos locais. Um desses blocos exibia manchas marrons que me deixaram intrigado. O maior, no centro do recinto, continha certos vestígios na superfície que indicavam sua exposição a chamas – provavelmente em sacrifícios pelo fogo.

Era esse o panorama da cripta diante de cuja porta os gatos se posicionaram, e onde Norrys e eu estávamos decididos a passar aquela noite. Sofás foram trazidos pelos empregados, orientados a ignorar o comportamento noturno dos gatos, e Nigger-Man foi levado para nos ajudar e fazer companhia. Decidimos manter a enorme porta de carvalho – uma réplica moderna com janelinhas de ventilação – totalmente fechada; e, depois de tudo, nos recolhemos com os lampiões ainda acesos para esperar pelo que quer que acontecesse.

Esse recinto era profundamente escavado nas fundações do antigo priorado, e sem dúvida alguma ficava sob a face do penhasco de calcário que se erguia sobre o vale desolado. De que era o local de destino dos implacáveis e insondáveis ratos não havia dúvidas, mas eu não saberia explicar o motivo. Enquanto aguardava, cheio de expectativas, vi minha vigília se misturar de tempos em tempos a sonhos malformados dos quais os movimentos de desconforto do gato a meus pés me despertavam. Apesar de não serem sonhos completos, eram terrivelmente parecidos com o que tivera na noite anterior. Mais uma vez vi a gruta na semipenumbra, e o cuidador de porcos com suas criaturas indescritíveis e esponjosas chafurdando na imundície, e quando olhei mais detidamente elas me pareceram mais próximas e mais distintas – tão distintas que era quase possível observar suas feições. Então reparei nas feições flácidas de uma delas – e acordei com um grito que provocou um sobressalto em Nigger-Man, enquanto o capitão Norrys, que não dormira, caiu na risada. Norrys poderia ter rido mais – ou talvez menos – se soubesse o que me fizera gritar. Mas eu mesmo só me lembrei mais tarde. O terror absoluto muitas vezes bloqueia misericordiosamente a memória.

Norrys me acordou quando o fenômeno teve início. Do mesmo sonho assustador fui despertado por uma sacudidela e um pedido para escutar os gatos. De fato, havia muito o que ouvir, pois do outro lado da porta, no alto dos degraus de pedra, um verdadeiro pesadelo de guinchos e arranhões felinos se elevava, enquanto Nigger-Man, ignorando seus semelhantes do lado de fora, corria exaltadamente junto à parede de pedras, na qual ouvi a mesma babel sonora de ratos que me perturbara na noite anterior.

Um terror agudo surgiu dentro de mim, pois se tratava de anormalidades que nenhuma explicação normal seria capaz de dar conta. Aqueles ratos, caso não fossem criaturas de uma loucura minha compartilhada com os gatos, deviam estar escavando as paredes romanas que eu imaginava ser compostas de blocos enormes de calcário sólido... a não ser que a ação da água por mais de dezessete séculos tivesse aberto túneis que os corpos dos roedores tornaram mais amplos... Mas, mesmo assim, o terror espectral não seria menor, pois se os parasitas estavam vivos por que Norrys não ouvia seu barulho repulsivo? Por que ele me pediu para observar Nigger-Man e escutar os gatos do lado de fora, e por que estava fazendo conjecturas exóticas e vagas do motivo de tamanha agitação?

Quando consegui contar a ele, da forma mais racional possível, o que pensei ouvir, o que meus ouvidos me transmitiram foram as últimas movimentações da escavação, que se deslocou para *ainda mais abaixo*, ultrapassando o mais profundo pavimento do porão até fazer parecer que todo o penhasco estava infestado de ratos em polvorosa. Norrys não se mostrou cético como eu esperava, e pareceu sinceramente comovido. Ele fez um gesto para mim para mostrar que os gatos do outro lado da porta tinham sossegado, como se dessem os ratos por perdidos; Nigger-Man, por sua vez, estava em um frenesi renovado de inquietação, arranhando ao redor do grande altar de pedra no centro do cômodo, que estava mais próximo do sofá de Norrys que do meu.

Meu medo do desconhecido nesse momento estava no auge. Alguma coisa incrível acontecera, e vi que o capitão Norrys, um homem mais jovem, mais robusto e supostamente mais materialista, estava tão afetado quanto eu – talvez em virtude de sua longa e íntima familiaridade com as lendas locais. Por ora não podíamos fazer nada além de observar o velho gato preto arranhar com cada vez menos fervor a base do altar, erguendo a cabeça de tempos em tempos para me olhar e miar para mim como se estivesse pedindo alguma espécie de favor.

Norrys aproximou um lampião do altar e examinou o local que Nigger-Man estava arranhando, ajoelhando-se silenciosamente e afastando os liquens acumulados durante séculos na junção do maciço bloco de pedra pré-romano com o piso marchetado. Ele não encontrou nada, e estava prestes a desistir do intento quando notei um detalhe trivial que me fez estremecer, apesar de não revelar nada além daquilo que eu já imaginava. Contei a ele sobre a constatação, e ambos ficamos observando a quase imperceptível manifestação com um olhar fixo e fascinado de reconhecimento de uma descoberta. Era apenas isto – a chama do lampião colocado perto do altar bruxuleava de leve mas de forma inegável em virtude de uma corrente de ar até então não percebida, e que sem dúvida vinha da fenda entre o piso e o altar da qual Norrys estava arrancando os liquens.

Passamos o resto da noite no escritório bem iluminado discutindo apreensivamente o que fazer a seguir. A descoberta de que havia um aposento mais profundo que o último pavimento conhecido escavado pelos romanos sob aquela pilha amaldiçoada de pedras – um aposento que escapou incólume da curiosidade dos especialistas em antiguidades por três séculos – deveria ser suficiente para nos deixar em polvorosa mesmo sem a presença de um pano de fundo sinistro. Naquele contexto, o fascínio adquiriu um caráter dúbio, e ficamos hesitantes entre abandonar as buscas e nos afastar para sempre do antigo priorado movidos por uma cautela supersticiosa ou ceder a nosso senso de aventura e encarar os horrores que poderiam nos aguardar nas profundezas desconhecidas. Pela manhã chegamos a um acordo e decidimos ir a Londres a fim de reunir um grupo de arqueólogos e homens da ciência capazes de esclarecer o mistério. É preciso mencionar ainda que antes de sairmos do porão tentamos em vão mover o altar central, que agora reconhecíamos como o portal para um novo abismo de medos inomináveis. Que segredo o portal revelaria caberia a homens mais sábios descobrir.

Durante muitos dias em Londres o capitão Norrys e eu apresentamos fatos, conjecturas e lendas a cinco autoridades eminentes, todos homens em quem poderíamos confiar caso alguma revelação familiar viesse à tona nas explorações. A maioria não se mostrou propensa a ironias e demonstrou muito interesse e compaixão genuína. Não é necessário dar o nome de todos, mas devo dizer que entre eles estava Sir William Brinton, cujas escavações na Trôade sacudiram o mundo na época em que aconteceram. Quando todos pegamos o trem para

Anchester eu me senti no limiar de revelações assustadoras, uma sensação reforçada pelo ar de tristeza entre os vários americanos em virtude da morte inesperada do presidente do outro lado do oceano.*

Na noite de 7 de agosto chegamos a Exham Priory, onde os empregados me garantiram que não ocorrera nada de extraordinário. Os gatos, inclusive o velho Nigger-Man, permaneceram perfeitamente tranquilos, e nenhuma ratoeira da casa fora acionada. Começaríamos a exploração no dia seguinte, e providenciei quartos confortáveis para todos os hóspedes. Eu me recolhi para meu quarto na torre, com Nigger-Man deitado a meus pés. O sono veio sem demora, mas fui acometido por sonhos horripilantes. Houve uma visão de um banquete romano como o de Trimálquio**, com uma abominação escondida em uma bandeja coberta. Então veio a maldita visão recorrente do criador de porcos e seus animais imundos na gruta na semipenumbra. Os ratos, vivos ou espectrais, não vieram me atormentar, e Nigger-Man dormiu tranquilamente. Quando desci, fiquei sabendo que a mesma tranquilidade prevaleceu no restante da casa; uma situação que um dos homens recrutados – um sujeito chamado Thornton, dedicado aos fenômenos psíquicos – atribuiu absurdamente ao fato de que a coisa que certas forças queriam me mostrar já me fora revelada.

Com tudo pronto, às onze horas nosso grupo de sete homens, carregando lanternas elétricas potentes e ferramentas de escavação, desceu para o último pavimento do porão, trancando a porta atrás de nós.

---

* Referência à morte do presidente Warren G. Harding, em São Francisco, em 2 de agosto de 1922. (N.E.)
** Escravo liberto de *Satíricon*, de Petrônio, famoso por oferecer banquetes extravagantes. (N.E.)

Nigger-Man nos acompanhou, pois os investigadores não viam razão para ignorar sua percepção, e ansiavam por sua presença no caso de alguma manifestação obscura de roedores. Examinamos as inscrições romanas e os desenhos desconhecidos no altar apenas de passagem, pois três dos sábios já os tinham visto antes, e todos conheciam suas características. As atenções principais se concentraram no enorme altar central, e em uma hora Sir William Brinton conseguiu incliná-lo para trás, com a ajuda de uma espécie de contrapeso.

Foi quando se revelou um horror tamanho que ficaríamos estupefatos caso não estivéssemos preparados. Por uma abertura quase quadrada no piso, espalhados por um lance de degraus de pedra tão incrivelmente gastos que eram pouco mais que um plano inclinado no centro, havia um macabro arranjo de ossos humanos e semi-humanos. Os que ainda estavam ordenados como esqueletos exibiam posturas de pânico, e por toda parte havia marcas de mordidas de roedores. Os crânios denotavam sinais de idiotismo, cretinismo ou um primitivismo quase simiesco. Sobre os degraus infernalmente atulhados havia uma passagem descendente arqueada que também parecia escavada na rocha sólida, de onde vinha uma corrente de ar. Não era uma lufada repentina e nauseante saída de um recinto fechado, mas uma brisa com um quê de frescor. Não nos detivemos por muito tempo, e tremulamente começamos a abrir uma passagem pelos degraus. Foi quando Sir William, examinando as paredes entalhadas, fez a estranha observação de que a passagem, de acordo com a direção dos golpes das talhadeiras, deveria ter sido escavada *de baixo para cima*.

Preciso tomar muito cuidado agora, e escolher bem as palavras.

Depois de descer alguns degraus entre os ossos roídos vimos uma luz mais adiante; não uma fosforescência mística, mas uma luz do dia filtrada que não poderia estar lá, a não ser que viesse de fissuras desconhecidas no despenhadeiro que se elevava sobre o vale desolado. Que tais fissuras passassem despercebidas a partir do exterior não chegava a ser surpreendente, pois além de o vale ser inabitado o penhasco é tão alto e inclinado que apenas um aeronauta conseguiria observar sua superfície em detalhes. Alguns degraus a mais e ficamos literalmente sem fôlego com o que vimos; tão literalmente que Thornton, o investigador psíquico, desmaiou nos braços do homem atordoado que seguia às suas costas. Norrys, com o rosto rechonchudo e flácido totalmente pálido, soltou um grito inarticulado; eu, por minha vez, acho que suspirei ou sibilei antes de tapar os olhos. O homem atrás de mim – o único do grupo que era mais velho que eu – gritou um batido "Meu Deus!" com a voz mais assustada que já ouvi na vida. Dos sete homens cultos e vividos, apenas Sir William Brinton manteve a compostura; um fato digno de admiração, pois ele liderava a expedição e foi o primeiro a ver a cena.

Era uma gruta de uma altura imensa, que se estendia na semipenumbra para além de onde os olhos eram capazes de alcançar; um mundo subterrâneo de mistérios ilimitados e atmosfera terrível. Havia construções e outros vestígios arquitetônicos – em uma olhada rápida e apavorada vi um estranho padrão de túmulos, um círculo primitivo de monólitos, uma ruína romana de cúpula baixa, uma grande construção saxã e uma edificação de madeira dos primórdios da Inglaterra –, mas tudo isso parecia desimportante diante do espetáculo macabro proporcionado pela superfície do chão. Pois a partir de alguns metros diante dos degraus se estendia um emaranhado de ossos humanos, ou pelo menos tão humanos quanto os das escadas. Como um mar espumoso eles se espalhavam pelo local, alguns despedaçados, outros na forma de esqueletos intactos ou parcialmente articulados; esses últimos invariavelmente exibiam posturas de um frenesi demoníaco, ou se protegendo de alguma ameaça ou agarrando outras criaturas com intenções canibalescas.

Quando o dr. Trask, o antropólogo, se agachou para classificar os crânios, encontrou uma mistura degradada que o deixou perplexo. Eram quase todos inferiores ao homem de Piltdown na escala evolutiva, mas em todos os casos inegavelmente humanos. Muitos estavam em estágios mais elevados, e alguns pouquíssimos eram crânios de tipos completamente desenvolvidos. Todos os ossos estavam roídos, em sua maior parte por ratos, mas alguns por outros do bando semi-humano. Misturados a eles havia muitos ossinhos de ratos – membros tombados do exército letal que encerrava o antigo épico.

Eu me pergunto quantos entre nós sobreviveriam com a sanidade intacta depois de um dia tão horripilante de descobertas. Nem Hoffmann nem Huysmans seriam capazes de conceber uma cena mais loucamente inacreditável, mais freneticamente repulsiva ou mais goticamente grotesca que a gruta na semipenumbra pela qual nós sete avançávamos com passos incertos, deparando com revelação após revelação e tentando manter os pensamentos longe dos acontecimentos que devem ter ocorrido ali trezentos anos antes, ou mil, ou dois mil, ou dez mil. Era a antecâmara do inferno, e o pobre Thornton desmaiou de novo quando Trask lhe disse que alguns dos esqueletos deviam ter regredido à condição de quadrúpedes nas últimas vinte ou mais gerações.

Horror após horror, começamos a interpretar os vestígios arquitetônicos. As criaturas quadrúpedes – com ocasionais acompanhantes da classe dos bípedes – eram mantidas em currais de pedra, dos quais devem ter fugido em seu último delírio de fome ou de pavor causado pelos ratos. Havia grandes bandos delas, evidentemente engordadas pelos vegetais comestíveis cujos restos era possível encontrar em uma espécie de forragem venenosa no fundo de enormes comedouros de pedra mais antigos do que Roma. Agora eu sabia por que meus ancestrais tinham hortas tão extensas – e como eu gostaria de ter esquecido! O propósito de tais bandos eu não ousaria perguntar.

Sir William, levando sua lanterna até a ruína romana, traduziu em voz alta o mais chocante ritual de que já tive conhecimento, e contou sobre a dieta dos cultos antediluvianos que os sacerdotes de Cibele descobriram e incorporaram à sua. Norrys, acostumado às trincheiras, mal conseguia andar em linha reta ao sair da construção inglesa. Era um abatedouro e uma cozinha – o que ele esperava –, mas foi demais para ele ver utensílios tão familiares aos ingleses em um local como aquele, e ler inscrições reconhecíveis em inglês, algumas inclusive mais recentes, datando de 1610. Eu não consegui entrar nesse lugar – nessa construção cujas atividades demoníacas foram interrompidas apenas por obra do punhal de meu ancestral Walter de la Poer.

Onde me arrisquei a entrar foi na construção saxã, cuja porta de carvalho estava caída, e lá encontrei uma terrível fileira de dez celas de pedra com barras enferrujadas. Três estavam ocupadas, com esqueletos evoluídos, e no indicador de um deles vi um anel de sinete com meu brasão. Sir William encontrou uma galeria com celas bem mais antigas na capela romana, mas estavam vazias. Mais abaixo havia uma cripta com ossos arranjados formalmente em caixas, algumas com inscrições abomináveis entalhadas em latim, grego e na língua frígia. Enquanto isso, o dr. Trask abria um dos túmulos pré-históricos e trazia à luz crânios que não pareciam mais humanos que o de um gorila, e que ostentavam ideogramas indescritíveis. Em meio a todo esse horror meu gato caminhava sem se perturbar. Eu cheguei a vê--lo sentado monstruosamente sobre uma montanha de ossos, e me perguntei que segredos poderiam se esconder atrás daqueles olhos amarelos.

Depois de compreendermos até certo ponto as revelações assustadoras contidas naquela área à meia-luz – uma área que tão horrendamente antevi em meus sonhos recorrentes –, nós nos voltamos para as aparentemente ilimitadas profundezas da parte escura da caverna, onde nenhum raio de luz que batia no penhasco era capaz de penetrar. Nós nunca saberemos que mundos estígios se escondem além da pequena distância que percorremos, pois concluímos que tais segredos não fariam bem à humanidade. Mas havia muita coisa para nos enojar ali por perto, pois não precisamos andar muito para que as lanternas mostrassem uma infinidade de buracos amaldiçoados em que os ratos se banqueteavam, cuja escassez súbita de reabastecimento levou o faminto exército de roedores a se voltar para os rebanhos vivos de criaturas à míngua, e depois a escapar do antigo priorado na histórica orgia de devastação da qual os camponeses jamais vão se esquecer.

Deus do céu! Aqueles buracos escuros cheios de ossos roídos e partidos e crânios abertos! Aqueles abismos de pesadelo preenchidos com os ossos de pitecantropoides, celtas, romanos e ingleses ao longo de séculos de profanação! Alguns estavam repletos, e era impossível determinar sua profundidade. Outros pareciam não ter fim até onde nossas lanternas eram capazes de alcançar, e eram povoados de visões inomináveis. O que aconteceu, pensei, com os ratos que caíram em tais armadilhas no meio de suas buscas às cegas neste Tártaro sinistro?

Quando meu pé deslizou para perto de uma abertura horrendamente escancarada, tive um momento de medo extático. Eu devia estar perambulando fazia algum tempo, pois não vi mais ninguém da expedição por perto além do rechonchudo capitão Norrys. Então um som que julguei familiar se elevou da escuridão sem fim, e eu vi meu velho gato preto passar correndo por mim e se lançar como um deus egípcio alado diretamente para o abismo ilimitado do desconhecido. Mas eu tinha razão, pois um segundo depois veio a confirmação. Era a correria desabalada daqueles ratos infernais, sempre à procura de novos horrores, determinados a me conduzir para aquelas cavernas abertas no centro da terra, onde Nyarlathotep, o enlouquecido deus sem rosto, uivava cegamente ao som de seus dois flautistas idiotas e amorfos.

Minha lanterna se apagou, mas mesmo assim eu corri. Ouvi vozes, e guinchos, e ecos, mas acima de tudo havia aquele ímpio e insidioso som de patas; crescendo mais e mais, como um cadáver inchado e rígido se erguendo em um rio oleoso que corre sob infinitas pontes de ônix na direção de um mar preto e pútrido. Alguma coisa esbarrou em mim – alguma coisa mole e flácida. Deviam ser os ratos; o viscoso, gelatinoso e faminto exército que se alimenta dos mortos e dos vivos... Por que os ratos não comeriam os De la Poer se os De la Poer se alimentavam de coisas proibidas?... A guerra devorou meu filho, malditos sejam todos... e os ianques devoraram Carfax com as chamas que incineraram o segredo do patriarca Delapore... Não, não, eu garanto, não sou o criador de porcos demoníaco na gruta na semipenumbra! *Não* era o rosto gordo de Edward Norrys que vi naquela coisa flácida e esponjosa! Quem disse que sou um De la Poer? Ele sobreviveu, mas meu menino morreu!... Um Norrys ficar com as terras de um De la Poer?... É vodu, eu garanto... aquela cobra rajada... Maldito seja você, Thornton, vou lhe ensinar uma lição por desmaiar em virtude do que minha família faz!... Pelos céus, canalhas, ensinar-vos-ei a apreciar... quereis conduzir-me à vossa maneira?... *Magna Mater! Magna Mater!... Atys... Dia ad aghaidh 's ad aodann... agus bas dunach ort! Dhonas 's dholas ort, agus leat-sa!...* Ungl... ungl... rrrlh... chchch...*

Foi isso que segundo eles eu falei quando me encontraram na escuridão depois de três horas; me acharam curvado nas trevas sobre o corpo rechonchudo e semidevorado do capitão Norrys, com meu gato saltando sobre mim e arranhando minha garganta. Agora dinamitaram Exham Priory, tiraram meu Nigger-Man de mim e me jogaram nesta cela com grades de ferro em Hanwell em meio a sussurros temerosos a respeito de minha hereditariedade e minhas experiências. Thornton está na cela ao lado, mas sou proibido de falar com ele. Estão tentando também suprimir a maioria dos fatos a respeito do antigo priorado. Quando falo do pobre Norrys me acusam de um ato odioso, mas precisam saber que não fiz isso. Precisam saber que foram os ratos;

---

* "Deus contra ti e em teu encalço... e que uma morte terrível te aflija... O mal e a tristeza para ti e os teus!" Frases em gaélico extraídas do conto "The Sin-Eater" (1895), de Fiona Macleod. (N.E.)

os ratos fugidios e apressados cujos passos nunca me deixam dormir; os ratos demoníacos que correm atrás do revestimento almofadado desta cela e me convidam a conhecer horrores ainda maiores do que aqueles que testemunhei; os ratos que ninguém nunca escuta; os ratos, os ratos nas paredes.

Ar frio

Você me pede para explicar por que sinto medo de correntes de ar frio; por que estremeço mais que o normal quando entro em um cômodo gelado e pareço enojado e repugnado quando o frio da noite interrompe o calor de um dia ameno de outono. Há quem diga que reajo ao frio da mesma forma que outros reagem a maus odores, e não sou eu quem vai negar essa impressão. O que vou fazer é relatar a mais terrível situação com que já deparei, e deixar que você julgue se constitui ou não uma explicação adequada para minha peculiaridade.

É um erro especular que o horror seja associado intrinsecamente à escuridão, ao silêncio e à solidão. Eu o encontrei em meio ao brilho de uma tarde, no burburinho de uma metrópole, e no agitado seio de uma casa de cômodos comum e ordinária com uma proprietária prosaica e dois homens robustos ao meu lado. Na primavera de 1923, consegui um trabalho tedioso e mal remunerado em uma revista de Nova York; como não estava em condições de pagar um aluguel, comecei a vagar entre uma pensão barata e outra em busca de um quarto que combinasse as qualidades de uma higiene decente, móveis de algum conforto e preços mais que razoáveis. Logo ficou claro que minha única escolha seria entre o mais suportável dos males, mas depois de um tempo encontrei uma casa na West 14th Street que me causou menos repulsa que as demais que havia visitado.

Era um casarão de quatro andares com fachada de tijolos, aparentemente datado do final da década de

1840, adornado com detalhes em madeira e mármore cujo esplendor manchado e encardido comprovava a decadência do que um dia fora um alto nível de opulência e bom gosto. Nos quartos, grandes e de teto alto, decorados com papéis de parede indescritíveis e ridículas sancas de gesso, pairava um cheiro deprimente de umidade e de iguarias culinárias obscuras; mas o piso estava limpo, as roupas de cama eram aceitavelmente comuns e a água quente era suprida com uma certa constância, sem interrupções frequentes, então encarei a pensão como um lugar pelo menos suportável para eu hibernar até que de fato voltasse a viver. A proprietária, uma espanhola desleixada e quase barbada de sobrenome Herrero, não me perturbava com fofocas ou reclamações da luz acesa até tarde em meu quarto no terceiro andar; e meus companheiros de pensão eram silenciosos e pouco comunicativos como seria de se desejar, em sua maior parte espanhóis apenas um pouco acima da estirpe mais grosseira e ignorante. Apenas o ruído dos bondes na rua movimentada se mostrou um incômodo mais sério.

Eu estava lá fazia três semanas quando o primeiro incidente aconteceu. Certa noite, por volta das oito horas, escutei o som de algo se espatifando e senti o odor pungente de amônia no ar por algum tempo. Olhando ao redor do quarto, vi que o teto estava molhado e gotejando; a umidade aparentemente vinha de um canto no lado que dava para a rua. Interessado em resolver o problema o quanto antes, desci às pressas para o porão a fim de comunicar à proprietária, e ela me garantiu que o incômodo logo seria solucionado.

– Doctor Muñoz – ela gritou enquanto subia as escadas à minha frente –, ele derramou os productos químicos. Está mui enfermo para cuidar de si, e cada vez mais enfermo, mas não aceita chamar outro doctor.

Ele é mui peculiar com a enfermidade, todo dia toma banhos de sais com odores fortes, e não pode se exaltar nem se aquecer. Só ele pode fazer a limpeza, a saleta está cheia de frascos e máquinas, e ele não trabalha mais como doctor. Mas um dia foi importante, mi padre em Barcelona ouviu falar dele, e não faz mucho tempo que consertou o braço do encanador que se acidentou. Ele nunca sai, solamente vai ao terraço, e mi hijo Esteban lhe traz comida, roupas, remédios e productos químicos. Por Diós, o sal amoníaco que esse hombre usa para baixar a temperatura do corpo!

A sra. Herrero desapareceu escada acima rumo ao quarto andar, e eu voltei ao meu quarto. A amônia parou de pingar, limpei o que caiu no chão e abri a janela para que o ar entrasse, ouvindo os passos pesados da proprietária acima da cabeça. Do dr. Muñoz não ouvia nada, a não ser alguns ruídos de algum mecanismo movido a gasolina, pois seus passos eram leves e suaves. Eu me perguntei por um momento de que estranha doença esse homem podia sofrer, e se sua recusa obstinada de ajuda externa não poderia ser fruto de alguma excentricidade sem razão nenhuma de ser. Existe, eu refleti ordinariamente, uma dose infinita de sofrimento no estado mental de uma pessoa de destaque que entra em decadência no mundo.

Eu poderia jamais conhecer o dr. Muñoz não fosse o ataque cardíaco que me acometeu de forma súbita certa manhã enquanto escrevia em meu quarto. Os médicos haviam me alertado sobre o perigo dessas ocorrências, e eu sabia que não havia tempo a perder; me lembrando do que a proprietária dissera sobre a ajuda dada pelo inválido ao trabalhador ferido, me arrastei escada acima e bati de leve na porta acima da minha. O chamado foi respondido em inglês fluente por uma voz vinda de algum ponto à direita dentro do quarto, perguntando meu nome e o que queria; depois que me expliquei, a porta ao lado daquela em que bati se abriu.

Uma lufada de ar frio me atingiu; apesar de ser um dia de verão dos mais quentes naquele fim de junho, estremeci ao cruzar a soleira da porta para entrar em um apartamento espaçoso cuja decoração luxuosa e de bom gosto me surpreendeu naquele ninho de esqualidez e decadência. Um sofá-cama cumpria seu papel diurno de assento, e a mobília de mogno, as cortinas suntuosas, os quadros antigos e as bem fornidas estantes de livros davam a impressão de se tratar mais do escritório de um cavalheiro de posses que de um quarto de pensão. Agora eu podia ver que o cômodo acima do meu – a "saleta" cheia de frascos e máquinas mencionada pela sra. Herrero – era apenas o laboratório do médico e que o local habitado de fato por ele era o espaçoso quarto anexo cujas convenientes reentrâncias nas paredes e o banheiro lhe permitiam esconder todas as peças utilitárias de mobília. O dr. Muñoz, sem dúvida, era um homem bem-nascido, culto e distinto.

A figura diante de mim era a de um homem baixo, mas muito bem proporcionado, usando um traje formal, bem cortado e ajustado. O rosto aristocrático transmitia uma imagem de alguém acostumado a mandar, mas sem arrogância, e era adornado por uma barba grisalha curta e cheia, além de um pincenê antiquado que protegia os olhos escuros sobre o nariz aquilino que dava um toque mourisco a uma fisionomia ademais inteiramente celtibérica. Os cabelos grossos e bem cortados, indicativos de visitas frequentes de um barbeiro, estavam repartidos de forma elegante sobre a testa alta; a imagem geral era de uma inteligência aguda e de uma ascendência e criação de estirpe superior.

Mesmo assim, quando vi o dr. Muñoz em meio àquela lufada de ar frio, senti uma repugnância que nada em seu aspecto parecia justificar. Apenas a pele um tanto lívida e a frieza de seu toque poderiam proporcionar uma explicação física para tal sensação, e mesmo essas coisas eram compreensíveis considerando a condição de inválido do homem. Poderia também ter sido aquele frio peculiar que me incomodou, pois um ar tão gelado era anormal em um dia quente, e o que é anormal costuma causar aversão, desconfiança e medo.

Mas a repugnância logo foi esquecida para dar lugar à admiração, pois a habilidade extrema do singular médico logo se mostrou manifesta, apesar do toque frio e trêmulo de suas mãos de aparência exangue. Ele claramente entendeu minha condição ao primeiro olhar, e a tratou com uma precisão magistral; enquanto isso, me garantia com uma voz estranhamente rasa e sem timbre que era o mais renhido dos inimigos jurados da morte, e que perdera sua fortuna e seus amigos em um experimento bizarro destinado a sua frustração e extirpação. Havia algo de um fanatismo benevolente em seu comportamento, e ele continuou tagarelando de forma quase alucinada enquanto auscultava meu peito e preparava a mistura apropriada com as drogas que apanhara no laboratório. Obviamente considerava a companhia de um homem bem-nascido uma novidade bem-vinda naquele ambiente dilapidado, e se viu levado a um falatório incomum à medida que as lembranças de dias melhores vinham à tona.

Sua voz, apesar de estranha, era tranquilizadora, e eu mal percebia sua respiração à medida que suas frases fluentes se emendavam educadamente. Ele tentava distrair minha mente do ataque que sofri falando sobre suas teorias e seus experimentos; lembro que me consolou com muito tato ao falar de meu coração fraco, afirmando que a força de vontade e a consciência são muito mais resistentes que a existência orgânica da vida, de modo que, se um corpo originalmente saudável for bem preservado, através do fortalecimento científico de tais qualidades é possível reter uma espécie de vivacidade nervosa apesar de doenças, maus funcionamentos e até mesmo a ausência de certos órgãos. Ele poderia, conforme afirmou não exatamente de brincadeira, algum dia me ensinar a viver – ou ao menos ter algum tipo de existência consciente – mesmo na ausência de um coração! De sua parte, ele sofria de uma complicação física que exigia condições ambientais estritas, que incluíam o frio frequente. Qualquer elevação de temperatura poderia ser fatal, caso se prolongasse; e a frieza de sua habitação – cerca de onze ou doze graus centígrados – era mantida por um sistema de refrigeração por absorção com resfriamento de amônia, com bombas impulsionadas pelo motor a gasolina que eu costumava ouvir com frequência de meu quarto.

Aliviado dos sintomas de meu ataque em um período incrivelmente curto, saí do cômodo gelado como discípulo devoto do talentoso recluso. Depois disso passei a fazer visitas frequentes e encapotadas a seu quarto, ouvindo com atenção quando me contava sobre as pesquisas secretas e seus resultados quase repulsivos, e estremecendo um pouco quando examinava os poucos convencionais e absurdamente antigos volumes em suas estantes. No fim, devo acrescentar, me vi quase curado de minha doença durante o tempo em que estive sob seus habilidosos cuidados. Aparentemente ele não ousava ridicularizar os encantamentos dos medievalistas, pois acreditava que aquelas fórmulas crípticas continham raros estímulos psicológicos que em teoria poderiam produzir efeitos singulares sobre a estrutura material de um sistema nervoso que perdesse suas pulsações orgânicas. Fiquei comovido com seu relato sobre o idoso dr. Torres de Valencia, com quem compartilhou os primeiros experimentos dezoito anos antes, quando se manifestou a grave doença que era a origem dos problemas físicos de que sofria. Assim que curou o colega, o velho dr. Torres sucumbiu ao terrível inimigo que enfrentara. Talvez a tensão tenha sido demasiada, pois o dr. Muñoz deixou claro – embora não tenha entrado em detalhes – que os métodos de cura foram extraordinários, envolvendo contextos e procedimentos não muito aceitos pelos galenos mais antiquados e conservadores.

À medida que as semanas se passavam, reparei com pesar que meu novo amigo de fato sofria de uma decadência física lenta porém inegável, conforme mencionara a sra. Herrero. O aspecto lívido de sua pele se intensificara, sua voz se tornara mais vazia e indistinta, suas contrações musculares se mostravam menos coordenadas, e sua mente e sua disposição revelavam menos resiliência e iniciativa. Dessa triste mudança ele parecia bem consciente, e pouco a pouco sua expressão e seu discurso foram adquirindo uma ironia repulsiva que fez ressurgir em mim algo da sutil repugnância que senti logo que o conheci.

Ele desenvolveu estranhos caprichos, como um gosto por especiarias exóticas e incenso egípcio que faziam seu quarto ter o cheiro da tumba de um faraó sepultado no Vale dos Reis. Ao mesmo tempo, sua demanda por ar frio aumentou, e com minha ajuda ele ampliou a tubulação de amônia de seu quarto e modificou as bombas e a alimentação de sua máquina de refrigeração até conseguir baixar a temperatura para um ou quatro graus, e por fim para até dois graus negativos; o banheiro e o laboratório, obviamente, eram menos gelados, para que a água não congelasse e para que os processos químicos entre os reagentes não fossem prejudicados. O inquilino do quarto ao lado reclamou do ar gelado que vinha da porta que ligava os dois aposentos, então eu o ajudei a pendurar cortinas grossas para aliviar o problema. Uma espécie de terror crescente, de um tipo bizarro e mórbido, parecia tê-lo possuído. Ele falava sem parar da morte, mas soltava risadas ocas quando eu sugeria que ditasse as providências para seu enterro ou velório.

No fim, ele se tornou uma companhia perturbadora e até mesmo repulsiva; porém, por minha gratidão pela cura que me proporcionou, eu não poderia abandoná-lo aos cuidados dos estranhos que o cercavam, e tratava de varrer seu quarto e garantir o provimento de suas necessidades diárias, agasalhado por um sobretudo pesado que comprei especialmente para esse propósito. Da mesma forma, eu fazia boa parte de suas compras, e me via perplexo com alguns dos produtos químicos que encomendava de drogarias e casas de suprimentos para laboratórios.

Uma atmosfera crescente e inexplicável de pânico parecia se espalhar ao redor do apartamento. A casa toda, como mencionei, cheirava a umidade, mas o odor em seu quarto era pior – apesar de todas as especiarias e os incensos, e dos produtos químicos pungentes para os banhos agora incessantes que ele insistia em tomar desacompanhado. Percebi que devia ser por algo relacionado a sua doença, e estremeci quando pensei no que poderia ser. A sra. Herrero fazia o sinal da cruz quando o olhava, e o entregou sem reservas ao meu cuidado; não permitiu nem ao menos que seu filho Esteban continuasse realizando favores para ele. Quando eu sugeria outros médicos, o doente demonstrava o máximo de fúria que ousava expressar. Apesar de claramente temer as consequências físicas de sentimentos exaltados, sua determinação e força de vontade só aumentavam, e ele se recusava a ficar confinado à cama. A lassidão dos primeiros dias de doença deu lugar à volta de sua vontade férrea, ao ponto de ele parecer prestes a lançar um desafio direto ao demônio da morte mesmo quando o cerco de seu velho inimigo parecia mais próximo. A obrigação de comer, sempre abordada como uma espécie de formalidade curiosa em seu caso, foi praticamente abandonada; apenas a força mental parecia separá-lo do colapso completo.

Ele adquiriu o hábito de escrever longos documentos, que lacrava com cuidado e me recomendava que enviasse depois de sua morte a certas pessoas que indicava – em sua maioria gente culta das Índias Orientais, mas também um médico francês que fora famoso em outras épocas e se acreditava estar morto, sobre o qual os boatos mais inconcebíveis circulavam à boca pequena. No fim das contas, queimei todos esses papéis sem entregar e sem abrir. Seu aspecto e sua voz se tornaram absolutamente assustadores, e sua presença era quase intolerável. Certo dia de setembro um homem que viera consertar a luminária da escrivaninha sofreu um ataque epilético ao vê-lo; um ataque cujo tratamento ele prescreveu de forma eficiente enquanto se mantinha fora das vistas. O homem, por mais estranho que pareça, suportara os horrores da Grande Guerra sem sofrer nenhum susto comparável.

Então, em meados de outubro, o horror dos horrores sobreveio de forma absurdamente repentina. Certa noite, às onze horas, a bomba da máquina de refrigeração quebrou, o que em três horas tornaria impossível o processo de resfriamento de amônia. O dr. Muñoz me chamou dando pancadas no piso, e eu trabalhei freneticamente para resolver o problema enquanto meu anfitrião praguejava em um tom tão vazio e sem vida que é impossível de descrever. Meus esforços de amador, porém, se revelaram inúteis, e quando trouxe o mecânico de uma oficina de automóveis do bairro que ficava aberta à noite descobrimos que nada poderia ser feito até a manhã seguinte, quando um novo pistão fosse comprado. A raiva e o medo do ermitão moribundo, de proporções grotescas, pareciam prestes a destroçar o que restava de seu corpo frágil; foi quando um espasmo o fez levar as mãos aos olhos e ir às pressas ao banheiro. Ele saiu tateando com o rosto coberto por uma bandagem, e jamais voltei a ver seus olhos.

O frio no apartamento diminuíra sensivelmente, e por volta das cinco da manhã o médico se trancou no banheiro, me pedindo que lhe comprasse todo o gelo que conseguisse nas drogarias e nos cafés que funcionavam de madrugada. Quando voltava de minhas excursões às vezes desoladoras e depositava o que conseguira diante da porta fechada do banheiro, ouvia o som da água se agitando inquietamente lá dentro, e uma voz embargada e fraca emitia o pedido de "Mais... mais!". À medida que o dia quente amanhecia, as portas do comércio se abriam uma a uma. Pedi a Esteban que o ajudasse com o gelo enquanto eu ia atrás do pistão da bomba, ou que encomendasse o pistão enquanto eu continuava comprando gelo; mas, orientado pela mãe, ele se recusou permanentemente.

Por fim, paguei um desocupado de aparência desgrenhada que encontrei na esquina da 8th Avenue para levar ao paciente o suprimento obtido em uma lojinha onde o apresentei e me ocupei diligentemente da tarefa de encontrar um pistão para a bomba e um trabalhador habilitado a fazer o reparo. O trabalho parecia interminável, e me vi praguejando quase tão violentamente quanto o ermitão quando vi as horas se passarem em um piscar de olhos, em intermináveis e improdutivas ligações telefônicas e vagando ofegante e sem parar para comer de lugar em lugar, de metrô e de bonde. Mais ou menos ao meio-dia encontrei a loja certa no centro da cidade, e por volta da uma e meia da tarde cheguei à pensão com a parafernália necessária e dois mecânicos fortes e inteligentes. Havia feito o melhor possível, e torcia para que não fosse tarde demais.

O terror absoluto, no entanto, me precedera. A casa estava em polvorosa, e por cima do falatório de vozes perplexas ouvi um homem rezando em um tom grave. Coisas demoníacas pairavam no ar, e os moradores contaram com seus rosários nas mãos que sentiram o cheiro que escapou por baixo da porta fechada do médico. O desocupado que contratei aparentemente fugira aos gritos e com os olhos arregalados pouco depois da segunda entrega de gelo, talvez em virtude do excesso de curiosidade. Ele não poderia, obviamente, trancar a porta atrás de si; mesmo assim a porta estava travada, presumivelmente a partir de dentro. Não havia som nenhum lá dentro a não ser um gotejar inominável, lento e denso.

Depois de uma rápida consulta à sra. Herrero e aos mecânicos, apesar do medo que me corroía a alma, sugeri que a porta fosse arrombada, mas a proprietária arrumou um jeito de virar a chave a partir do lado de fora usando um arame. Tínhamos aberto previamente todas as portas e janelas do andar. Agora, com o nariz protegido por lenços, tremulamente invadimos o maldito apartamento de face sul, aquecido pelo sol do início da tarde.

Uma espécie de rastro escuro e gosmento se espalhava da porta do banheiro até a do corredor, e em seguida para a escrivaninha, onde uma terrível poça se acumulara. Havia algo escrito a lápis quase às cegas em uma folha de papel com manchas horrendas produzidas pelas mesmas mãos que anotaram às pressas aquelas últimas palavras. O rastro seguia para o sofá e terminava de forma indescritível.

O que estava, ou estivera, no sofá não ouso registrar aqui. Mas isto é o que tremulamente decifrei no papel manchado e grudento antes de acender um fósforo e queimá-lo por completo, o que decifrei apavorado enquanto a proprietária e os dois mecânicos fugiam freneticamente daquele lugar infernal para balbuciar suas histórias incoerentes na delegacia de polícia mais próxima. As palavras nauseantes pareciam quase inacreditáveis sob a luz amarelada do sol, em meio ao ruído dos carros e caminhões que subiam clamorosamente da 14th Street, mas eu confesso que naquele momento acreditei. Se ainda acredito, sinceramente não sei. Existem coisas sobre as quais é melhor não especular, e só o que posso afirmar é que odeio o cheiro de amônia e quase desmaio ao sentir uma lufada de ar incomumente fria.

"O fim", explicavam os garranchos horrendos, "chegou. Não há mais gelo... o homem olhou e fugiu. Está mais quente a cada minuto, os tecidos não conseguem resistir. Imagino que você saiba... o que eu disse sobre a força de vontade e os nervos e o corpo preservado depois que os órgãos param de funcionar. Era bom em teoria, mas não poderia continuar funcionando indefinidamente. Houve uma deterioração gradual que não consegui prever. O dr. Torres sabia, mas o choque o matou. Ele não conseguiu suportar o que precisou fazer... ele precisou me levar a um lugar estranho e escuro onde seguiu o que deixei por escrito e me trouxe de volta. Mas os órgãos jamais funcionariam outra vez. Precisava ser feito à minha maneira... a preservação artificial... *pois saiba que eu morri naquela ocasião, dezoito anos atrás.*"

O chamado de Cthulhu

(Encontrado entre os papéis do falecido Francis Wayland Thurston, de Boston)

"De tais grandes poderes ou seres pode haver teoricamente um vestígio [...] um vestígio de um período quando [...] a consciência era manifestada, talvez, em contornos e formas há muito desaparecidos diante da maré de avanço da humanidade [...] formas das quais somente a poesia e a lenda guardaram alguma lembrança fugidia e chamaram de deuses, monstros, seres míticos de todos os tipos e espécies [...]."
– Algernon Blackwood

I. O horror na argila

A coisa mais misericordiosa do mudo, penso eu, é a inabilidade da mente humana de correlacionar todos os seus conteúdos. Vivemos em uma ilha plácida de ignorância em meio aos mares escuros da infinitude, e não fomos feitos para nos aventurar muito longe disso. As ciências, cada uma vagando em sua própria direção, até hoje não nos causaram muito mal, mas algum dia a junção de conhecimentos dissociados vai descortinar panoramas tão assustadores da realidade, e nossa posição assustadora nesse contexto, que ou vamos enlouquecer com a revelação ou vamos fugir da luz mortífera para a paz e a segurança de uma nova idade das trevas.

Teosofistas vêm especulando sobre a grandeza abismal do ciclo cósmico no qual nosso mundo e nossa raça humana constituem meras ocorrências transitórias. Vêm mencionando estranhos vestígios em termos que seriam de gelar o sangue caso não fossem mascarados por um tolo otimismo. Mas não foi daí que veio o vislumbre de éons proibidos que me arrepia quando penso a respeito e que me enlouquece quando sonho com isso. Esse vislumbre, como todos os temíveis vislumbres da verdade, surgiu de uma associação acidental de duas coisas distintas – nesse caso, recortes antigos de jornais e as anotações de um falecido professor. Espero que ninguém mais faça essa associação; com certeza, se sobreviver, eu jamais pretendo revelar de forma proposital elo algum dessa horripilante corrente. Acho que o professor também queria se manter em silêncio sobre a parte que sabia, e que teria destruído suas anotações caso não fosse acometido por uma morte tão súbita.

Meu conhecimento da coisa começou no inverno de 1926-27 com a morte de meu tio-avô George Gammell Angell, professor emérito de línguas semíticas na Universidade Brown, em Providence, Rhode Island. O professor Angell era amplamente conhecido como autoridade em inscrições antigas, com frequência consultado por diretores de importantes museus; portanto, seu falecimento aos 92 anos deve ser lembrado por muitos. Localmente, o interesse foi intensificado pela obscuridade da causa da morte. O professor sucumbira quando voltava da barca de Newport; uma queda súbita, segundo testemunhas, depois de um encontrão com um negro com aparência de marujo que surgira de um dos pátios escuros e sinistros existentes na encosta íngreme que servia de atalho da praia para a casa do falecido na Williams Street. Os médicos não conseguiram encontrar nenhuma doença visível, mas concluíram depois de debates marcados pela perplexidade que alguma lesão obscura no coração, induzida pela subida de um morro tão íngreme por um homem de tamanha idade, fora responsável pelo falecimento. Na época não vi motivo para divergir de tal veredicto, mas ultimamente me vejo inclinado a questionar – e a fazer mais do que isso.

Por ser o herdeiro e executor legal de meu tio-avô, pois ele era viúvo e não teve filhos, eu precisaria examinar seus papéis com certo rigor; e para esse propósito transportei todo o seu conjunto de arquivos e caixas para minha residência em Boston. Boa parte do material do qual vieram as correlações vai ser publicado mais adiante pela Sociedade Americana de Arqueologia, mas havia uma caixa que considerei demasiadamente intrigante e que me pareceu inapropriada à exibição para outros olhos. Estava trancada, e só encontrei a chave quando me ocorreu examinar o chaveiro pessoal que o professor carregava sempre no bolso. Foi então que consegui abri-la, mas quando fiz isso acabei deparando com outra barreira, maior e mais impenetrável. Pois qual poderia ser o sentido daquele estranho baixo-relevo em argila com rabiscos, garranchos e entalhes desconexos que encontrei? Teria meu tio, em seus últimos anos, se transformado em um crédulo das mais superficiais das imposturas? Resolvi procurar o excêntrico escultor responsável pela aparente perturbação da paz mental de um idoso.

O baixo-relevo era um retângulo rústico com menos de três centímetros de espessura de mais ou menos treze por quinze centímetros de tamanho; obviamente era de origem moderna. Seus conteúdos, porém, não tinham nada de moderno nem no aspecto nem na mensagem, pois, apesar de as extravagâncias do cubismo e do futurismo serem muitas e bem exóticas, não costumam reproduzir a regularidade críptica que se insinua nos escritos pré-históricos. E algum tipo de escritura devia compor a maioria daqueles conteúdos, mas minha memória, apesar da familiaridade com os papéis e acervos de meu tio, não conseguiu identificar de forma alguma aquele tipo em particular, nem mesmo fazer uma aproximação remota de alguma afinidade.

Acima dos supostos hieróglifos havia uma figura com intenções pictóricas evidentes, embora a execução impressionista impedisse uma noção muito clara de sua natureza. Parecia uma espécie de monstro, ou símbolo representando um monstro, de um formato que apenas um capricho doentio poderia conceber. Se eu disser que minha imaginação um tanto extravagante associou imagens simultâneas de um polvo, um dragão e uma caricatura humana, não seria infiel ao espírito da coisa. Uma cabeça flácida com tentáculos encimava um corpo grotesco e escamoso com asas, mas era *a cena* como um todo que o tornava mais pavorosamente assustador. Por trás da figura havia uma vaga sugestão de um ambiente de arquitetura ciclópica.

Os escritos que acompanhavam o objeto eram, com exceção de uma pilha de recortes de jornal, escritos com a caligrafia mais recente do professor Angell, e não exibiam nenhuma pretensão literária. O que parecia ser o principal documento tinha como título "CULTO DE CTHULHU" em letras cuidadosamente contornadas para evitar o erro de grafia de uma palavra tão exótica. O manuscrito era dividido em duas seções, a primeira intitulada "1925 – O sonho e a obra onírica de H.A. Wilcox, 7 Thomas St., Providence, R.I."; e a segunda "Narrativa do Inspetor John R. Legrasse, 121 Bienville St., Nova Orleans, Louisiana, na reunião de 1908 da S.A.A. – anotações a respeito e depoimento do prof. Webb". Os demais manuscritos eram textos breves, relatos de sonhos estranhos de diferentes pessoas, citações de livros e revistas de teosofia (em especial *Atlântida e a Lemúria perdida*, de W. Scott-Elliot) e comentários sobre sociedades e cultos secretos antigos, com remissões a passagens de livros de referência em mitologia e antropologia como *O ramo de ouro*, de Frazer, e *O culto das bruxas na Europa Ocidental*, da srta. Murray. Os recortes de jornais em sua maior parte tratavam de doenças mentais estranhas e surtos de loucura ou histeria na primavera de 1925.

A primeira metade do manuscrito principal contava uma história bem peculiar. Ao que parece, em 1º de março de 1925, um jovem magro e soturno de aspecto neurótico e exaltado procurou o professor Angell com a singular peça de baixo-relevo em argila, que estava ainda úmida e fresca. Seu cartão de visitas informava que se tratava de Henry Anthony Wilcox, e meu tio o reconheceu como o filho caçula de uma excelente família que conhecia remotamente, um estudante de escultura na Escola de Belas Artes de Rhode Island que morava sozinho no Edifício Fleur-de-Lys, próximo da instituição. Wilcox era um jovem precoce de genialidade reconhecida, mas também de grande excentricidade, que desde a infância chamava atenção pelas estranhas histórias e pelos sonhos bizarros que costumava relatar. Ele se descrevia como "psiquicamente hipersensível", mas as pessoas comuns da tradicional cidade comercial o classificavam apenas como "esquisito". Sem nunca se misturar de fato com os demais, ele aos poucos foi perdendo visibilidade social, e era conhecido apenas por um pequeno grupo de estetas de outras cidades. Até mesmo o Clube de Arte de Providence, para preservar sua aura de conservadorismo, o considerava um caso perdido.

Na ocasião da visita, continuava o manuscrito do professor, o escultor perguntou sem cerimônias se o anfitrião poderia lhe emprestar seus conhecimentos arqueológicos para identificar os hieróglifos contidos no baixo-relevo. Ele falava de uma maneira pomposa e sonhadora que sugeria afetação e não despertava nenhuma simpatia, e meu tio demonstrou certa acidez na resposta, pois o frescor evidente da tabuleta indicava que havia ali relação com tudo, menos com a arqueologia. A resposta do jovem Wilcox, que impressionou meu tio o suficiente para fazê-lo registrá-la por escrito, foi um lance fantasticamente poético que deve exemplificar toda a conversa, e que depois descobri ser algo bastante característico de seu temperamento. Ele falou:

– É novo, de fato, pois o fiz na noite de ontem em um sonho com estranhas cidades, e sonhos são mais antigos que a melancólica Tiro, ou a contemplativa Esfinge, ou a Babilônia adornada por jardins.

Foi quando começou o relato verborrágico que subitamente despertou uma memória latente e conquistou o interesse fervoroso de meu tio. Houvera um leve tremor de terra na noite anterior, o mais significativo sentido na Nova Inglaterra em anos; e a imaginação de Wilcox foi tremendamente afetada. Quando se deitou, ele teve um sonho sem precedentes sobre grandes cidades ciclópicas construídas com blocos de dimensões titânicas e monólitos que se erguiam na direção dos céus, vertendo lodo verde e transmitindo uma impressão sinistra de terror. Hieróglifos cobriam as paredes e pilares, e de um ponto indeterminado mais abaixo vinha uma voz que não era uma voz; uma sensação caótica que apenas a fantasia poderia transmutar em som, mas que ele tentou representar em uma junção de letras absolutamente impronunciável: "*Cthulhu fhtagn*".

Esse emaranhado verbal foi a chave para a recordação que exaltou e perturbou o professor Angell. Ele interrogou o escultor com rigor científico e estudou com uma intensidade quase frenética o baixo-relevo no qual o jovem se pegara trabalhando, com frio e vestido apenas com um pijama, quando o despertar o arrebatou de forma súbita. Meu tio culpou sua idade avançada, conforme Wilcox relatou mais tarde, pela lentidão para reconhecer os hieróglifos e o desenho. Muitas de suas perguntas pareceram extremamente incomuns para seu visitante, em especial aquelas que tentavam relacioná-lo a sociedades secretas ou cultos desconhecidos; e Wilcox não conseguia entender o motivo das reiteradas promessas de sigilo oferecidas em troca da admissão de sua participação em alguma religião difundida de caráter místico ou pagão. Quando o professor Angell se convenceu de que o escultor de fato desconhecia qualquer culto ou sistema críptico, bombardeou seu visitante com pedidos de relatos futuros de sonhos. Isso rendeu frutos regulares, pois depois da primeira entrevista o manuscrito registra conversas diárias com o jovem, nas quais ele relata fragmentos impressionantes de imagens noturnas cujo assombro era sempre alguma vista ciclópica de pedras escuras e úmidas, com uma voz ou inteligência subterrânea gritando monotonamente e produzindo enigmáticos impactos sensoriais irreprodutíveis a não ser na forma de algaravias. Os dois sons repetidos com mais frequência eram os representados pelas junções de letras "*Cthulhu*" e "*R'lyeh*".

No dia 23 de março, continuava o manuscrito, Wilcox não apareceu; e uma visita a sua residência revelou que ele fora atingido por alguma febre misteriosa e levado para a casa da família na Waterman Street. Ele gritou no meio da noite, assustando vários outros artistas do prédio, e depois disso se manifestou apenas alternando entre a inconsciência e o delírio. Meu tio telefonou imediatamente para a família, e desde então passou a acompanhar o caso de perto; visitava com frequência na Thayer Street o consultório do dr. Tobey, encarregado do tratamento. A mente febril do jovem, aparentemente, estava dominada por coisas estranhas; e o médico estremecia mesmo tempos depois ao falar a respeito. Entre essas coisas estavam não só a repetição dos sonhos anteriores, mas também o tormento insano de uma criatura gigantesca de "quilômetros de altura" que caminhava ou se arrastava por perto. Em nenhum momento foi fornecida uma descrição completa de tal aparição, mas, em virtude de palavras ocasionais emitidas em um estado de frenesi e repetidas pelo dr. Tobey, o professor se convenceu de que deveria ser idêntica à monstruosidade inominável que ele tentara retratar em sua escultura onírica. A referência a essa aparição, acrescentou o médico, representava um prelúdio para a queda do jovem na letargia. Sua temperatura, estranhamente, não estava muito acima do normal; mas o quadro geral sugeria mais uma febre do que um problema mental.

No dia 2 de abril, por volta das três da tarde, todos os sintomas apresentados por Wilcox sumiram de forma súbita. Ele se sentou na cama, perplexo com o fato de estar na casa da família e completamente esquecido de tudo o que acontecera em sonho e realidade desde a noite de 22 de março. Liberado pelo médico, ele voltou para seu apartamento em três dias; mas para o professor Angell não tinha mais nada a dizer. Todos os vestígios dos sonhos estranhos desapareceram com a melhora, e meu tio interrompeu os registros de suas visões noturnas depois de uma semana de relatos inúteis e irrelevantes de sonhos totalmente convencionais.

A primeira parte do manuscrito terminava aí, mas as referências a certas anotações esparsas me deram muito material para pensar a respeito – tanto, na verdade, que apenas o ceticismo impregnado em minha filosofia na época pode justificar a continuidade de minha desconfiança em relação ao artista. As anotações em questão eram as descrições de sonhos de uma série de pessoas no mesmo período em que o jovem Wilcox tivera suas estranhas visões. Meu tio, ao que parece, instituiu sem demora um prodigioso programa de questionários entre todos os amigos que poderia interrogar sem se mostrar impertinente, pedindo relatos de sonhos noturnos e datas de visões dignas de nota em um passado recente. A recepção de suas pesquisas foi variada; mas, no mínimo, é possível afirmar que ele recebeu mais respostas do que um homem comum poderia catalogar sem a ajuda de um secretário. A correspondência original não foi preservada, mas suas anotações ofereciam um panorama rigoroso e significativo. A maior parte das pessoas de destaque na sociedade e no mundo dos negócios – o tradicional "sal da terra" da Nova Inglaterra – forneceu um resultado absolutamente negativo, apesar de que casos isolados de impressões noturnas disformes aparecessem vez ou outra, sempre entre 23 de março e 2 de abril – o período do delírio do jovem Wilcox. Os homens da ciência foram um pouco mais afetados, e quatro casos de descrições vagas sugerem vislumbres fugidios de estranhas paisagens, e em um caso foi mencionado um medo de alguma coisa anormal.

Foi dos artistas e poetas que vieram as respostas mais pertinentes, e sei que o pânico teria se instalado caso pudessem comparar seus relatos. Pelo material disponível, na ausência das cartas originais, eu suspeitei que o compilador fizera perguntas específicas, ou que editara a correspondência de acordo com o que concluiu enxergar. Foi por isso que continuei a sentir que Wilcox, de alguma forma ciente dos dados de longa data reunidos por meu tio, estava enganando o veterano cientista. As respostas dos estetas contavam uma história perturbadora. De 28 de fevereiro a 2 de abril uma grande proporção deles teve sonhos com coisas bizarríssimas, e a intensidade de tais sonhos foi imensamente mais forte durante o período de delírio do escultor. Mais de um quarto dos respondentes relataram cenas e sons não muito diferentes dos descritos por Wilcox, e alguns confessaram um medo agudo de uma criatura gigantesca e inominável visível nos últimos sonhos. Um caso, que as anotações descrevem de forma enfática, foi muito triste. O homem em questão, um conhecido arquiteto com inclinações para a teosofia e o ocultismo, se mostrou violentamente insano na data do adoecimento do jovem Wilcox, e faleceu vários meses depois, após gritos incessantes pedindo para ser salvo de alguma criatura fugida do inferno. Se meu tio tivesse registrado esses casos com nomes em vez de números, eu poderia buscar confirmações e conduzir uma investigação por conta própria, mas diante das circunstâncias consegui contatar apenas alguns. Todos, porém, confirmaram integralmente as anotações. Muitas vezes me perguntei se todos os interrogados pelo professor se sentiam tão confusos quanto esse grupo. É melhor mesmo que continuem sem nenhuma explicação.

Os recortes de jornais, conforme expliquei, tratavam de casos de pânico, histeria e excentricidade durante o período em questão. O professor Angell deve ter contratado um escritório especializado nesse serviço, pois o número de matérias era enorme, e de fontes espalhadas por todo o mundo. Houve um suicídio noturno em Londres, no qual uma pessoa que dormia sozinha se jogou pela janela depois de soltar um grito assustador. Houve também uma carta verborrágica enviada a um editor de jornal na África do Sul, em que um fanático traçava um futuro sombrio a partir de suas visões. Uma reportagem da Califórnia tratava de uma colônia de teosofistas que se vestiu com túnicas brancas para algum "evento glorioso" que nunca chegou, enquanto notícias da Índia davam conta de sérios distúrbios entre os nativos no fim de março. As orgias vodus se multiplicaram no Haiti, e nas colônias africanas houve relatos de cantorias assustadoras. Oficiais americanos nas Filipinas informaram sobre agitações em certas tribos nessa época, e os policiais de Nova York foram mobilizados para conter levantinos em estado de histeria na madrugada do dia 22 para 23 de março. No oeste da Irlanda também se espalharam lendas e boatos exóticos, e um pintor de inclinação pelo fantástico chamado Ardois-Bonnot exibiu uma blasfema "Paisagem onírica" no salão de primavera em Paris em 1926. E foram tantos os distúrbios registrados em manicômios que só por um milagre a comunidade médica não notou os estranhos paralelismos e não tirou conclusões obscuras. Um conjunto estranhíssimo de recortes, em resumo; e hoje não sou capaz de explicar o racionalismo convicto que me levou a descartá-los. Mas na época eu estava convencido de que o jovem Wilcox conhecia os fatos mais antigos mencionados pelo professor.

II. A história do inspetor Legrasse

Os fatos mais antigos que tornaram o sonho e o baixo-relevo do escultor tão significativos para meu tio constituíam o tema da segunda metade de seu longo manuscrito. Em algum momento no passado, ao que parece, o professor Angell encontrou os contornos infernais da monstruosidade inominável, examinando hieróglifos desconhecidos e as sílabas assustadoras que podem ser representadas apenas como "*Cthulhu*", e tudo isso interligado de forma tão horrenda que não é surpresa que tenha assediado o jovem Wilcox com interrogatórios e pedidos de relatos.

A experiência anterior ocorrera em 1908, dezessete anos antes, quando a Sociedade Arqueológica Americana realizou sua reunião anual em St. Louis. O professor Angell, como seria de se esperar para uma autoridade na área, tinha um papel de destaque em todas as deliberações, e foi um dos primeiros a serem abordados pelos diversos elementos estranhos ao grupo que aproveitavam a ocasião para fazer perguntas e buscar soluções com os especialistas.

O principal entre esses elementos externos, que em pouco tempo se tornou o centro das atenções de todos os presentes à reunião, era um homem de meia-idade e aspecto nada extraordinário que viajara de Nova Orleans a fim de requisitar certas informações impossíveis de obter a partir de fontes locais. Seu nome era John Raymond Lagrasse, e sua profissão era inspetor de polícia. Com ele estava o motivo da visita: uma grotesca, repulsiva e aparentemente antiquíssima estatueta de pedra cuja origem precisava determinar. Não se deve supor que por isso o inspetor Legrasse tivesse algum interesse em arqueologia. Muito pelo contrário, seu desejo de obter explicações era motivado por razões puramente profissionais. A estatueta – ídolo, fetiche ou o que quer que fosse – fora apreendida alguns meses antes nas matas pantanosas ao sul de Nova Orleans durante uma batida para desmantelar uma suposta prática de vodu, e os rituais relacionados ao objeto eram tão singulares e horripilantes que a polícia acreditava ter descoberto um culto obscuro e até então totalmente desconhecido, infinitamente mais diabólico que o mais obscuro dos círculos africanos praticantes do vodu. Sobre sua origem, além de histórias esparsas e inacreditáveis extraídas dos membros aprisionados, nada fora descoberto; portanto, a polícia estava ansiosa para ouvir os especialistas em antiguidades, que poderiam ajudar a determinar o significado do assustador símbolo, e a partir daí rastrear o culto até sua fonte.

O inspetor Legrasse não estava preparado para o frenesi que acabou causando. Bastou uma olhada no objeto para lançar os homens da ciência ali reunidos em um estado de empolgação carregada de tensão, e eles não perderam tempo em se aglomerar ao seu redor para examinar a figura diminuta cuja estranheza absoluta e aparência de antiguidade assustadoramente genuína remetiam de forma tão poderosa a paisagens arcaicas e desconhecidas. Não havia indício de nenhuma escola de escultura por trás daquele terrível objeto, embora centenas e até milhares de anos parecessem registrados em sua superfície opaca e esverdeada de uma pedra inclassificável.

A figura, que foi passada lentamente de mão em mão para observações mais próximas e detidas, tinha entre dezessete e vinte centímetros de altura e fora esculpida de forma notavelmente artística. Representava um monstro de contornos vagamente antropoides, mas com uma cabeça de polvo cujo rosto era uma massa de tentáculos, um corpo coberto de escamas de aparência flexível, garras prodigiosas nas patas dianteiras e traseiras e asas longas e estreitas nas costas. A criatura, que parecia transmitir uma malignidade temível e antinatural, ostentava uma corpulência robusta e estava acocorada ameaçadoramente em um pedestal retangular coberto de caracteres indecifráveis. As pontas das asas tocavam a parte traseira do pedestal, o tronco ocupava o centro e as garras curvadas das pernas traseiras dobradas agarravam a parte frontal e se estendiam na direção da base da peça. A cabeça de cefalópode estava inclinada para a frente, de modo que as pontas dos tentáculos faciais roçavam o dorso das enormes patas dianteiras, que agarravam os joelhos levantados. O aspecto da coisa era de um realismo anormal, e ainda mais assustador por sua fonte ser tão completamente desconhecida. Não havia dúvidas de que era um objeto de idade incalculável e impressionante, mas não havia o menor elo visível que o ligasse a algum tipo de arte dos primeiros tempos da civilização – e na verdade a nenhuma outra época. Pertencia a uma categoria tão própria que seu próprio material era um mistério; a pedra preta, esverdeada e lisa com estrias e pontos dourados e iridescentes não remetia a nada conhecido na geologia ou mineralogia. Os caracteres entalhados na base eram igualmente desconcertantes; e, apesar de estarem reunidos ali especialistas de meio mundo, nenhum dos presentes tinha a menor pista de algum parentesco linguístico, ainda que remoto. As inscrições, assim como a imagem e o material em si, pertenciam a um contexto terrivelmente remoto e distinto da humanidade que conhecemos; algo que remetia assustadoramente a ciclos antigos e profanos da vida com os quais nosso mundo e nossos conceitos não se relacionam.

No entanto, apesar de muitos membros presentes sacudirem a cabeça e assumirem a derrota diante do problema colocado pelo inspetor, houve um homem que mencionou um indício bizarro de familiaridade com aquela forma monstruosa e aquele tipo de escrita, e relatou com certa timidez o pequeno fragmento de informação que detinha. Essa pessoa era o falecido William Channing Webb, professor de arqueologia da Universidade de Princeton e explorador de grande notoriedade. O professor Webb participara 48 anos antes de uma expedição pela Groenlândia e Islândia em busca de inscrições rúnicas que no fim não foram encontradas; mas nas terras altas da costa oeste da Groenlândia deparou com uma tribo ou seita peculiar de esquimós desgarrados cuja religião, uma curiosa forma de culto demoníaco, o deixou arrepiado com sua sede de sangue e repugnância deliberadas. Tratava-se de uma fé sobre a qual os demais esquimós pouco sabiam e que mencionavam em meio a calafrios, afirmando que remontava a éons terrivelmente antigos, anteriores à existência do próprio mundo. Além dos ritos inomináveis e dos sacrifícios humanos havia certos rituais hereditários bizarros em reverência a um demônio ancião supremo, ou *tornasuk*; e disso o professor Webb fizera uma transcrição fonética minuciosa a partir do depoimento de um velho *angekok*, ou sacerdote-feiticeiro, expressando os sons em letras romanas da melhor maneira possível. Mas o que vinha ao caso no momento era o fetiche que tal culto idolatrava, e em torno do qual dançava quando a aurora se erguia sobre as encostas congeladas. Segundo o professor, tratava-se de um baixo-relevo primitivo em pedra, contendo uma imagem horripilante e uma escrita das mais crípticas. Em sua opinião, havia um paralelo aproximado em todas as características essenciais entre aquilo e o objeto bestial apresentado na reunião.

Essa informação, recebida com suspense e surpresa pelos membros reunidos, se mostrou duplamente interessante para o inspetor Lagrasse, e ele começou imediatamente a questionar seu informante. Como havia anotado e feito cópias de um ritual oral dos participantes do culto do pântano que prendera, ele exortou o professor a recordar o quanto pudesse das sílabas coletadas dos esquimós adoradores do demônio. Uma comparação rigorosa de detalhes foi empreendida, e houve um momento de silêncio perplexo quando detetive e cientista concordaram a respeito da composição aproximada da frase comum a rituais infernais pertencentes a mundos tão distantes. Em essência, o que tanto os feiticeiros esquimós como os sacerdotes dos pântanos da Louisiana entoavam para seus ídolos aparentados era algo assim – com as divisões entre as palavras deduzidas de acordo com as pausas observadas quando a frase era entoada:

Ph'nglui mglw'nafh Cthulhu R'lyeh wgah'nagl fhtagn.

Legrasse estava mais adiantado do que o professor Webb em relação a um ponto, pois vários de seus prisioneiros mestiços repetiram aquilo que participantes mais velhos do culto diziam significar aquelas palavras. A frase, conforme diziam, significava algo assim:

Nesta casa em R'lyeh Cthulhu morto espera sonhando.

E então, em resposta a exortações urgentes e generalizadas, o inspetor Legrasse forneceu um relato completo, na medida do possível, de sua experiência com o culto do pântano, contando uma história à qual percebo que meu tio atribuía uma importância profunda. Era algo que apelava aos sonhos mais ousados de um especialista em mitos e teosofia, e revelava um impressionante grau de imaginação cósmica que não se acreditava existir entre tais mestiços e párias.

No dia 1º de novembro de 1907 a polícia de Nova Orleans recebeu um chamado apavorado de uma região dominada por pântanos e lagoas ao sul da cidade. Os colonos locais, em sua maioria descendentes primitivos porém honestos dos homens de Lafitte, estavam aterrorizados em virtude de uma coisa desconhecida que os atacara durante a noite. Era algo relacionado ao vodu, ao que parecia, mas a um vodu de um tipo muito mais terrível do que aquele que conheciam; e algumas mulheres e crianças tinham desaparecido desde que os malignos tambores começaram sua batida incessante nas profundezas da mata escura e assombrada em que nenhum colono se aventurava. Havia gritos insanos, berros perturbadores, cantos de gelar a alma e chamas demoníacas dançantes; as pessoas não aguentavam mais aquilo, o apavorado solicitante acrescentou.

Então uma força de vinte policiais, distribuída em duas carruagens e um automóvel, se deslocou no fim da tarde tendo como guia o trêmulo colono solicitante. No fim do único caminho transitável eles desembarcaram, e por quilômetros chafurdaram em silêncio pela terrível mata de ciprestes onde o sol nunca brilhava. Raízes horrendas e malignos cipós de barba-de-velho os acossavam, e de tempos em tempos uma pilha de pedras cobertas de lodo ou fragmentos de paredes podres intensificavam, em virtude da impressão de habitação mórbida que transmitiam, a depressão que cada árvore malformada e cada ilhota infestada de fungos se combinavam para criar. À distância o assentamento dos colonos apareceu, um aglomerado miserável de cabanas; e os moradores histéricos correram para receber o grupo de lanternas oscilantes. A batida abafada dos tambores era levemente audível ao longe, e um grito agudo e horripilante se fazia ouvir a intervalos infrequentes quando o vento mudava de direção. Um brilho avermelhado também se fazia ver, filtrado pela vegetação rasteira e pálida além das alamedas infindáveis da floresta noturna. Resistentes até mesmo à ideia de serem deixados sozinhos, os assustados colonos se recusavam terminantemente a avançar um passo sequer na direção do culto profano, então o inspetor Legrasse e seus dezenove colegas prosseguiram sem um guia pelas arcadas negras de terror em que nenhum deles se aventurara antes.

A região adentrada pela polícia tinha tradicionalmente uma má reputação e não era frequentada pelos brancos. Havia lendas a respeito de um lago oculto nunca visto por mortal algum, habitado por uma criatura disforme e poliposa com olhos luminosos, e os colonos diziam à boca pequena que demônios com asas de morcego voavam para fora de cavernas nas entranhas da Terra para celebrar cultos à meia-noite. Diziam que aquilo já existia por lá antes de D'Iberville, antes de La Salle,* antes dos índios, e antes mesmo dos animais e das aves das matas. Era um pesadelo por si só, e avistá-lo significava a morte. Mas aquilo fazia os homens sonharem, portanto eles sabiam o suficiente para manter distância. A orgia vodu que se desenrolava acontecia longe do coração daquela área abominada, mas era um lugar sinistro mesmo assim; talvez o próprio local do culto tenha apavorado os colonos ainda mais que os sons e os acontecimentos acachapantes.

Somente a poesia ou a loucura seriam capazes de fazer jus aos ruídos ouvidos pelos homens de Legrasse enquanto chafurdavam no lodaçal escuro em meio ao brilho avermelhado e aos tambores abafados. Existem qualidades vocais pertencentes a homens e qualidades vocais pertencentes a animais; é terrível escutar dos primeiros um ruído que deveria ser emitido pelos últimos. A fúria animal e a licenciosidade orgiástica atingiam alturas demoníacas em uivos e guinchos de êxtase que cortavam a noite e reverberavam pela mata como tempestades pestilentas saídas dos abismos do inferno. De tempos em tempos a ululação menos organizada cessava, e o

---

* Pierre le Moyne, sieur d'Iberville (1661-1706), e Robert Cavalier, sieur de La Salle (1643-1687), exploradores da América do Norte nos tempos coloniais. (N.E.)

que parecia um coro bem ensaiado de vozes ásperas se erguia para entoar a horrível frase ou ritual:

Ph'nglui mglw'nafh Cthulhu R'lyeh wgah'nagl fhtagn.

Foi quando os homens, depois de chegarem a um local onde a vegetação era menos fechada, de repente depararam com o espetáculo em si. Quatro deles sentiram tonturas, um desmaiou e dois soltaram gritos frenéticos que felizmente foram abafados pela cacofonia insana da orgia. Legrasse jogou água no rosto do homem desmaiado, e todos ficaram imóveis e hipnotizados pelo terror.

Em uma clareira natural do pântano havia uma ilha gramada de aproximadamente meio hectare, sem vegetação e razoavelmente seca. Nesse local uma horda indescritível de aberrações humanas saltava e se contorcia de tal maneira que apenas um Sime ou um Angarola poderiam retratar.* Sem nenhuma roupa no corpo, as criaturas híbridas guinchavam, berravam e se contorciam em torno de uma monstruosa fogueira redonda; no centro, revelado ocasionalmente por entre a cortina de chamas, havia um enorme monólito de granito de quase dois metros e meio de altura; no topo, com seu incongruente tamanho diminuto, estava a inquietante estatueta entalhada. Em um amplo círculo de dez estruturas semelhantes a andaimes montadas a intervalos regulares em torno do monólito envolto pelo fogo, pendurados de cabeça para baixo, estavam os estranhamente mutilados cadáveres dos colonos indefesos que desapareceram. Era no centro da roda que os membros do culto saltavam e rugiam, em um movimento circular da esquerda para a direita em bacanais infinitos entre o círculo de corpos e o de fogo.

---

* Sidney H. Sime (1867-1941) e Anthony Angarola (1893-1929), pintor britânico e pintor americano, respectivamente. (N.E.)

Pode ter sido apenas a imaginação ou então algum eco que induziu um dos homens, um espanhol de temperamento excitável, a fantasiar ter ouvido respostas antífonas ao ritual vindas de algum ponto escuro da mata cercada de horrores e lendas ancestrais. Esse homem, Joseph D. Galvez, eu conheci e interroguei mais tarde; ele se provou inquietantemente imaginativo. Chegou inclusive a sugerir o ruflar distante de grandes asas, o brilho de olhos faiscantes e um vulto branco e imenso além das árvores mais remotas – porém, acredito que tenha dado ouvidos demais às superstições dos nativos.

Na verdade, o período de imobilidade horrorizada dos homens foi relativamente curto. O dever falou mais alto; e, embora houvesse quase cem mestiços presentes, os policiais se valeram de suas armas de fogo e avançaram determinadamente contra a balbúrdia nauseante. Durante cinco minutos a confusão e o caos que se seguiram foram indescritíveis. Golpes potentes foram desferidos, tiros foram disparados e fugas foram empreendidas; mas no fim Legrasse conseguiu contar 47 prisioneiros hostis, que obrigou a se vestir às pressas e a formar uma fila atrás de duas linhas de policiais. Cinco dos participantes do culto morreram, e dois que estavam gravemente feridos foram carregados em macas improvisadas pelos outros prisioneiros. A imagem sobre o monólito, obviamente, foi cuidadosamente removida e levada por Legrasse.

Examinados com mais atenção na sede da polícia depois de uma viagem marcada pela tensão e a exaustão, os prisioneiros se revelaram homens desqualificados, de sangue mestiço e mentalidade aberrante. A maioria era composta de marujos, e havia um punhado de negros e mulatos, em sua maior parte caribenhos ou portugueses de Cabo Verde, que davam um toque de vodu à seita heterogênea. Mas, antes mesmo que os interrogatórios fossem feitos, ficou evidente a presença de algo muito mais profundo e antigo que o fetichismo dos negros. Por mais degradadas e ignorantes que fossem, as criaturas mantinham uma surpreendente coerência em relação à ideia central de sua seita repulsiva.

Eles cultuavam, segundo contaram, os Grandes Anciãos que viveram eras antes de qualquer homem e que vieram dos céus para um mundo recém-formado. Esses Grandes Anciãos estavam mortos, nas entranhas da Terra ou no fundo do mar, mas seus cadáveres contaram segredos em sonhos para os primeiros dos homens, que criaram um culto que nunca morreu. Aquela era sua seita, e os prisioneiros disseram que sempre existira e sempre iria existir, escondida em terras distantes e desoladas pelo mundo até que o grande sacerdote Cthulhu emergisse de sua casa escura na imponente cidade subaquática de R'lyeh e colocasse a Terra outra vez sob seu jugo. Um dia ele faria seu chamado, quando as estrelas estivessem preparadas, e a seita secreta estaria sempre à espera para libertá-lo.

Enquanto isso ninguém poderia dizer nada. Havia um segredo que nem sob tortura seria revelado. A humanidade não estava sozinha em absoluto entre as criaturas conscientes da Terra, pois vultos saíam da escuridão para visitar alguns poucos eleitos. Mas esses não eram os Grandes Anciãos. Nenhum homem jamais viu os Grandes Anciãos. O ídolo entalhado era o grande Cthulhu, mas ninguém sabia se os outros eram como ele. Ninguém mais era capaz de ler os antigos escritos, mas as coisas eram passadas de boca em boca. O ritual entoado não era o segredo – isso nunca era dito em voz alta, apenas sussurrado. O canto significava apenas isto: "Nesta casa em R'lyeh Cthulhu morto espera sonhando".

Somente dois prisioneiros foram considerados mentalmente sãos para serem enforcados, e os demais foram internados em instituições variadas. Todos negaram ter tomado parte dos assassinatos rituais, e afirmaram que a matança fora cometida pelos Alados Negros, que saíram de seus locais de reuniões imemoriais na mata assombrada. Mas sobre esses misteriosos aliados não foi possível obter nenhum relato coerente. O que a polícia conseguiu extrair veio em maior parte de um mestiço velhíssimo de nome Castro, que afirmava ter navegado para estranhos portos e conversado com líderes imortais da seita nas montanhas da China.

O velho Castro se lembrava de trechos de lendas horripilantes que tornavam pálidas as especulações dos teosofistas e faziam a humanidade e o mundo parecerem existências recentes e transitórias. Houve éons em que outras Coisas reinaram sobre a Terra, e Elas tiveram grandes cidades. Resquícios d'Elas, segundo o que os chineses imortais lhe contaram, ainda eram encontrados na forma de pedras ciclópicas em ilhas do Pacífico. Todas morreram em épocas longínquas antes da chegada dos homens, mas havia maneiras de revivê-Las quando as estrelas estivessem de novo nas posições certas no ciclo da eternidade. As próprias Coisas vieram com as estrelas, e trouxeram Suas imagens com Elas.

Esses Grandes Anciãos, continuava Castro, não eram feitos de carne e osso. Tinham uma forma – pois aquela imagem vinda das estrelas não provava isso? –, mas não era uma forma constituída de matéria. Quando as estrelas estavam na posição certa, Eles eram capazes de saltar de mundo a mundo pelo céu, mas quando as estrelas estavam na posição errada Eles não conseguiam viver. Porém, apesar de não estarem mais vivos, Eles nunca morriam de verdade. Estavam em casas de pedra em Sua grande cidade de R'lyeh, preservados pelos feitiços do poderoso Cthulhu para uma gloriosa ressurreição quando as estrelas e a Terra estivessem mais uma vez prontas para Eles. Mas nesse momento alguma força externa precisaria libertar Seus corpos. Os mesmos feitiços que Os preservavam intactos Os impediam de realizar um movimento inicial, e Eles se limitavam a ficar acordados na escuridão e a pensar enquanto incontáveis milhões de anos se passavam. Eles sabiam de tudo o que acontecia do universo, mas Suas falas eram transmitidas apenas pelo pensamento. Inclusive agora Eles falavam de Suas tumbas. Quando, depois de infinitudes de caos, os primeiros homens apareceram, os Grandes Anciãos se comunicaram com os mais sensíveis moldando seus sonhos, pois só assim Sua linguagem podia alcançar as mentes carnais dos mamíferos.

Então, murmurou Castro, aqueles primeiros homens formaram um culto em torno de pequenos ídolos revelados pelos Anciãos; ídolos trazidos de áreas remotas de estrelas obscuras. O culto se manteria vivo até que as estrelas estivessem na posição certa de novo, e os sacerdotes secretos tirariam o grande Cthulhu de sua Tumba para reviver Seus súditos e retomar Seu domínio sobre a Terra. Esse tempo seria fácil de identificar, pois a humanidade seria como os Grandes Anciãos: livre e selvagem e acima do bem e do mal, descartando as leis e a moral e com todos os homens gritando e matando e se regalando de alegria. Então os Anciãos libertados lhes ensinariam novas maneiras de gritar e matar e se regalar e se divertir, e toda a Terra se acenderia em um holocausto de êxtase e liberdade. Enquanto isso o culto, por meio dos ritos apropriados, precisava manter viva a memória dessas formas antigas e passar adiante a profecia de seu retorno.

Nos tempos de outrora homens escolhidos conversavam em sonhos com os Anciãos sepultados, mas então algo aconteceu. A grande cidade de pedra de R'lyeh, com seus monólitos e sepulcros, submergiu sob as ondas; e as águas profundas, cheias de um mistério que nem o pensamento pode atravessar, interromperam o fluxo espectral. Mas a memória nunca morreu, e os altos-sacerdotes disseram que a cidade emergiria de novo quando as estrelas estivessem na posição certa. Então vieram à tona os espíritos negros da Terra, bolorentos e ensombrecidos, e cheios de rumores ouvidos em cavernas esquecidas sob o fundo dos mares. Mas deles o velho Castro não ousou dizer muito. Ele se interrompeu às pressas, e não havia persuasão ou artimanha capaz de incitá-lo a retomar o assunto. O *tamanho* dos Anciãos ele também se recusou a mencionar. Da seita, afirmou pensar que o centro principal estava nos desertos sem caminhos da Arábia, onde Irem, a Cidade dos Pilares, jaz em sonho, oculta e intocada. A seita não tinha relação com o culto às bruxas dos europeus, e era praticamente desconhecida fora de seus círculos. Nenhum livro a mencionava de fato, mas os chineses imortais afirmaram que havia duplos sentidos no *Necronomicon* do árabe louco Abdul Alhazred que os iniciados poderiam ler como bem entendessem, em especial o muito discutido dístico:

O que não está morto pode eternamente jazer,
E com estranhos éons até a morte pode morrer.

Legrasse, profundamente impressionado e um tanto perplexo, pesquisou em vão a respeito das afiliações históricas do culto. Ao que parece, Castro dissera a verdade quando afirmou se tratar de um segredo bem mantido. Os especialistas da Universidade de Tulane não tinham nada a dizer sobre a seita e a imagem, e o detetive, depois de procurar as maiores autoridades do assunto no país, tinha como resposta apenas a história da Groenlândia contada pelo professor Webb.

O interesse febril levantado na reunião pela história contada por Legrasse, corroborada pela estatueta, prosseguiu na correspondência subsequente trocada pelos presentes, mas apenas menções esparsas apareceram nas publicações formais da sociedade. A cautela fala mais alto entre aqueles acostumados com irrupções ocasionais de charlatanice e impostura. Legrasse emprestou a imagem por um tempo ao professor Webb, mas com a morte do especialista ela foi devolvida ao inspetor e permanece em sua posse, com quem a vi pouco tempo atrás. É de fato uma coisa terrível, e inequivocamente semelhante à escultura onírica do jovem Wilcox.

Que meu tio se empolgou com a história do escultor não tenho dúvidas, pois que pensamentos devem ter vindo à tona ao ouvir, ciente do que Legrasse descobrira sobre o culto, que um jovem sensível *sonhara* não apenas com a figura e os hieróglifos da imagem encontrada no pântano e na tabuleta demoníaca da Groenlândia, mas também descobrira *em seus sonhos* pelo menos três palavras da fórmula proferida tanto pelos esquimós diabolistas como pelos mestiços da Louisiana? O início imediato de uma extensa investigação por parte do professor Angell foi praticamente natural; mas em meu íntimo eu suspeitava que o jovem Wilcox tivesse ouvido falar do culto de alguma forma indireta e inventado uma série de sonhos para intensificar e prolongar o mistério às custas de meu tio. Os relatos oníricos e os recortes coletados pelo professor serviam, obviamente, como forte corroboração para a história; mas o caráter racional de minha mente e a extravagância do assunto como um todo me levaram a adotar o que imaginei serem conclusões mais sensatas. Portanto, depois de examinar minuciosamente o manuscrito mais uma vez e fazer uma correlação entre as anotações teosóficas e antropológicas e o culto descrito por Legrasse, fiz uma viagem a Providence para visitar o escultor e lhe fazer a reprimenda que considerava necessária por manipular de forma tão impositiva um homem culto e idoso.

Wilcox ainda vivia sozinho no edifício Fleur-de-Lys, na Thomas Street, uma horrenda imitação vitoriana da arquitetura bretã do século XVII, que ostentava uma fachada de estuque em meio às belas casas coloniais da tradicional colina, sob a sombra da torre em estilo georgiana mais impressionante dos Estados Unidos. Eu o encontrei trabalhando em seus aposentos, e imediatamente notei pelas peças espalhadas pelo local que sua verve artística era de fato profunda e autêntica. Ele vai, acredito eu, algum dia ser conhecido como um dos grandes decadentistas, pois cristalizou na argila e algum dia há de espelhar no mármore os pesadelos e as fantasias que Arthur Machen evoca em prosa e Clark Ashton Smith torna visíveis em versos e pinturas.*

De aspecto sombrio, frágil e um tanto desleixado, ele se virou languidamente com minha batida na porta e me perguntou o que queria sem se levantar. Quando falei quem eu era, demonstrou algum interesse, pois meu tio despertara sua curiosidade investigando seus sonhos estranhos, mas nunca explicara a razão para tal estudo. Eu não fiz nenhum esclarecimento a esse respeito, e usei de algumas artimanhas para fazê-lo falar. Em pouco tempo fiquei convencido de sua sinceridade absoluta, pois ele falou dos sonhos com uma convicção

---

* Clark Ashton Smith (1863-1961): poeta e pintor com quem Lovecraft se correspondia. (N.E.)

inegável. Seus resíduos subconscientes influenciaram profundamente sua arte, e ele me mostrou uma estátua mórbida cujos contornos me fizeram estremecer com a potência de suas sugestões obscuras. Ele não se lembrava de ter visto a forma original a não ser em seu próprio baixo-relevo onírico, cujos traços se revelaram de forma não consciente sob suas mãos. Era, sem dúvida, o vulto gigantesco que ele descrevera em seu delírio. Ele logo deixou claro que não sabia nada sobre o culto secreto, a não ser o que meu tio deixara escapar em seu insistente questionamento, e mais uma vez me peguei pensando em outra maneira que ele pudesse ter captado aquelas impressões bizarras.

Ele falava de seus sonhos de uma forma estranhamente poética, e me fez visualizar de forma terrivelmente vívida a cidade ciclópica de pedras úmidas cobertas de lodo – cuja *geometria*, foi a palavra singular que usou, era *toda errada* –, e me fez ouvir com temerosa expectativa o incessante e quase telepático chamado do subterrâneo: "*Cthulhu fhtagn*", "*Cthulhu fhtagn*". Essas palavras eram parte do ritual assustador que tratava da vigília em sonho do morto Cthulhu em seu túmulo de pedra em R'lyeh, o que me deixou profundamente abalado, apesar de minhas convicções racionais. Eu tinha certeza de que Wilcox ouvira falar do culto de maneira acidental, mas logo se esquecera disso em meio a uma avalanche de imagens e leituras igualmente estranhas. Mais tarde, em virtude de seu caráter impressionante, a ideia encontrara expressão no subconsciente na forma dos sonhos, do baixo-relevo e da estátua terrível que estava diante de mim; portanto, sua impostura em relação a meu tio havia sido involuntária. Ao mesmo tempo levemente afetado e um tanto antipático, o jovem era de um tipo do qual eu jamais poderia gostar, mas naquele momento estava disposto a reconhecer tanto sua verve artística como sua honestidade. Me despedi amigavelmente, e lhe desejei sucesso com seu talento promissor.

A questão do culto continuou a me fascinar, e em certas ocasiões cheguei a vislumbrar uma fama pessoal obtida com pesquisas a respeito de sua origem e suas conexões. Visitei Nova Orleans, conversei com Legrasse e com os demais participantes da batida policial, vi a imagem assustadora e até mesmo interroguei alguns prisioneiros mestiços que ainda estavam vivos. O velho Castro, infelizmente, estava morto fazia anos. O que ouvi de forma tão vívida em primeira mão, apesar de não passar de uma confirmação mais detalhada daquilo que meu tio escrevera, reacendeu minha empolgação, pois eu tinha certeza de que estava no rastro de uma religião absolutamente real, secreta e antiquíssima cuja descoberta me tornaria um antropólogo de destaque. Minha postura era de materialismo irredutível, *como eu gostaria que ainda fosse*, e desconsiderei com uma perversidade quase inexplicável a coincidência existente nas anotações sobre os sonhos e nos estranhos recortes coletados pelo professor Angell.

Uma coisa de que comecei a suspeitar, e agora temo de fato *saber*, era que a morte de meu tio não fora nem um pouco natural. Ele despencou de um caminho estreito em um morro diante de um antigo cais repleto de mestiços estrangeiros, depois de um esbarrão casual de um marujo negro. Eu não me esqueci do fato de os membros da seita em Louisiana serem mestiços e marujos, e não ficaria surpreso se ficasse sabendo de métodos secretos e venenos tão impiedosos e ancestrais quanto aquelas crenças e aqueles ritos crípticos. Legrasse e seus homens, é verdade, foram poupados, mas na Noruega um marinheiro que testemunhou certas coisas agora está morto. As investigações de meu tio depois de ouvir os relatos do escultor não poderiam ter caído em ouvidos sinistros? Acho que o professor Angell morreu porque sabia demais, ou porque provavelmente acabaria descobrindo demais. Resta saber se o mesmo vai acontecer comigo, pois agora também descobri coisas demais.

III. A loucura saída do mar

Caso os céus queiram me conceder uma bênção, que seja o apagamento total da lembrança do fruto de um mero acaso que me fez fixar os olhos em um pedaço de jornal que forrava uma prateleira. Não era nada com que eu me depararia em minhas leituras diárias, pois se tratava de uma velha edição de um jornal australiano, o *Sydney Bulletin*, de 18 de abril de 1925. A notícia passara despercebida inclusive da empresa que na época conduziu uma coleta intensa de material para a pesquisa de meu tio.

Eu já havia praticamente desistido de descobrir mais a respeito daquilo que o professor Angell chamava de "Culto de Cthulhu", e estava visitando um amigo erudito em Paterson, Nova Jersey, curador de um museu local e mineralogista de renome.* Examinando um dia espécimes sobressalentes distribuídos sem muito critério nas prateleiras de um depósito em uma sala nos fundos do museu, meu olhar foi atraído por uma estranha fotografia em um dos jornais velhos estendidos sob as pedras. Era o exemplar do *Sydney Bulletin* que mencionei, pois meu amigo tinha contatos em todos os lugares possíveis do mundo; a imagem era uma reprodução em preto e branco de um horripilante ídolo de pedra quase idêntico ao que Legrasse encontrara no pântano.

---

* Referência a James F. Morton (1870-1941), curador do Museu de Paterson de 1925 a 1941. (N.E.)

Esvaziando ansiosamente a prateleira de seus preciosos conteúdos, examinei a matéria em detalhes e fiquei decepcionado ao descobrir que não era muito extensa. O que o texto sugeria, porém, era de uma importância enorme para minha busca quase dada por encerrada, e com cuidado eu o arranquei da página para tomar providências imediatas. O que a reportagem dizia era o seguinte:

MISTERIOSO ABANDONO DESCOBERTO NO MAR

> *Vigilant chega rebocando embarcação neozelandesa armada e abandonada. Um sobrevivente e um morto encontrados a bordo. Relato dá conta de lutas de vida ou morte no mar. Marujo resgatado se recusa a fornecer detalhes da estranha experiência. Ídolo peculiar encontrado em sua posse. Inquérito será aberto.*

O cargueiro *Vigilant* da Companhia Morrison, vindo de Valparaíso, atracou esta manhã no porto de Darling trazendo a reboque o avariado e combalido, mas fortemente armado, iate a vapor *Alert*, de Dunedin, Nova Zelândia, avistado em 12 de abril na latitude sul 34º 21' e longitude oeste 152º 17', com um tripulante vivo e um morto a bordo.

O *Vigilant* partiu de Valparaíso em 25 de março, e em 2 de abril foi desviado para o sul em sua rota em virtude de tempestades excepcionalmente pesadas e ondas monstruosas. Em 12 de abril a embarcação abandonada foi avistada; e, embora aparentemente não houvesse tripulantes, foi encontrado um sobrevivente em estado de semidelírio e um homem que evidentemente estava morto havia mais de uma semana. O sobrevivente estava agarrado a um horrível ídolo de pedra de procedência desconhecida, de cerca de trinta centímetros de altura, de cuja natureza os estudiosos da Universidade de Sydney, da Royal Society e do Museu da College Street afirmaram com perplexidade nada ter a dizer, e que o sobrevivente afirma ter encontrado na cabine da embarcação, em um pequeno altar com entalhes de padrão incomum.

O homem, depois de recobrar os sentidos, contou uma história estranhíssima de pirataria e matança. Trata-se de Gustaf Johansen, um norueguês de certa inteligência, que era segundo oficial de uma escuna de dois mastros de Auckland chamada *Emma*, que partiu para Callao em 20 de fevereiro com uma tripulação de onze homens. A *Emma*, segundo ele, foi atrasada e desviada para o sul por uma grande tempestade em 1º de março, e em 22 de março, na latitude sul 49º 51' e longitude oeste 128º 34', encontrou o *Alert*, tripulado por estranhos e ameaçadores canacas e mestiços. Ao receber uma ordem peremptória para dar meia-volta, o capitão Collins se recusou; nesse momento, a estranha tripulação começou a atirar selvagemente e sem aviso contra a escuna com uma saraivada pesada de disparos com os canhões que eram parte do equipamento do iate. Os homens da *Emma* mostraram disposição para a luta, contou o sobrevivente, e apesar de a escuna ter começado a afundar depois dos tiros eles conseguiram flanquear a embarcação inimiga e invadi-la, enfrentando a tripulação raivosa no convés do iate e sendo forçados a matá-los todos, estando em um número ligeiramente superior, em virtude de sua particularmente feroz e desesperada, embora ineficiente, maneira de lutar.

Três dos homens da *Emma*, incluindo o capitão Collins e o imediato Green, foram mortos; os oito restantes, sob o comando do oficial Johansen, seguiram viagem no iate capturado na direção da rota original para ver se havia algum motivo para aquela ordem de dar meia-volta. No dia seguinte, ao que parece, atracaram e desembarcaram em uma pequena ilha, embora não haja registro de nenhuma terra conhecida naquela parte do oceano; seis dos homens acabaram morrendo no local, embora Johansen seja estranhamente reticente sobre essa parte da história, relatando somente que caíram em um abismo pedregoso. Mais tarde, segundo consta, ele e o companheiro restante embarcaram no iate e tentaram seguir navegando, mas foram pegos pela tempestade de 2 de abril. Desse momento até o resgate do dia 12 o homem quase não se lembra, e não se recorda nem ao menos da morte de William Briden, seu companheiro. A causa da morte de Briden segue indeterminada, e provavelmente se deveu a um choque emocional ou à exposição ao mau tempo. Notícias recebidas de Dunedin dão conta de que o *Alert* era conhecido na região como uma embarcação de cabotagem com uma reputação maligna naquelas paragens. Pertencia a um peculiar grupo de mestiços cujas frequentes reuniões e expedições noturnas a uma região de mata fechada atraíam grande curiosidade; havia zarpado às pressas logo depois da tempestade e dos tremores de terra de 1º de março. Nosso correspondente em Auckland relata que a *Emma* e sua tripulação tinham excelente reputação, e que Johansen era descrito como um homem sóbrio e valoroso. O almirantado vai instituir amanhã um inquérito sobre o caso, cujos esforços vão se concentrar em fazer Johansen falar mais do que revelou até o momento.

Isso era tudo que havia além da imagem infernal; mas que associações despertou em minha mente! Havia novos tesouros de informações sobre o Culto de Cthulhu, e provas de que seus estranhos desdobramentos no mar além de em terra-firme. Que motivo teria levado a tripulação mestiça a ordenar que a *Emma* desse meia-volta enquanto navegava com seu horripilante ídolo a bordo? Qual seria a ilha em que seis dos homens da *Emma* morreram, e sobre a qual o oficial Johansen estava fazendo tanto segredo? O que a investigação do vice-almirantado teria descoberto, e o que se sabia sobre o odioso culto em Dunedin? E, o mais surpreendente de tudo, que ligação profunda e sobrenatural de datas era aquela que lançava uma maligna e agora inegável relevância aos diversos eventos tão meticulosamente anotados por meu tio?

No dia 1º de março – 28 de fevereiro em nosso fuso horário –, aconteceram o terremoto e a tempestade. Em Dunedin, o *Alert* e sua ruidosa tripulação partiram como se tivessem sido chamados às pressas, e do outro lado do mundo poetas e artistas começaram a sonhar com uma estranha e úmida cidade ciclópica, enquanto um jovem escultor moldava em sonho a forma do assustador Cthulhu. Em 23 de março a tripulação da *Emma* atracou em uma ilha desconhecida onde seis de seus homens morreram; e nessa data os sonhos dos homens sensíveis ganharam mais vividez e foram obscurecidos pelo medo de um monstro gigante que os perseguia malignamente, ao mesmo tempo em que um arquiteto enlouquecia e o jovem escultor caía em um delírio repentino! E quanto à tempestade de 2 de abril – a data em que todos os sonhos com a úmida cidade cessaram, e que Wilcox despertou são e salvo de sua estranha febre? Como explicar isso – e as menções do velho Castro aos Anciãos naufragados nascidos nas estrelas e seu reino vindouro; seu culto fiel e *seu domínio sobre os sonhos*? Eu estaria me aproximando do limiar de horrores cósmicos maiores do que a força humana poderia suportar? Em caso afirmativo, deviam ser horrores apenas da mente, pois de alguma forma o dia 2 de abril interrompera a ameaça monstruosa que começara a acossar a alma da humanidade, fosse ela qual fosse.

Naquela noite, depois de um agitado dia de telegramas e providências diversas, me despedi de meu anfitrião e tomei um trem para São Francisco. Em menos de um mês estava em Dunedin; uma vez lá, porém, descobri que pouco se sabia sobre os estranhos membros de um culto que circulavam pelas velhas tavernas do cais. A ralé das docas era ordinária demais para merecer alguma menção específica; no entanto, havia rumores vagos sobre expedições à mata feita pelos mestiços, durante as quais batuques e chamas vermelhas foram percebidos nos morros distantes. Em Auckland descobri que Johansen voltara *com os cabelos loiros totalmente brancos* depois de um burocrático e inconclusivo interrogatório em Sydney, e em seguida vendeu seu chalé na West Street e tomou o caminho de volta para sua antiga casa em Oslo junto com a esposa. De sua inquietante experiência contou aos amigos o mesmo que dissera aos oficiais do almirantado, e o máximo que puderam fazer por mim foi informar seu endereço em Oslo.

Depois disso fui a Sydney e conversei inutilmente com marujos e membros do tribunal do vice-almirantado. Vi também o *Alert*, já vendido e adotado para uso comercial, no Circular Quay na Baía de Sydney, mas não obtive nenhuma informação a partir de sua forma neutra. A imagem da criatura agachada com cabeça de polvo, corpo de dragão, asas escamosas e pedestal adornado com hieróglifos estava preservada no Museu do Hyde Park; eu a estudei de forma detida e meticulosa, e a considerei uma peça muitíssimo bem executada, que exalava o mesmo mistério absoluto, a mesma antiguidade assustadora e a mesma estranheza sobrenatural de composição que notei no espécime menor em poder de Legrasse. Os geólogos, segundo me contou o curador, a consideraram um enigma monstruoso, pois juravam que não havia no mundo uma pedra como aquela. Então pensei com um estremecimento no que o velho Castro contou a Legrasse sobre os Grandes Anciãos dos primórdios: "Eles vieram das estrelas, e trouxeram Suas imagens com Eles".

Abalado por uma revolução mental que nunca experimentara antes, resolvi visitar o oficial Johansen em Oslo. Partindo para Londres, reembarquei imediatamente para a capital norueguesa, e em um dia de outono desembarquei nos belos atracadouros à sombra do Egeberg. O endereço de Johansen, descobri, ficava na Cidade Antiga do rei Harold Haardrada, que manteve vivo o nome de Oslo durante os séculos em que a cidade se escondeu atrás do nome "Christiana". Fiz o breve trajeto de táxi, e com o coração palpitante bati na porta de uma construção antiga com a fachada revestida de gesso. Uma mulher de preto e de aspecto triste respondeu às minhas perguntas, e não pude esconder minha decepção quando ela me contou em um inglês precário que Gustaf Johansen não estava mais entre os vivos.

Ele não sobrevivera ao retorno, contou sua esposa, pois os acontecimentos no mar em 1925 haviam destruído seu moral. Ele contou a ela somente o que já revelara publicamente, mas deixou um longo manuscrito – sobre "questões técnicas", segundo suas palavras – escrito em inglês, evidentemente para protegê-la do perigo de alguma descoberta casual. Durante uma caminhada por uma ruazinha estreita perto das docas de Gotemburgo, um fardo de jornais caído da janela de um sótão o derrubou. Dois marujos indianos o ajudaram a se levantar, mas antes que a ambulância chegasse ele já estava morto.

Os médicos não encontraram uma causa plausível para o falecimento, e puseram a culpa em um coração fraco.

Senti então em minhas entranhas o terror obscuro que só vai me abandonar quando eu também vier a descansar – "acidentalmente" ou de outra forma. Depois de convencer a viúva de que minha proximidade com aquelas "questões técnicas" era suficiente para que me entregasse seu manuscrito, levei o documento comigo e comecei a lê-lo na viagem de volta para Londres. Era um texto simples e verborrágico – os esforços de um marujo ingênuo para produzir um diário *ex post facto* – e tentava recordar dia a dia sua última e terrível viagem. Não é possível fazer uma transcrição exata em virtude de seu caráter nebuloso e redundante, mas vou narrar a essência de seu conteúdo para mostrar por que a água contra as laterais da embarcação se tornou tão insuportável para mim que precisei enfiar algodão nos ouvidos.

Johansen, graças a Deus, não sabia de tudo, apesar de ter visto a cidade e a Coisa, mas nunca mais vou dormir tranquilamente enquanto continuar pensando nos horrores que espreitam incessantemente além da vida no tempo e no espaço, e nas blasfêmias profanas dos anciãos das estrelas que sonham sob o mar, conhecidos e cultuados por uma seita digna de um pesadelo que está pronta e ansiosa para libertá-los no mundo quando outro terremoto elevar sua monstruosa cidade de pedra de volta para a luz do sol e o sopro do ar.

A viagem começara da maneira relatada ao vice-almirantado. A *Emma* zarpara com lastro de Auckland em 20 de fevereiro, e sentiu com toda a força a tempestade gerada pelo terremoto, que deve ter feito emergir do fundo do mar os horrores que tomaram conta dos sonhos dos homens. Mais uma vez sob controle, a embarcação vinha fazendo bom progresso quando foi abordada pelo *Alert* em 22 de março, e consegui sentir a tristeza do oficial ao escrever sobre o bombardeamento e o naufrágio da escuna. Dos diabólicos membros do culto a bordo do *Alert* ele falou com significativo terror. Havia uma qualidade particularmente abominável neles que tornava seu aniquilamento quase um dever, e Johansen demonstrou um sincero assombro ao ser confrontado com a acusação de brutalidade feita contra seu grupo durante o processo de inquérito no tribunal. Então, no iate capturado sob o comando de Johansen, impelidos pela curiosidade, os homens avistaram um enorme pilar de pedra despontando no mar, e na latitude sul 47° 9' e longitude oeste 126° 43' depararam com um pedaço de terra coberto de lama, lodo e construções ciclópicas de pedra que não podiam ser outra coisa além da substância tangível do supremo horror terreno – a cadavérica e digna de pesadelos cidade de R'lyeh, construída incontáveis éons antes do início da história pelas formas imensas e repulsivas que desceram de estrelas obscuras. Lá estavam o grande Cthulhu e suas hostes, escondidos em túmulos esverdeados de lodo e por fim emanando, depois de ciclos incalculáveis, os pensamentos que disseminaram o medo nos sonhos dos sensíveis e chamaram imperiosamente seus fiéis a uma peregrinação de libertação e restauração. De tudo isso Johansen não fazia ideia, mas só Deus sabe o tanto que ele viu!

Acredito que uma única elevação, a horripilante cidadela encimada por um monólito onde o grande Cthulhu estava enterrado, na verdade emergiu das águas. Quando penso na *extensão* de tudo que pode haver mais abaixo quase chego a querer me matar de uma vez. Johansen e seus homens ficaram abismados com a majestade cósmica daquela encharcada Babilônia de demônios antigos, e devem ter deduzido sem o auxílio de informação alguma que não se tratava de algo que pudesse ser deste ou de algum outro planeta benigno. O assombro com o tamanho inacreditável dos blocos esverdeados de pedra e com a identidade atordoante das estátuas e dos baixos-relevos colossais com a imagem estranha encontrada no altar do *Alert* fica claro em todas as linhas da descrição do apavorado oficial.

Sem nenhum conhecimento sobre o futurismo, Johansen alcançou algo bem próximo quando falou da cidade; pois, em vez de descrever estruturas ou construções específicas, ele se prendeu a impressões mais genéricas de vastos ângulos e superfícies de pedras – superfícies grandes demais para pertencer a alguma coisa desta Terra, e marcadas por ímpias mensagens em hieróglifos. Cito sua menção a *ângulos* porque tem relação com algo que Wilcox me contou de seus sonhos terríveis. Ele dissera que a *geometria* do local do sonho era anormal, não euclidiana, e repulsivamente repleta de esferas de dimensões estranhas às nossas. Agora um marujo inculto sentia a mesma coisa ao contemplar a terrível realidade.

Johansen e seus homens desembarcaram em uma barranca lamacenta na monstruosa Acrópole, e escalaram aos tropeções blocos titânicos cobertos de lodo que não poderiam servir como escada para nenhum mortal. O próprio sol no céu parecia distorcido quando visto através do miasma polarizador que subia daquela perversão encharcada pelo mar, e uma ameaça e um suspense sinistros pareciam à espreita naqueles ângulos loucamente elusivos de cavernas rochosas nas quais um segundo olhar revelava concavidade logo após o primeiro sugerir convexidade.

Algo parecidíssimo com o medo absoluto já tomara conta dos exploradores antes mesmo que alguma coisa mais definida do que rochas, lodo e algas fosse visto. Todos já teriam revelado a vontade de fugir caso não temessem o escárnio dos demais, e foi com certa relutância que procuraram – em vão, no fim das contas – por uma lembrança de dimensões mais razoáveis que pudesse ser levada do local.

Foi Rodrigues, o português, que escalou o pé do monólito e gritou sua descoberta. Os demais o seguiram e olharam com curiosidade para a imensa porta entalhada com o agora familiar baixo-relevo do polvo-dragão. Segundo Johansen, parecia uma enorme porta de porão, e ninguém duvidou que fosse uma porta, por causa do lintel, do umbral e dos batentes ornamentados ao redor, apesar de não conseguirem definir se era plana como um alçapão ou inclinada como uma porta externa de porão. Como diria Wilcox, a geometria do local era toda errada. Não era possível saber nem se o mar e o chão eram horizontais, pois a posição relativa de todo o resto parecia espectralmente variável.

Briden tentou mover a pedra em vários locais, sem nenhum resultado. Então Donovan tateou delicadamente as bordas, pressionando separadamente diferentes pontos no caminho. Ele escalou interminavelmente a grotesca laje de pedra – ou melhor, a palavra seria escalar caso a coisa no fim não se revelasse horizontal –, e os homens se perguntaram como alguma porta no universo podia ser tão grande. Então, de forma bem lenta e sutil, o painel de meio hectare começou a ceder para baixo no topo, e eles viram que estava apenas equilibrado. Donovan deslizou para baixo, ou de alguma forma conseguiu se equilibrar pelo batente, e voltou até onde estavam seus companheiros, e todos observaram a estranha abertura no monstruoso e cavernoso portal. Naquela fantasia de distorção prismática, a pedra se moveu anomalamente no sentido diagonal, de modo que as regras da matéria e da perspectiva pareciam subvertidas.

A abertura era preta, de uma escuridão quase material. Essa tenebrosidade era na verdade uma *qualidade positiva*, pois obscurecia partes das paredes internas que poderiam ter sido reveladas, e na verdade se espalhava como fumaça de seu aprisionamento de éons de duração, visivelmente escurecendo o sol à medida que se elevava pelo céu encolhido e de aparência convexa com o ruflar de suas asas membranosas. O odor que emanava das profundezas recém-abertas era insuportável, e logo depois Hawkins, com seu ouvido atento, afirmou ter ouvido um chafurdar terrível lá embaixo. Todos escutaram, e ainda ouviam com atenção quando Aquilo se deslocou babando para as vistas de todos, tateando e espremendo Sua imensidão gelatinosa e verde pela porta escura para o ar maculado do lado de fora daquela venenosa cidade de loucura.

A caligrafia do pobre Johansen quase perdeu a forma quando ele escreveu isso. Dos seis homens que não conseguiram chegar à embarcação, ele deduziu que dois morreram de puro pavor naquele amaldiçoado instante. A Coisa era impossível de descrever – não existe linguagem capaz de dar conta de tais abismos de loucura estridente e imemorial, tamanha contradição com todas as forças materiais e ordens cósmicas. Uma montanha que caminhava ou se arrastava. Deus! É de surpreender que do outro lado do mundo um arquiteto enlouqueceu, ou que o pobre Wilcox tenha delirado de febre naquele exato instante telepático? A Coisa dos ídolos, a cria verde e grudenta das estrelas, despertara para reivindicar o que era seu. As estrelas estavam na posição certa outra vez, e aquilo que um culto antiquíssimo falhara em fazer por intento um grupo de marujos inocentes fizera por acidente. Depois de trilhões de anos o grande Cthulhu estava à solta de novo, e ansiando por deleites.

Três homens foram varridos pelas garras flácidas antes que alguém pensasse em se mexer. Que Deus os tenha em bom repouso, caso isso exista em algum lugar no universo. Eram Donovan, Guerrera e Ångstrom. Parker escorregou enquanto os outros três corriam freneticamente sobre panoramas infinitos de pedras encrustadas de verde de volta para o bote, e Johansen jurou que seu companheiro foi engolido por um ângulo de pedra que não deveria estar lá; um ângulo que era agudo, mas que se comportava como se fosse obtuso. Portanto, apenas Briden e Johansen chegaram ao bote, e remaram desesperadamente na direção do *Alert* enquanto a monstruosidade montanhesca deslizava pelas pedras cobertas de limo e hesitou ao chegar à beira d'água.

O vapor ainda não baixara totalmente, apesar do desembarque de todos os tripulantes para a ilha; e não foram necessários mais do que alguns poucos momentos de correria frenética entre o leme e o motor para pôr o *Alert* em condições de zarpar. Pouco a pouco, entre os horrores distorcidos do cenário indescritível, a embarcação começou a revolver as águas letais; enquanto isso, sobre as pedras da praia sepulcral que não era deste mundo, a Coisa titânica das estrelas babava e rugia como um Polifemo praguejando para a embarcação em fuga de Ulisses. Então, mais ousado que os ciclopes das lendas, o grande Cthulhu deslizou oleosamente para a água e começou a persegui-los com vastos movimentos de nado de potência cósmica. Briden olhou para trás e enlouqueceu, gargalhando histericamente e continuando a rir de tempos em tempos até que a morte o encontrou em uma noite na cabine enquanto Johansen vagava em delírio pela embarcação.

Mas Johansen ainda não tinha desistido. Ciente de que a Coisa era capaz de alcançar o *Alert* enquanto a embarcação não estivesse a todo vapor, resolveu arriscar uma tentativa desesperada; e, acionando o motor a toda a velocidade, correu como um raio para o convés e reverteu totalmente o leme. O mar se encheu de espuma e agitação, e o vapor foi subindo cada vez enquanto o bravo norueguês embicava a embarcação na direção da criatura gelatinosa que se erguia da água imunda como o castelo de proa de um galeão demoníaco. A terrível cabeça de polvo com tentáculos inquietos subiu até a altura do gurupés do valente iate, mas Johansen o manteve na rota com determinação. Surgiu uma explosão como a de uma bexiga estourada, uma imundície parecida com as das entranhas de um peixe, um cheiro como o de mil tumbas abertas e um som que o cronista não ousou descrever com palavras. Por um instante a embarcação foi envolta por uma nuvem verde, acre e cegante, e em seguida apenas um fervilhar venenoso se ouvia na popa; onde – Deus do céu! – a plasticidade destroçada da cria inominável do céu estava nebulosamente se recombinando em sua odiosa forma original, se distanciando cada vez mais à medida que o *Alert* ganhava ímpeto com a maior quantidade de vapor.

E então acabou. Depois disso Johansen se limitou a rondar o ídolo na cabine e preparar algo de comer de tempos em tempos para si e para o louco às gargalhadas que o acompanhava. Não tentou mais navegar depois do ousado primeiro enfrentamento, pois a reação havia roubado algo de sua alma. Em seguida veio a tempestade de 2 de abril e um ajuntamento de nuvens que obscureceu sua consciência. Houve uma sensação de turbilhão espectral entre despenhadeiros líquidos de infinitude, de jornadas estonteantes por universos revolutos em uma cauda de cometa, e mergulhos enlouquecidos do abismo para a lua e da lua de volta para o abismo, tudo isso avivado por um coro gargalhante de deuses antigos, disformes e histéricos e de demônios verdes e zombeteiros com asas de morcego do Tártaro.

Depois do sonho veio o resgate – o *Vigilant*, o tribunal do vice-almirantado, as ruas de Dunedin e a longa viagem de volta para a velha casa perto do Egeberg. Ele não poderia contar – pensariam que estava louco. Escreveria o que sabia antes que a morte chegasse, mas sua esposa não podia saber. A morte seria uma bênção se servisse para borrar aquelas memórias.

Esse foi o documento que li e que agora coloquei na caixa de metal ao lado do baixo-relevo e dos papéis do professor Angell. É para lá que vai este meu registro – este teste para minha própria sanidade, em que juntei peças que espero que jamais sejam unidas de novo. Conheci tudo o que o universo é capaz de suportar em termos de horror, e mesmo o céu da primavera e as flores do verão podem parecer venenosos para mim depois disso. Mas não creio que minha vida vá ser longa. Da mesma forma que meu tio se foi, que o pobre Johansen se foi, eu também devo ir. Sei de coisas demais, e o culto ainda está vivo.

Cthulhu também ainda está vivo, eu acho, mais uma vez naquele precipício de pedra que o abriga desde a juventude do sol. Sua cidade amaldiçoada afundou outra vez, pois o *Vigilant* passou pelo local depois da tempestade de abril; seus representantes na Terra, porém, ainda gritam e saltam e matam em torno de monólitos adornados com ídolos em locais isolados. Ele deve ter sido levado junto quando seu abismo negro afundou, caso contrário o mundo agora estaria berrando de medo e frenesi. Quem pode saber o final? O que emergiu pode afundar, e o que afundou pode emergir. O que há de mais repulsivo aguarda e sonha nas profundezas, e a decadência paira sobre as cidades precárias dos homens. Esse tempo há de chegar – mas eu não devo nem posso pensar nisso! Só rezo para que, caso eu não sobreviva a este manuscrito, os executores de meu espólio ponham a prudência acima da audácia e garantam que ninguém mais ponha os olhos nisto.

O modelo de Pickman

Não precisa pensar que estou louco, Eliot – muitos outros têm preconceitos mais exóticos que esse. Por que você não ri do avô de Oliver, que não entra em veículos a motor? Se eu não gosto do maldito metrô, é problema meu; e nós chegamos mais depressa aqui de táxi, aliás. Precisaríamos subir a ladeira desde a Park Street se não viéssemos de carro.

Sei que estou mais agitado do que quando me viu no ano passado, mas não precisa me dar um sermão por isso. Existem razões de sobra, só Deus sabe, e acho que tenho sorte por ainda conservar minha sanidade. Por que o interrogatório? Você não era assim tão inquisitivo.

Bom, se você quer saber, não vejo por que não. Talvez seja melhor, inclusive, já que você passou a me escrever como um pai preocupado quando soube que comecei a me afastar do Clube de Arte e a manter distância de Pickman. Agora que ele desapareceu vou ao clube de vez em quando, mas meus nervos não são mais como costumavam ser.

Não, eu não sei que fim levou Pickman, e não gosto de fazer suposições. Você deve ter concluído que fiquei sabendo de alguma coisa quando me afastei – e é por isso que não quero nem saber onde ele foi parar. Que a polícia descubra o que puder – não vai ser muita coisa, a julgar pelo fato de que ainda não sabem nem daquele lugar em North End que ele alugou com o nome de Peters. Não sei se seria capaz de encontrar o local de novo – nem se quisesse, nem em plena luz do dia! Sim, eu sei, ou receio saber, por que ele o mantinha. Eu chego lá. E acho que antes mesmo de eu terminar você vai entender por que não contei à polícia. Eles me pediriam para levá-los até lá, mas eu não teria como voltar àquele lugar nem mesmo se soubesse o caminho. Havia alguma coisa lá – e agora não consigo mais usar o metrô nem (e você pode rir disso também se quiser) descer em porões.

Imagino que você saiba que não me afastei de Pickman pelas mesmas razões tolas que levaram velhotes implicantes como o dr. Reid, ou Joe Minot, ou Bosworth a fazer isso. A arte mórbida não me choca, e quando um homem tem a genialidade de Pickman eu me sinto honrado em conhecê-lo, qualquer que seja a direção tomada por seu trabalho. Boston nunca teve um pintor maior que Richard Upton Pickman. Disse isso na época e volto a dizer, e não me abalei nem um pouco quando ele me mostrou aquele *Carniçal se alimentando*. Foi por isso, você se lembra, que Minot cortou relações com ele.

É preciso ter uma verve artística profunda e uma visão profunda da natureza para criar coisas como as de Pickman, você sabe. Qualquer farsante que faz capas de revista pode espalhar tinta loucamente na tela e definir o que fez como um pesadelo, ou um sabá de bruxas, ou um retrato do demônio, mas somente um grande pintor pode produzir algo que realmente dê medo ou se aproxime da verdade. Isso porque apenas um artista genuíno conhece a verdadeira anatomia do terrível ou a psicologia do medo – o tipo exato de traços e proporções que têm ligação com instintos latentes ou lembranças hereditárias de temores, e os contrastes apropriados de cores, e os efeitos de luz que evocam uma sensação adormecida de estranhamento. Não preciso explicar a você por que um Fuseli provoca um estremecimento enquanto uma ilustração de história barata de fantasmas nos faz rir. Existe algo que esses sujeitos capturam – algo além da vida –, que eles conseguem nos fazer capturar por um segundo. Doré tinha isso. Sime tem. Angarola de Chicago também. E Pickman tinha em uma proporção que ninguém tivera antes ou – assim espero – algum dia vai voltar a ter.

Não me pergunte o que eles veem. Você sabe, na arte convencional, existe toda a diferença do mundo entre coisas vivas retratadas a partir da natureza ou de modelos e a tralha artificial que os peixes pequenos que pintam por dinheiro produzem em ateliês geralmente precários. Bom, devo dizer que o artista realmente singular tem um tipo de olhar que cria modelos, ou evoca cenas existentes no mundo espectral em que vive. De alguma forma, ele consegue exibir resultados que diferem dos sonhos rocambolescos do impostor mais ou menos da mesma forma que os resultados do pintor de formas vivas diferem dos rabiscos de um cartunista formado por curso de correspondência. Se eu tivesse visto o que Pickman via – mas não! Vamos beber alguma coisa antes de nos aprofundarmos mais. Nossa, eu não estaria vivo se visse o que aquele homem – caso fosse mesmo um homem – via!

Como você se lembra, o forte de Pickman eram os rostos. Acredito que ninguém desde Goya tenha sido capaz de produzir visões tão infernais em um conjunto de feições ou uma contorção facial. E antes de Goya seria preciso voltar aos artistas medievais que fizeram gárgulas e quimeras em Notre Dame e Mont Saint-Michel. Eles acreditavam em todo tipo de coisas – e talvez vissem todo tipo de coisas também, pois a Idade Média teve algumas fases curiosas. Eu me lembro de você perguntando a Pickman uma vez, um ano antes de você ir embora, de onde ele tirava tais ideias e visões. Ele não respondeu com uma risada sinistra? Foi em parte por causa dessa risada que Reid se afastou dele. Reid, como você sabe, estava estudando patologia comparada e era cheio de visões pomposas "de especialista" sobre a importância biológica ou evolucionária desse ou daquele sintoma físico e mental. Disse que Pickman o repelia cada vez mais e que no final quase o assustava – que as feições e a expressão do pintor estavam pouco a pouco se consolidando de uma maneira que ele não estava gostando; de uma forma que não era humana. Ele falava muito sobre dietas alimentares, e disse que Pickman deve ser anormal e excêntrico em último grau. Imagino que você tenha dito a Reid, caso vocês tenham conversado a respeito, que era ele quem permitia que as pinturas de Pickman abalassem seus nervos ou capturassem sua imaginação daquela forma. Eu pelo menos disse isso a ele – na época.

Mas saiba que não me afastei de Pickman por nada do tipo. Pelo contrário, minha admiração por ele só crescia, pois aquele *Carniçal se alimentando* era um tremendo feito. Como você sabe, o clube se recusou a expô-lo, e o Museu de Belas Artes não o aceitou como doação; e posso acrescentar que ninguém o compraria, então Pickman o manteve em casa até ir embora. Agora está com seu pai em Salem – você sabe que Pickman é de uma família antiga de Salem e teve uma ancestral enforcada por bruxaria em 1692.

Adquiri o hábito de visitar Pickman com bastante frequência, em especial depois de começar a fazer anotações para uma monografia sobre arte excêntrica. Provavelmente foi sua obra que me levou a ter essa ideia e, seja como for, descobri neles uma fonte valiosa de informações e sugestões quando comecei a desenvolvê-la. Ele me mostrou todas as pinturas e desenhos que tinha, inclusive alguns esboços de bico de pena e nanquim que, acredito sinceramente, teriam feito com que fosse expulso do clube caso fossem vistos por muitos de seus membros. Em pouco tempo me tornei quase um devoto, e escutava durante horas como um estudante de liceu enquanto ele discorria sobre teorias artísticas e especulações filosóficas exóticas o bastante para qualificá-lo a uma internação no sanatório de Danvers. Minha idolatria, aliada ao fato de que as pessoas em geral estavam começando a se mostrar cada vez mais distantes dele, fez com que Pickman me visse como um confidente, e uma noite ele insinuou que, se eu mantivesse a boca calada e os nervos no lugar, poderia me mostrar algo bastante incomum – uma coisa um pouco mais forte do que aquilo que tinha em casa.

– Sabe – ele falou –, existem coisas que não servem para a Newbury Street, coisas que ficam deslocadas aqui, e que nem poderiam ser concebidas aqui, aliás. Meu negócio é capturar os tons ocultos da alma, e não dá para encontrar isso em um bairro artificial de novos-ricos. Back Bay não é Boston; ainda não é coisa nenhuma, porque não teve tempo de criar memórias e atrair os espíritos locais. Se houver alguma assombração aqui, são os fantasmas subjugados de um mangue ou de uma baía rasa; e eu quero fantasmas humanos, fantasmas de seres conscientes o bastante para ter visto o inferno e entendido o significado do que viram.

"O lugar para um artista viver é o North End. Se algum esteta fosse sincero, suportaria a vida nos cortiços em nome das tradições acumuladas. Deus do céu! Você não percebe que lugares como esse não foram simplesmente *construídos*, mas que na verdade *cresceram*? Geração após geração viveu, sentiu e morreu por lá, e em épocas quando as pessoas não tinham medo de viver, sentir e morrer. Não sabe que havia um moinho em Copp's Hill em 1632, e que metade das ruas atuais foram abertas por volta de 1650? Posso mostrar a você casas que estão de pé há mais de dois séculos e meio; casas que testemunharam coisas que fariam uma construção moderna virar pó. O que os modernos sabem da vida e das forças por trás dela? Você pode chamar a caça às bruxas de Salem de delírio, mas aposto que minha tataravó tinha muita coisa a dizer. Ela foi enforcada em Gallows Hill, sob o olhar hipócrita de Cotton Mather, maldito seja ele, que tinha medo de que alguém se libertasse de sua maldita jaula de monotonia; como eu gostaria que alguém tivesse posto um feitiço nele ou sugado seu sangue durante a noite!

"Posso mostrar uma casa em que ele viveu, e posso mostrar outra em que tinha medo de entrar, apesar de todo o seu discurso bonito e corajoso. Ele sabia de coisas que não ousaria pôr naquele *Magnalia* idiota nem no infantil *Maravilhas do mundo invisível*. Escute só, você sabia que havia uma rede de túneis por todo o North End que mantinha as casas de certas pessoas interligadas umas às outras, e com o cemitério, e com o mar? Que perseguissem e processassem à vontade na superfície; havia coisas acontecendo todos os dias que eles não tinham como saber, e vozes que gargalhavam à noite sem que soubessem de onde vinham!

"Ora, homem, de dez casas construídas antes de 1700 e deixadas em pé, aposto que em oito dá para mostrar alguma coisa estranha no porão. Quase não se passa um mês sem que apareça uma notícia de operários descobrindo passagens e poços que não levam a lugar algum quando derrubam alguma construção por lá; no ano passado dava para ver uma dessas perto da Henchman Street do trem elevado. Havia bruxas e coisas que seus feitiços evocavam; piratas e as coisas que traziam do mar; contrabandistas; corsários; vou lhe dizer uma coisa, as pessoas sabiam como viver, e como ampliar os limites da vida, nos velhos tempos! Este não era o único mundo que um homem inteligente e corajoso podia conhecer, ora! E pensar que hoje temos mentes tão opacas que até mesmo um clube de supostos artistas sente arrepios e tremores se um quadro vai além das sensações de uma mesa de chá da tarde na Beacon Street!

"A única salvação do presente é que ele é estúpido demais para examinar o passado de perto. O que os mapas, os registros e os guias realmente dizem sobre o North End? Ora! Sem pensar muito eu garanto que posso levar você a trinta ou quarenta ruelas ou redes de becos a norte da Prince Street que nem dez pessoas conhecem além dos estrangeiros que se aglomeram por lá. E o que esses forasteiros sabem sobre seu significado? Não, Thurber, esses lugares ancestrais estão maravilhosamente adormecidos e transbordando de maravilhas, terrores e fugas do lugar-comum, mas não existe uma única alma capaz de entendê-los e se beneficiar deles. Ou melhor, existe apenas uma única alma, pois eu não mergulhei no passado à toa!

"Pois então, você tem interesse nesse tipo de coisa. E se eu disser que tenho um outro ateliê por lá, onde posso capturar o espírito noturno de terror ancestral e pintar coisas em que não conseguiria nem pensar na Newbury Street? Naturalmente não comento nada com esses malditos velhotes do clube, com Reid, amaldiçoado seja ele, cochichando por aí que eu sou uma espécie de monstro condenado a seguir na contramão da evolução humana. Sim, Thurber, decidi muito tempo atrás que é preciso pintar o horror que existe além da beleza da vida, então saí a explorar lugares em que tinha razões para acreditar que o terror vivia.

"Consegui um lugar que, além de mim, não deve ter sido visto por mais de três outros nórdicos ainda vivos. Não fica muito longe do trem elevado em termos de distância física, mas fica a séculos de distância em termos de alma. Eu o escolhi por causa do poço de tijolos no porão, um daqueles sobre os quais falei. A coisa toda está caindo aos pedaços, então ninguém mais vive por lá, e eu ficaria sem jeito de dizer o valor ridículo que pago de aluguel. As janelas estão cobertas por tábuas, mas acho que assim é até melhor, porque não preciso de luz do sol para o que faço. Eu pinto no porão, onde a inspiração é mais palpável, mas tenho outros cômodos mobiliados no pavimento térreo. O proprietário é um siciliano, de quem aluguei o espaço usando o nome Peters.

"Se você estiver disposto, posso levá-lo lá hoje à noite. Acho que você ia gostar das pinturas porque, como falei, eu me soltei por lá. Não é muito longe, às vezes vou a pé, para não atrair atenção chegando de táxi a um lugar daquele tipo. Podemos pegar o trem na South Station até a estação da Battery Street, e de lá a caminhada não é grande."

Bom, Eliot, para mim não havia muita opção depois de ouvir essa diatribe a não ser me segurar para não correr em vez de andar até o primeiro táxi que encontrasse pela frente. Pegamos o trem elevado na South Station, e mais ou menos à meia-noite estávamos descendo as escadas da estação da Battery Street e passando pelo velho caminho à beira-mar depois do Constitution Wharf. Não contei quantas ruas cruzamos, e não saberia dizer em qual viramos, mas sei que não foi na Greenough Lane.

Quando viramos foi para atravessar a extensão deserta do beco mais antigo e mais sujo que já vi na vida, com gabletes caindo aos pedaços, janelas com vidros pequenos quebrados e chaminés arcaicas quase desintegradas se projetando contra o céu enluarado. Não acredito que houvesse mais de três casas ali que não estivessem de pé desde a época de Cotton Mather – com certeza vi pelo menos duas com telhados com beirais, e em um determinado momento jurei que vi um telhado triangular sem janela de um estilo quase esquecido do século XVII, apesar de os especialistas em antiguidades dizerem que eles não existem mais em Boston.

Desse beco, que tinha uma iluminação precária, viramos à esquerda em outro beco igualmente silencioso, ainda mais estreito e sem nenhuma iluminação; e em seguida fizemos o que imagino ter sido uma curva em ângulo obtuso para a direita no meio da escuridão. Logo depois Pickman sacou uma lanterna e revelou uma porta antiquíssima de dez painéis que parecia terrivelmente corroída de cupins. Após destrancá-la, ele me conduziu para um corredor vazio com um revestimento que algum dia foi composto de magníficas tábuas de carvalho escuro – bem simples, claro, mas que lembrava sugestivamente os tempos de Andros e Phipps e da bruxaria.* Depois ele me conduziu por uma porta à esquerda, acendeu um lampião e falou para que eu me sentisse à vontade.

Ora, Eliot, eu sou o tipo de homem que nas ruas se chama de "durão", mas confesso que o que vi nas paredes daquele cômodo me deixou abalado. Eram quadros de Pickman, sabe – do tipo que não pintaria nem mostraria na Newbury Street – e ele não estava mentindo quando disse que "se soltou". Aqui – vamos beber mais uma dose, pelo menos eu estou precisando!

---

* Sir Edmund Andros (1637-1714): governador da Nova Inglaterra de 1686 a 1689; Sir William Phipps (1651-1695): governador de Massachusetts de 1692 a 1695. (N.E.)

Não adianta nem tentar descrevê-lo, porque o horror mais terrível e blasfemo e o aspecto mais inacreditavelmente repulsivo e moralmente fétido vinham de detalhes simples, mas impossíveis de expressar em palavras. Não havia nenhuma das técnicas exóticas que se vê em Sidney Sime, nem as paisagens trans-saturninas e os fungos lunares que Clark Ashton Smith usa para gelar nosso sangue. Os fundos eram quase sempre mausoléus de igrejas ancestrais, bosques profundos, penhascos à beira-mar, túneis de tijolos, salas antigas com revestimentos de madeira, ou simplesmente construções de pedras. O cemitério de Copp's Hill, que não deveria ficar muito longe da casa, era um dos cenários mais frequentes.

A loucura e a monstruosidade estavam nas figuras em primeiro plano – pois a arte mórbida de Pickman era proeminentemente composta de retratos demoníacos. Essas figuras quase nunca eram humanas por completo, mas com frequência se aproximavam da humanidade em diferentes graus. A maior parte dos corpos, embora pudessem ser considerados bípedes, eram curvados para a frente e tinham traços vagamente caninos. A textura da maioria era uma espécie de superfície emborrachada e desagradável. Argh! Consigo vê-los como se estivessem aqui! Suas ocupações – bom, não me peça para ser muito exato. Em geral estavam se alimentando – não vou dizer de quê. Às vezes eram retratados coletivamente em cemitérios ou passagens subterrâneas, com frequência se preparando para entrar em batalha para abater suas presas – ou melhor, seus tesouros. E que expressividade diabólica Pickman imprimia aos rostos imóveis daqueles butins carnais! Em certos casos as criaturas eram retratadas saltando de janelas abertas durante a noite, ou agachadas sobre o peito de alguém adormecido, espreitando sua garganta. Uma tela exibia um grupo de criaturas ao redor de uma bruxa enforcada em Gallows Hill, cujo rosto sem vida tinha uma semelhança marcante com os delas.

Mas não pense que foi toda essa temática e esses cenários horrendos que me balançaram. Eu não sou um garotinho de três anos, e já tinha visto muita coisa parecida antes. Eram os *rostos*, Eliot, aqueles malditos *rostos*, que espiavam para fora da tela, babando como se tivessem sido tocados por um sopro de vida! Deus que me perdoe, homem, eu sinceramente acredito que estavam vivos, *sim*! Aquele feiticeiro nauseante despertava o fogo do inferno com suas tintas, e seu pincel era como uma vara de condão de pesadelos. Me passe o decantador, Eliot!

Havia um que se chamava *A lição* – que os céus me tenham piedade por eu ter visto aquilo! Ouça – você pode imaginar um círculo de criaturas inomináveis parecidas com cães em um cemitério ensinando uma criancinha a se alimentar como elas? Uma criança trocada, imagino eu – você deve conhecer o velho mito de criaturas bizarras que deixavam suas crias nos berços em troca dos bebês humanos que roubavam. Pickman mostrava o que acontecia com os bebês roubados – como eles cresciam – e então comecei a ver uma horrenda semelhança nos rostos dos humanos e das figuras inumanas. Ele estava, com todas as suas gradações de morbidez entre o abertamente não humano e o degradadamente humano, estabelecendo um elo e uma evolução sardônica. As criaturas caninas tinham se desenvolvido a partir de mortais como nós!

E, assim que me perguntei como ele havia retratado os pequenos deixados entre os humanos em troca dos bebês, bati os olhos em um quadro que mostrava justamente isso. Era uma cena do interior de uma casa puritana – um cômodo com vigas expostas e janelas com rótulas, um banco comprido e móveis pesados e desconfortáveis do século XVII, com a família reunida enquanto o pai lia uma passagem das Escrituras. Todos os rostos expressavam nobreza e reverência, mas havia um que transmitia a zombaria das profundezas. Era o de um menino, e sem dúvida pertencia a um suposto filho do pai religioso, mas que na essência era aparentado das criaturas ímpias. Era a criança trocada – e em um espírito de suprema ironia Pickman lhe dera feições perceptivelmente parecidas com as suas.

Nesse momento Pickman acendeu um lampião na sala ao lado e segurou a porta aberta para mim, perguntando se eu queria ver seus "estudos modernos". Eu ainda não tinha conseguido lhe transmitir minhas opiniões – estava atordoado demais pelo susto e a repulsa –, mas acho que ele entendeu o que pensei, e estava se sentindo lisonjeadíssimo. E quero lhe assegurar de novo, Eliot, que não sou nenhum menininho mimado para sair gritando ao ver qualquer coisa que se afaste um pouco do normal. Sou um homem de meia-idade com certa sofisticação, e acho que você viu o suficiente de mim na França para saber que não me deixo abater com facilidade. Lembre-se também de que eu tinha acabado de recobrar o fôlego e de me ambientar com aquelas imagens assustadoras que transformavam a Nova Inglaterra da época colonial em uma espécie de anexo do inferno. Bem, apesar de tudo isso, a sala ao lado me arrancou um berro, e precisei me agarrar ao batente da porta para não ir ao chão. O cômodo anterior mostrava um bando de carniçais e bruxas invadindo o mundo de nossos ancestrais, mas esse especificamente trazia o horror diretamente para nossa vida cotidiana!

Meu Deus, como aquele homem pintava! Havia um estudo intitulado *Acidente no metrô*, em que um grupo daquelas criaturas vis subia de alguma catacumba desconhecida por uma abertura no piso da estação de Boylston Street e atacava a multidão na plataforma. Outro retratava uma dança entre as tumbas em Copp's Hill com um cenário contemporâneo. E havia também uma boa variedade de imagens de porões, com monstros espreitando por buracos e rachaduras na alvenaria e sorrindo agachados atrás de barris ou fornalhas, esperando que a primeira vítima descesse a escada.

Uma tela repugnante parecia mostrar um vasto recorte de Beacon Hill, infestado por exércitos numerosos de monstros mefíticos que se esgueiravam por tocas que permeavam o chão. As danças nos cemitérios atuais eram retratadas livremente, e uma obra em particular me chocou mais que qualquer outra – uma cena em uma cripta desconhecida, onde dezenas de feras se aglomeravam em torno de um conhecido guia de Boston que era lido em voz alta. Todas apontavam para uma certa passagem, e seus rostos estavam de tal modo contorcidos por gargalhadas convulsionadas e reverberantes que eu quase era capaz de ouvir seus ecos diabólicos. O título do quadro era: *Holmes, Lowell e Longfellow enterrados em Mount Auburn*.

Enquanto eu me acalmava e me ambientava ao diabolismo e à morbidez da segunda sala, comecei a analisar alguns aspectos da repulsa de revirar o estômago que senti. Em primeiro lugar, disse a mim mesmo, essas coisas me repugnaram por causa da inumanidade patente e da crueldade implacável que revelavam existir em Pickman. O sujeito precisava ser um inimigo convicto da espécie humana para extrair tamanho prazer da tortura da mente e da carne e da degradação dos corpos dos mortais. Em segundo lugar, me apavoravam por sua imensa qualidade. Era o tipo de arte que convencia – quando vemos essas imagens é como se víssemos os próprios demônios, e sentimos medo deles. E a parte mais estranha era que Pickman não obtinha seu poder de impacto do uso de ocultações ou bizarrias. Não havia nada borrado, distorcido ou estilizado; os traços eram precisos e realistas, e os detalhes eram quase dolorosamente bem definidos. E os rostos!

Não era apenas uma mera interpretação artística o que víamos; era um pandemônio por si só, com uma objetividade cristalina. Céus, era isso mesmo! O homem não era um fantasista nem um romântico, de forma alguma – ele não tentava transmitir a efemeridade inquieta e prismática dos sonhos, preferia retratar fria e sardonicamente um mundo de horrores estável, mecanicista e bem estabelecido que via de forma plena, brilhante, direta e implacável. Só Deus sabe que mundo era esse, ou de onde ele poderia ter vislumbrado as formas blasfemas que andavam, corriam e rastejavam por lá; mas, qualquer que fosse a fonte atordoante de suas imagens, uma coisa ficou clara. Pickman era em todos os sentidos – na concepção e na execução – um *realista* completo, meticuloso e quase científico.

Meu anfitrião então me conduziu ao porão, para seu ateliê de fato, e eu me preparei para algumas sensações infernais entre suas telas não terminadas. Quando descemos a escadaria úmida ele apontou o facho da lanterna para um canto do espaço amplo e aberto, revelando uma borda circular de pedra que era claramente um grande poço escavado no chão de terra. Nós nos aproximamos, e vi que devia ter um metro e meio de diâmetro, com paredes de uns bons trinta centímetros de espessura que se projetavam cerca de quinze centímetros do chão – um trabalho sólido de alvenaria do século XVII, se não me engano. Aquilo, segundo Pickman, era um exemplo do que havia mencionado – uma abertura para a rede de túneis que cortavam o morro. Percebi quase por acaso que não tinha sido cimentado, e que um pedaço circular de madeira parecia servir como tampa. Ao pensar nas coisas que aquele poço podia revelar para Pickman caso suas palavras exóticas não fossem mera retórica, eu estremeci de leve; em seguida me virei para segui-lo, passando por uma porta estreita para entrar em um cômodo espaçoso, com piso de madeira e mobiliário de ateliê. Um lampião de gás fornecia a iluminação necessária para o trabalho.

Os quadros não terminados nos cavaletes ou encostados nas paredes eram tão apavorantes como as telas finalizadas do andar de cima, e revelavam os métodos meticulosos do artista. As cenas eram compostas com extremo cuidado, e as linhas traçadas a lápis mostravam a exatidão minuciosa que Pickman usava para obter a perspectiva e as proporções certas. O homem era notável – eu digo isso inclusive agora, conhecendo-o como conheço. Uma câmera grande sobre uma mesa chamou minha atenção, e Pickman me contou que a usava para capturar cenas para os segundos planos, que pintava no ateliê a partir de fotografias em vez de carregar seu equipamento pela cidade em busca dessa ou daquela vista. Ele considerava as fotografias tão boas quanto um cenário ou modelo real para um trabalho de longo prazo, e disse que as usava com frequência.

Havia algo extremamente perturbador naqueles esboços e naquelas monstruosidades incompletas que espreitavam por todos os lados dentro do cômodo, e quando Pickman revelou de forma súbita uma enorme tela no lado mais distante da luz não consegui de forma nenhuma conter o grito – o segundo que eu emitia naquela noite. O berro ecoou longamente pelas câmaras penumbrosas do antigo e nitroso porão, e tive que me segurar para conter uma torrente de reações que ameaçava irromper em uma gargalhada histérica. Misericórdia! Eu não sabia quanto daquilo era real e quanto era fantasia febril, Eliot. Não me parece possível que esta Terra possa abrigar um sonho como esse!

Era uma blasfêmia colossal e inominável com olhos vermelhos faiscantes, segurando em suas garras ossudas uma criatura que podia ser um homem, abocanhando sua cabeça como uma criança morde um doce. Estava posicionada em uma espécie de agachamento, como se a qualquer momento fosse largar sua presa e partir atrás de uma carne mais suculenta. Mas, maldição, na verdade não era o objeto infernal retratado que tornava a imagem uma fonte imortal de pânico – nem isso, nem a cara de cão com orelhas pontudas, os olhos injetados e os lábios salivantes. Não eram as garras escamosas nem o corpo coberto de mofo, nem os pés com cascos – nada disso, embora qualquer uma dessas coisas pudesse ter levado um homem mais sugestionável à loucura.

Era a técnica, Eliot – aquela técnica maldita, ímpia e antinatural! Juro pela minha vida que nunca vi em outro lugar o sopro da vida infundido de forma tão intensa em uma tela. O monstro estava lá – mordendo e olhando, olhando e mordendo –, e eu sabia que apenas uma suspensão das leis da natureza permitiria que um homem pintasse uma coisa como aquela sem um modelo – sem um vislumbre de um submundo que nenhum mortal que não vendeu a alma para o Capeta poderia ter.

Preso com uma tachinha em uma parte vazia da tela havia um papel enrolado – provavelmente, pensei, uma fotografia a partir da qual Pickman pretendia pintar um cenário terrível, condizente com o pesadelo que pretendia retratar. Estendi a mão para desenrolá-lo, mas de repente vi que Pickman teve um sobressalto, como se houvesse sido atingido por um tiro. Ele estava com os ouvidos atentos, escutando os sons dos arredores com uma intensidade peculiar desde que meu grito de choque espalhou ecos incomuns pelo porão escuro, e agora parecia abalado por um susto que, embora não comparável ao meu, parecia mais físico que espiritual. Ele sacou um revólver e fez um gesto para que eu ficasse em silêncio antes de voltar para o saguão principal do porão, fechando a porta atrás de si.

Acho que fiquei paralisado por um instante. Fazendo como Pickman, fiquei à escuta e pensei ter ouvido uma leve movimentação em algum lugar, e uma série de guinchos ou gemidos de uma direção que não conseguia determinar. Pensei em ratazanas enormes e estremeci. Então veio uma espécie de estalo abafado que me deixou arrepiado – um certo tatear furtivo, mas sei que não adianta tentar expressar o que estou querendo dizer com palavras. Em seguida ouvi uma madeira pesada se arrastando sobre uma superfície de pedra ou tijolo; madeira sobre tijolo – em que isso me fez pensar?

O som se repetiu, e mais alto. Houve uma vibração na madeira, que ressoou mais distante do que antes. Depois disso veio um ruído agudo de atrito, um grito incompreensível de Pickman e o som ensurdecedor das seis balas do tambor sendo deflagradas da maneira espetaculosa como um domador de leões atiraria para o alto, apenas para amedrontar. Um guincho ou grasnado, um baque. Em seguida mais som de madeira sobre tijolo, uma pausa, e a porta se abriu – e nesse momento confesso que tive um sobressalto violento. Pickman reapareceu com a arma fumegante, praguejando contra os ratos gigantescos que infestavam o antigo poço.

– Sabe-se lá o que eles comem, Thurber – ele disse com um sorriso –, pois esses túneis arcaicos chegavam a túmulos, esconderijos de bruxas e iam até o mar. O que quer que seja, deve estar acabando, porque eles estão diabolicamente ansiosos para sair. Seu grito atiçou os bichos, eu acho. Melhor tomar cuidado nestes lugares antigos, nossos amigos roedores são uma desvantagem, embora às vezes eu chegue a achar que são um ponto positivo, já que acrescentam atmosfera e cor.

Então, Eliot, esse foi o fim da aventura daquela noite. Pickman prometera me mostrar o lugar, e o céu é testemunha de que fez isso. Ele me levou para fora do emaranhado de becos por outro caminho, me pareceu, porque quando vimos a luz de um poste já estávamos em uma rua mais familiar, com fileiras monótonas de prédios residenciais baixos e casas antigas. No fim, era a Charter Street, mas eu ainda estava abalado demais para reconhecer o lugar quando chegamos lá. Como era tarde, o trem elevado não estava mais circulando, e fomos caminhando de volta para o centro pela Hanover Street. Eu me lembro dessa caminhada. Da Tremont pegamos a Beacon, e Pickman me deixou na esquina da Joy, onde nos despedimos. Nunca mais falei com ele.

Por que me afastei dele? Não seja impaciente. Espere até eu pedir um café. Já bebemos demais das outras coisas, mas eu pelo menos preciso de algo mais. Não – não foram as pinturas que vi naquele lugar; mas juro que eram suficientes para bani-lo de noventa por cento das casas e clubes de Boston, e aposto que agora você entende por que eu preciso manter distância do metrô e dos porões. Na verdade foi... uma coisa que encontrei no casaco na manhã seguinte. Você sabe, o papel enrolado preso na tela assustadora no porão; o que eu pensei ser uma fotografia de um cenário que ele pretendia usar em segundo plano atrás daquele monstro. O último susto veio quando eu estava estendendo a mão para desenrolá-lo, e ao que parece o coloquei distraidamente no bolso. Mas aqui está o café – tome puro, Eliot, é melhor.

Sim, esse papel foi o motivo por que me afastei de Pickman; Richard Upton Pickman, o maior artista que conheci – e o ser mais asqueroso a escapar dos limites da vida e mergulhar nas profundezas do mito e da loucura. Eliot... o velho Reid estava certo. Ele não era exatamente humano. Ou tinha nascido sob alguma sombra estranha, ou encontrou uma maneira de destrancar os portões proibidos. Agora não faz mais diferença, pois ele se foi – voltou para a escuridão fabulosa que adorava espreitar. Ora, vamos acender esse lustre.

Não me peça para explicar e nem mesmo para conjecturar aquilo que queimei. Não me pergunte também o que estava por trás daqueles ruídos parecidos com os de toupeiras que Pickman fez tanta questão de atribuir aos ratos. Existem segredos, sabe, que remontam aos velhos tempos de Salem, e Cotton Mather falou de coisas ainda mais estranhas. Você sabe como eram diabolicamente realistas as pinturas de Pickman – todos nós perguntávamos de onde ele tirava aqueles rostos.

Pois bem – aquele papel não era uma fotografia de um cenário, no fim das contas. O que havia ali era o ser monstruoso que estava sendo pintado naquela tela terrível. Era o modelo que ele estava usando – e o fundo era simplesmente a parede do ateliê do porão retratada em detalhe. Mas, pelo amor de Deus, Eliot, *era uma fotografia da vida real.*

A cor vinda do espaço

A oeste de Arkham, os morros são território selvagem, e existem vales com matas fechadas que nenhum machado jamais desbravou. Há pontos em que as árvores se curvam de forma quase inacreditável, por onde regatos correm sem jamais capturar a luz do sol. Nas inclinações mais suaves ficam as propriedades rurais, antigas e pedregosas, com chalés cobertos de musgo pairando eternamente sobre antigos segredos da Nova Inglaterra ao abrigo de grandes saliências rochosas; mas estavam todos vazios agora, com as chaminés largas desmoronando e as paredes laterais revestidas de madeira perigosamente curvadas sob o peso dos telhados triangulares.

Os antigos habitantes foram embora, e os estrangeiros não querem morar lá. Os franco-canadenses tentaram, os italianos tentaram e os poloneses também vieram e foram embora. Não é por causa de algo que viram, ouviram ou com que tiveram que lidar, mas por causa de algo imaginado. Trata-se de um lugar que não faz bem para a imaginação e que não traz sonhos repousantes à noite. Deve ser isso que mantém os estrangeiros à distância, pois o velho Ammi Pierce nunca contou nada do que se recorda dos tempos estranhos. Ammi, que anda meio maluco da cabeça há anos, é o único que permanece por lá, ou que conversa sobre esses tempos estranhos; e ele ousa fazer isso porque sua casa fica perto dos campos abertos e das estradas mais movimentadas ao redor de Arkham.

Um dia já houve uma estrada que cruzava os morros e os vales e passava onde hoje fica a charneca desolada, mas as pessoas pararam de usá-la, e a nova estrada foi construída mais ao sul. Vestígios da antiga ainda podem ser encontrados em locais em que a vegetação já vem reivindicando seu espaço de volta, e alguns trechos vão ser visíveis mesmo quando metade das terras baixas for inundada para o novo reservatório. Então a mata escura vai ser derrubada, e a charneca desolada vai repousar no fundo das águas azuis que vão servir como espelho do céu e ondular sob o sol. E os segredos dos tempos estranhos vão se juntar aos segredos das profundezas, às lendas ocultas do velho oceano e aos mistérios da Terra primitiva.

Quando me embrenhei nos morros e vales para fazer as inspeções para o novo reservatório me disseram que se tratava de um lugar maligno. Foi em Arkham que me disseram isso e, como é uma cidade muito antiga e cheia de histórias de bruxaria, pensei que se tratasse de coisas que as velhinhas sussurravam ao pé do ouvido para as crianças ao longo dos séculos. O nome "charneca desolada" me pareceu bastante peculiar e teatral, e fiquei me perguntando como teria entrado para o folclore dessa gente puritana. Então vi com meus próprios olhos aquele emaranhado de elevações e depressões que se estendia para oeste, e deixei de me questionar qualquer coisa que não fosse seu próprio mistério ancestral. Era manhã, mas as sombras por lá eram sempre presentes. As árvores formavam uma mata fechadíssima, com troncos muito grandes para um bosque comum da Nova Inglaterra. Havia silêncio demais em suas alamedas escuras, e o chão era macio demais, revestido com musgo úmido e restos de mato espalhados por infinitos anos de decadência.

Nas clareiras, que em sua maioria seguiam o percurso da antiga estrada, havia algumas poucas propriedades rurais de pequeno porte; às vezes com todas as construções ainda de pé, às vezes com apenas uma ou duas, e às vezes com apenas uma chaminé ou um celeiro solitário. O mato e os arbustos reinavam, e criaturas furtivas espreitavam a vegetação rasteira. Por toda parte havia uma sensação de inquietude e opressão, um toque de irreal e grotesco, como se algum elemento fundamental da perspectiva ou do efeito chiaroscuro estivesse fora de proporção. Não estranhei que os estrangeiros não ficassem por lá, pois aquela não era uma região para se dormir em paz. Era parecida demais com uma paisagem de Salvator Rosa; parecida demais com uma gravura proibida de história de terror.

Mas nada disso era tão terrível quanto a charneca desolada. Eu a reconheci assim que cheguei ao fundo de um grande vale, pois nenhum outro nome seria tão apropriado para tal coisa, nem qualquer outra coisa seria tão apropriada para tal nome. Era como se um poeta houvesse cunhado a expressão depois de ver esse local especificamente. Devia ser, eu pensei quando vi, o resultado de um incêndio; mas por que nada voltou a crescer naqueles dois hectares de desolação cinzenta que se mantinham expostos sob o céu como uma mancha corroída por ácido em meio a bosques e campinas? Em sua maior parte ficava ao norte da antiga estrada, mas cruzava um pouco para o outro lado. Senti uma estranha relutância em me aproximar, e fiz isso apenas porque minhas obrigações profissionais me forçavam a atravessar o local. Não havia nenhuma vegetação por toda a sua ampla extensão, apenas poeira ou cinzas que vento nenhum parecia capaz de levantar do chão. As árvores ali perto eram frágeis e pequenas, e havia muitos troncos mortos caídos ou apodrecendo na borda da clareira. Enquanto caminhava apressadamente vi no chão tijolos e pedras de uma antiga chaminé e de um celeiro à minha direita, e a abertura escura de um antigo poço cujos vapores estagnados criavam efeitos peculiares sob a luz do sol. Mesmo o bosque escuro e imenso que se estendia pelo morro parecia mais convidativo, e nesse momento os murmúrios assustados do povo de Arkham se tornaram compreensíveis para mim. Não havia casa nem ruína por perto; mesmo nos velhos tempos devia ser um lugar solitário e remoto. E, ao escurecer, temendo repisar aquele local agourento, tomei o caminho mais longo de volta para a cidade passando pela estrada sinuosa mais ao sul. Cheguei a desejar que algumas nuvens se formassem, por um peculiar temor de que o vazio dos céus se infiltrasse em minha alma.

À noite perguntei para os habitantes mais antigos de Arkham sobre a charneca desolada e sobre o que significava a expressão "tempos estranhos" que tanta gente murmurava evasivamente. Não consegui, porém, obter uma resposta satisfatória, apenas descobri que todo o mistério era muito mais recente do que eu poderia esperar. Não se tratava de forma alguma de antigas lendas, mas de algo acontecido durante a vida das pessoas que falavam a respeito. Aconteceu na década de 1880, quando uma família inteira desapareceu ou foi assassinada. Quem aceitava falar preferia ser vago; e, como todos me disseram para não dar ouvidos às histórias malucas de Ammi Pierce, fui procurá-lo na manhã seguinte, depois de ouvir dizer que ele vivia sozinho em um chalé antigo e dilapidado perto de onde o bosque começava a se tornar mais denso. Era um local assustadoramente arcaico, e já começava a exalar o leve odor miasmático que paira em torno de construções que ficaram de pé por tempo demais.

Apenas com batidas insistentes consegui despertar a atenção do velho, e quando apareceu timidamente à porta percebi que não tinha ficado muito contente em me ver. Não era tão frágil quanto eu esperava; mas os olhos caídos, as roupas mal conservadas e a barba branca o faziam parecer cansado e desanimado. Sem saber a melhor maneira de estimulá-lo a contar suas histórias, fingi que se tratava de uma visita profissional; contei sobre minhas inspeções, e fiz perguntas vagas sobre a região. Ele era muito mais inteligente e instruído do que me levaram a pensar, e em pouco tempo consegui mais informações do que com qualquer outro homem com quem conversei em Arkham. Ele não era como os broncos que encontrei em outros locais escolhidos para abrigar reservatórios. Da parte dele não houve protestos sobre os quilômetros de mata nativa e propriedades rurais que seriam inundados, embora talvez houvesse se sua casa não estivesse fora dos limites do futuro lago. Só o que ele mostrou foi alívio; alívio com o fim dos vales escuros e ancestrais pelos quais circulou a vida toda. Eles estariam melhor debaixo d'água – depois dos tempos estranhos, a inundação era preferível. E com isso sua voz áspera se tornou mais baixa, seu corpo se inclinou para a frente e seu indicador direito começou a apontar ao redor de forma trêmula e expressiva.

Foi quando eu ouvi a história, e ao som daquela voz delirante, áspera e sussurrante estremeci diversas vezes apesar de ser um dia de verão. Muitas vezes precisei interromper os delírios do homem, esclarecer questões científicas das quais se recordava apenas de ter ouvido algum velho professor tagarelar ou estabelecer pontes quando seu senso de lógica e continuidade se perdia. Quando terminou não fiquei surpreso com o fato de sua mente ter se desajustado um tanto, ou que o povo de Arkham não quisesse falar muito sobre a charneca desolada. Voltei correndo para meu hotel antes que escurecesse, pois não estava disposto a ser surpreendido pelo anoitecer em campo aberto; e no dia seguinte voltei a Boston para declinar de minha função. Eu não poderia entrar de novo naquele caos penumbroso do velho bosque e seus morros, ou encarar outra vez aquele terreno maldito e cinzento onde o poço preto se estendia profundamente sob as pedras e os tijolos caídos. O reservatório em breve vai ser construído, e todos esses segredos ancestrais vão estar em segurança nas profundezas das águas. Mas mesmo depois disso eu não gostaria de visitar aquele local à noite – pelo menos não quando as sinistras estrelas estiverem visíveis; e nada seria capaz de me convencer a beber a nova água da cidade de Arkham.

Tudo começou, segundo contou o velho Ammi, com o meteorito. Antes disso não havia lendas exóticas circulando por lá desde o tempo da caça às bruxas, e mesmo nessa época os bosques que se estendiam para o oeste não eram nem de longe mais temidos do que a pequena ilha no Miskatonic onde o diabo comparecia a um curioso altar de pedra mais antigo que os índios. Aquela não era uma mata assombrada, e sua escuridão inexplicável não era tão terrível antes dos tempos estranhos. Então houve a nuvem branca ao meio-dia, uma série de explosões no ar e a coluna de fumaça que subiu de um vale embrenhado no mato. E à noite Arkham inteira ouviu a grande rocha que caiu do céu e se enterrou no chão ao lado do poço na propriedade de Nahum Gardner. Era essa a casa que havia no local que se tornaria a charneca desolada – a casa branca e bem cuidada de Nahum Gardner, cercada de hortas e pomares férteis.

Nahum foi à cidade contar às pessoas sobre a pedra, e passou na casa de Ammi Pierce no caminho. Ammi tinha quarenta anos na época, e todos esses acontecimentos incomuns ficaram gravados em sua memória. Ele e a esposa acompanharam os três professores da Universidade do Miskatonic que correram ao local na manhã seguinte para ver o visitante desconhecido do espaço estelar, e se perguntaram por que Nahum dissera que era uma rocha tão grande no dia anterior. Tinha encolhido, Nahum contou, apontando para a grande massa marrom sobre a terra revirada e a grama calcinada perto do mecanismo arcaico de vara com balde do poço em seu jardim da frente; mas os estudiosos responderam que pedras não encolhem. Seu calor se mantinha elevado, e Nahum contou que ela brilhava levemente à noite. Os professores examinaram sua textura com um martelo de geólogo e descobriram que era estranhamente macia. Na verdade, era tão macia que chegava a ser quase elástica; e eles a cinzelaram em vez de lascar ao extrair uma amostra para levar à universidade para exames mais minuciosos. Eles a levaram em um velho balde apanhado na cozinha de Nahum, e mesmo aquele pedaço pequeno se recusava a esfriar. No caminho de volta pararam na casa de Ammi para descansar, e pareceram intrigados quando a sra. Pierce comentou que o fragmento estava ficando menor e queimando o fundo do balde. De fato, não era grande, mas talvez eles tivessem retirado um pedaço menor do que pensavam.

No dia seguinte – tudo isso aconteceu em junho de 1882 – os professores apareceram de novo em um estado de grande agitação. Quando passaram na casa de Ammi contaram a respeito das coisas estranhas que a amostra fizera, e de seu desaparecimento completo quando colocada em um béquer de vidro. O béquer desaparecera também, e os estudiosos comentaram sobre a estranha semelhança da pedra com o silício.

A substância se comportara de forma inacreditável no ambiente controlado do laboratório, não reagindo de forma nenhuma e não revelando a presença de nenhum gás quando aquecida a carvão, se revelando totalmente negativa no teste com bórax e se mostrando não volátil a qualquer temperatura que era possível produzir, inclusive pelo maçarico de oxi-hidrogênio. Em uma bigorna pareceu altamente maleável, e o tom escuro de sua luminosidade era bem assinalado. Com uma recusa persistente de perder calor, em pouco tempo deixou a universidade em polvorosa; e, quando aquecida diante do espectroscópio, revelou faixas cintilantes de cores diferentes de qualquer outra do espectro normal, o que gerou muitas conversas acaloradas sobre novos elementos, propriedades ópticas bizarras e outras coisas que os perplexos homens da ciência não ousavam dizer diante do desconhecido.

Quente como estava, eles a testaram em um crisol com todos os reagentes possíveis. A água não provocou nenhuma reação. O ácido nítrico e até mesmo a água régia apenas conseguiram produzir um sibilado e um borbulhar sobre sua invulnerabilidade tórrida. Ammi teve dificuldade de se recordar de todas essas coisas, mas reconheceu alguns solventes mais comuns que citei de acordo com a ordem habitual de uso. Havia amônia e soda cáustica, álcool e éter, o nauseante bissulfeto de carbono e dezenas de outros; mas, embora a massa tenha diminuído de forma constante com o passar do tempo e o fragmento parecesse ter esfriado levemente, não houve mudanças causadas pelos solventes com que atacaram a substância. Era um metal, porém; disso não havia dúvida. Afinal, era magnético, e depois da imersão nos solventes ácidos pareceu revelar leves traços das estruturas de Widmannstätten encontradas no ferro meteórico. Quando o resfriamento cresceu de forma mais considerável, os testes passaram a ser realizados em vidro; e foi em um béquer de vidro que deixaram todas as lascas retiradas do fragmento durante os trabalhos. Na manhã seguinte tanto as lascas como o béquer tinham desaparecido sem deixar vestígios, e apenas uma mancha preta de queimado marcava o lugar na prateleira de madeira onde foram guardados.

Tudo isso os professores contaram a Ammi quando pararam em sua porta, e mais uma vez ele os acompanhou para ver o mensageiro de pedra das estrelas, porém dessa vez sua esposa não foi. Àquela altura a pedra com certeza havia encolhido, e nem mesmo os sóbrios homens da ciência podiam duvidar da veracidade do que estavam vendo. Ao redor da massa marrom minguante perto do poço havia um espaço vazio, a não ser no local onde a terra havia cedido; e, se no dia anterior ainda tinha mais de dois metros de largura, agora tinha no máximo um metro e meio. Ainda estava quente, e os estudiosos examinaram sua superfície com cuidado enquanto retiravam um pedaço maior com o martelo e o cinzel. Eles escavaram fundo dessa vez, e quando arrancaram o fragmento viram que o núcleo da coisa não era muito homogêneo.

Eles descobriram o que parecia ser a lateral de um grande glóbulo colorido inserido na substância. A cor, que parecia com aquela que viram nas faixas cintilantes no estranho espectro do meteoro, era impossível de descrever; apenas por analogia eles a definiram como uma cor. A textura era lustrosa, e depois de alguns leves toques o glóbulo pareceu ser quebradiço e oco. Um dos professores golpeou com mais força o martelo, fazendo-o estourar com um estalo repentino. Nada foi emitido, e todos os vestígios da coisa desapareceram com a punção.

O que ficou para trás foi uma abertura esférica de cerca de vinte centímetros de diâmetro, e todos pensaram que outros provavelmente seriam descobertos à medida que o invólucro se dissolvesse.

As conjecturas foram em vão; depois de uma inútil tentativa de encontrar mais glóbulos por perfuração, os pesquisadores levaram mais uma amostra – que se revelou, porém, tão atordoante no laboratório quanto a anterior. Além de ser quase elástica, exalar calor, ter magnetismo e uma leve luminosidade, esfriar ligeiramente em contato com ácidos potentes, possuir um espectro desconhecido de cores, se desfazer no ar e atacar compostos de silício tendo a destruição mútua como resultado, não apresentava características identificadoras claras; e no fim dos testes os cientistas da universidade foram forçados a admitir que não sabiam classificá-la. Não era nada desta Terra, mas algo de um mundo maior, e portanto continha propriedades e obedecia a leis de outro mundo.

Nessa noite houve uma tempestade, e quando os professores foram à casa de Nahum no dia seguinte se depararam com uma amarga decepção. A pedra, por ser magnética, deveria ter alguma propriedade elétrica peculiar, pois "atraía raios", conforme contou Nahum, com uma persistência ímpar. Seis vezes em uma única hora o agricultor viu raios caindo na clareira aberta em seu jardim da frente, e quando a tempestade acabou não restava nada além de um buraco ao lado do velho poço, semiobstruído pela terra remexida. Uma escavação não produziu resultado nenhum, e os cientistas constataram o desaparecimento total. O fracasso foi absoluto; nada restava a fazer a não ser voltar ao laboratório e conduzir mais testes nos fragmentos evanescentes cuidadosamente abrigados em recipientes de chumbo. Esse fragmento durou uma semana, ao final da qual não se aprendera nada de útil. No fim, nenhum resíduo foi deixado para trás, e com o tempo os professores foram perdendo a certeza de que haviam visto com seus próprios olhos aquele vestígios crípticos dos abismos insondáveis de pontos distantes; aquela única e estranha mensagem de outros universos e outras dimensões de matéria, força e entidade.

Como seria de se esperar, os jornais de Arkham exploraram o máximo possível o incidente com seus colaboradores acadêmicos e mandaram repórteres para conversar com Nahum Gardner e seus familiares. Pelo menos um diário de Boston mandou um correspondente, e Nahum logo se tornou uma espécie de celebridade local. Era um sujeito magro e genioso de mais ou menos cinquenta anos, que vivia com a mulher e os três filhos em uma agradável propriedade rural no vale. Ele e Ammi se visitavam com frequência, assim como suas esposas, e Ammi só tinha elogios a fazer a ele depois de tantos anos. Nahum parecia ligeiramente orgulhoso da atenção que sua propriedade atraiu, e falou bastante sobre o meteorito nas semanas seguintes. Aqueles meses de julho e agosto foram quentes, e Nahum trabalhou duro na fenação de seu pasto de quatro hectares do outro lado do córrego Chapman; sua ruidosa carroça com arado cavava sulcos profundos nas alamedas sombreadas. O trabalho o cansou mais do que nos outros anos, e ele sentiu que o peso da idade estava começando a cobrar seu preço.

Então veio o outono, época das frutas e da colheita. As peras e maçãs foram amadurecendo lentamente, e Nahum contou que seus pomares estavam prosperando como nunca. As frutas estavam atingindo um tamanho fenomenal e mostrando um brilho incomum, e apareceram com tamanha abundância que novos tonéis foram encomendados para armazenar a futura produção. Mas com o amadurecimento veio a dolorosa decepção, pois de todo aquele conjunto de beleza sedutora não havia uma única fruta apropriada para consumo. O sabor fino das peras e maçãs estava contaminado por um amargor tamanho que até mesmo a menor das mordidas provocava um enjoo duradouro. O mesmo aconteceu com os melões e os tomates, e Nahum viu com tristeza sua produção inteira se perder. Relacionando os acontecimentos sem demora, ele declarou que o meteorito envenenara o solo, e agradeceu aos céus pelo fato de que a maioria de seus outros cultivos ficava em um terreno mais alto, perto da estrada.

O inverno chegou cedo e foi bem frio. Ammi passou a ver Nahum com menos frequência que o habitual, e observou que ele começava a parecer preocupado. O restante da família também parecia mais taciturno; eles passaram a comparecer de forma errática à igreja e aos eventos sociais típicos da zona rural. Para tal isolamento e melancolia não havia explicação, embora todos os moradores da casa confessassem de vez em quando que estavam com a saúde fraca e sentindo uma ligeira sensação de inquietação. Nahum ofereceu o depoimento mais revelador de todos quando contou que estava incomodado com algumas pegadas que encontrara na neve. Eram os rastos habituais de esquilos, coelhos e raposas, mas o cismado fazendeiro afirmou ver algo de errado em sua natureza e seu padrão. Não chegou a entrar em detalhes, mas aparentemente achava que as pegadas não eram tão condizentes quanto deveriam com a anatomia e os hábitos de esquilos, coelhos e raposas. Ammi ouvia com desinteresse tal conversa até que uma noite passou pela casa de Nahum em seu trenó no caminho de volta de Clark's Corners. A lua iluminava o céu, e um coelho atravessou correndo a estrada, e seus saltos eram mais longos do que de costume, o que causou estranhamento em Ammi e seu cavalo. O animal, inclusive, saiu em disparada e precisou ser contido com firmeza pelas rédeas. Depois disso, Ammi passou a tratar as histórias de Nahum de forma mais respeitosa, e começou a se perguntar por que os cães dos Gardner pareciam tão assustados e trêmulos pela manhã. Eles tinham, inclusive, quase perdido o ímpeto de latir.

Em fevereiro os irmãos McGregor de Meadow Hill estavam caçando marmotas não muito longe da propriedade dos Gardner quando pegaram um espécime bem peculiar. As proporções de seu corpo pareciam ligeiramente alteradas de uma forma impossível de explicar, e seu rosto assumira uma expressão que ninguém nunca tinha visto em uma marmota. Os rapazes ficaram assustadíssimos e soltaram a criatura imediatamente, então apenas as histórias grotescas a respeito chegaram aos demais habitantes da região. Mas o nervosismo dos cavalos ao passar perto da casa de Nahum era perceptível, e as bases para um ciclo de falatório murmurado de boca em boca estavam se estabelecendo.

As pessoas juravam que a neve derretia mais depressa em torno da casa de Nahum do que nos outros lugares, e no início de março houve uma discussão acalorada no armazém de Potter em Clark's Corners. Stephen Rice passara pela casa dos Gardner de manhã e notou que os fedegosos que cresciam em meio à lama no bosque do outro lado da estrada eram de um tamanho nunca visto antes, e de cores estranhíssimas que não havia palavras para descrever. A forma das plantas era monstruosa, e o cavalo bufou ao sentir um cheiro que Stephen julgava totalmente desconhecido. Naquela tarde várias pessoas passaram por lá para ver a vegetação anormal, e todas concordaram que se tratava de plantas que jamais poderiam ter brotado em um ambiente saudável. As frutas ruins do outono anterior foram mencionadas, e começou a circular a história de que havia veneno no solo de Nahum. Obviamente era por causa do meteorito; e, quando se lembraram do quanto os homens da universidade acharam estranha aquela pedra, vários agricultores os procuraram para falar a respeito.

Certo dia eles fizeram uma visita a Nahum; mas, como não gostavam de histórias extravagantes e folclores em geral, foram bem conservadores em suas conclusões. As plantas eram de fato peculiares, mas todos os fedegosos eram singulares em maior ou menor medida em termos de coloração e odor. Talvez algum elemento mineral da pedra tivesse penetrado no solo, mas em breve seria levado pela chuva. Quanto às pegadas e aos cavalos assustados, obviamente eram conversas do populacho que um meteorito naturalmente despertaria. Não havia nada que homens sérios pudessem fazer quando o assunto eram fofocas, pois quem era bronco e supersticioso acreditava em qualquer coisa. Então durante os tempos estranhos os professores se mantiveram afastados, em uma postura de desprezo. Apenas um deles, ao receber dois frascos de terra para análise em uma investigação policial mais de um ano e meio depois, lembrou que a cor estranha daquele fedegoso era parecida com as das faixas cintilantes anômalas que o fragmento do meteorito revelou no espectroscópio da universidade e com o glóbulo quebradiço encontrado na pedra que veio do céu. As amostras da análise a princípio revelaram essas mesmas faixas peculiares, porém mais tarde perderam tal propriedade.

As árvores floriram precocemente ao redor da casa de Nahum, e à noite balançavam agourentamente ao vento. Thaddeus, o filho do meio de Nahum, um garoto de quinze anos, jurou que elas balançavam também quando não havia vento, mas nem mesmo nas fofocas isso foi levado a sério. Uma coisa de que ninguém duvidava, porém, era que a inquietude pairava no ar. Todos os membros da família Gardner desenvolveram o hábito de escutar atentamente os ruídos ao redor, embora não estivessem em busca de nenhum som em especial. Isso acontecia, na verdade, de forma quase inconsciente. Infelizmente, tais momentos foram ficando mais frequentes a cada semana, até se espalhar a conversa de que havia "algo errado com a família de Nahum". Quando as primeiras plantas de quebra-pedra brotaram, também tinham uma cor estranha; não tanto quanto a dos fedegosos, mas parecidíssima e igualmente desconhecida de todos que a viam. Nahum levou algumas mudas para Arkham e mostrou ao editor da *Gazette*, mas o dignitário se limitou a escrever uma peça humorística a respeito, na qual os medos obscuros dos broncos agricultores eram expostos ao ridículo. Foi um erro da parte de Nahum contar a um cético homem da cidade como as borboletas coloridas se comportavam ao redor dessas plantas.

O mês de abril trouxe uma espécie de loucura entre os habitantes dessa zona rural, que começaram a evitar a estrada que passava diante da casa de Nahum, o que mais tarde levou a seu abandono completo. O problema era a vegetação. As árvores do pomar floriram em cores estranhas, e no solo pedregoso do jardim e das pastagens adjacentes surgiu uma vegetação esquisita que apenas um estudioso da botânica poderia tentar relacionar à flora típica da região. As cores normais não apareciam em nenhum lugar, a não ser o verde da grama e das folhas das árvores; em toda parte o que se via eram variações febris e prismáticas de algum tom primário doentio que não tinha lugar entre os pigmentos conhecidos desta Terra. Flores silvestres delicadas se tornaram sinistramente ameaçadoras, e as sanguinárias cresciam insolentes em sua perversidade cromática. Ammi e os Gardner consideravam a maioria das cores assustadoramente familiares, e concluíram que lembravam a do glóbulo quebradiço no interior do meteorito. Nahum arou e cultivou o pasto de quatro hectares e o terreno mais alto, porém não tocou na terra ao redor da casa. Ele sabia que seria inútil, e torcia para que a estranha vegetação de verão extraísse do solo todo o veneno. Nahum estava preparado para quase qualquer coisa àquela altura, e se acostumara com a sensação de que havia algo por perto esperando para ser ouvido. O afastamento dos vizinhos de sua casa não passou despercebido, claro; porém, quem mais se abalava com isso era sua esposa. Os meninos não sentiam tanto, pois passavam o dia na escola; mas era impossível não se assustar com as fofocas. Thaddeus, um jovem particularmente sensível, era quem mais sofria.

Em maio vieram os insetos, e a casa de Nahum se tornou um pesadelo de zumbidos e rastejares. A maioria das criaturas não parecia ter aspecto e movimentos naturais, e seus hábitos noturnos contrariavam todo o conhecimento anterior a respeito. Os Gardner se revezavam na vigília à noite – olhando em todas as direções à procura de alguma coisa... eles não sabiam o quê. Foi nessa época que todos admitiram que Thaddeus estava certo quanto às árvores. A sra. Gardner foi a primeira que viu pela janela, ao observar os galhos robustos de um bordo sob o céu enluarado. Os galhos estavam se movendo, sem dúvida alguma, e não havia vento. Devia ser a seiva. A estranheza atingia todas as formas de vida. Mas não foi um membro da família de Nahum que fez a descoberta seguinte. A familiaridade os tornou insensíveis, e o que não conseguiam ver foi notado logo no primeiro olhar por um tímido vendedor de moinhos de vento de Bolton que passou lá perto uma noite sem nada saber sobre as lendas locais. O que ele contou em Arkham mereceu um parágrafo na *Gazette*; e foi só então que todos os agricultores, inclusive Nahum, perceberam pela primeira vez. A noite estava escura, e a lanterna da carroça era fraca, mas, ao redor de uma propriedade no vale que todos os relatos davam conta de ser a de Nahum, a escuridão parecia menos densa. Uma leve porém discernível luminosidade parecia impregnar toda a vegetação, tanto na grama como nas folhas e nas flores, e em determinado momento uma parte específica da fosforescência pareceu se mover furtivamente perto do celeiro.

A grama até então parecia intocada, e as vacas pastavam livremente ao redor da casa, porém perto do fim de maio o leite começou a ficar ruim. Foi quando Nahum levou as vacas para o terreno mais alto, e depois disso o problema cessou. Após não muito tempo a mudança na grama e nas folhas se tornou visível. Tudo o que era verde estava se tornando cinzento, e adquirindo a singularíssima qualidade de se tornar quebradiço. Ammi a essa altura era a única pessoa que frequentava a casa, e mesmo suas visitas eram cada vez menos frequentes. Quando as aulas terminaram os Gardner praticamente se isolaram do mundo, e às vezes pediam para Ammi resolver suas questões na cidade. Eles estavam se deteriorando tanto física como mentalmente, e ninguém ficou surpreso quando a notícia da loucura da sra. Gardner se espalhou.

Aconteceu em junho, perto do aniversário da queda do meteorito, e a pobre mulher começou a berrar pelos ares sobre coisas que não era capaz de descrever. Em seus delírios não havia um único substantivo, apenas verbos e pronomes. As coisas se moviam e se transformavam e flutuavam, e os ouvidos retiniam sob impulsos que não eram exatamente sons. Algo estava sendo levado... algo estava sendo extraído dela... algo estava se agarrando a ela... alguém precisava fazer alguma coisa... as coisas não paravam quietas à noite... as paredes e as janelas se mexiam. Nahum não a mandou para o sanatório local, deixou que ela perambulasse pela casa e pelos arredores enquanto não representava perigo para si mesma e para os demais. No entanto, quando os filhos ficaram com medo dela, e Thaddeus quase desmaiou ao ver as caretas que a mãe lhe fazia, ele decidiu trancá-la no sótão. Em julho ela parou de falar e começou a engatinhar, e antes do fim do mês Nahum teve a impressão absurda de que a esposa brilhava levemente no escuro, da mesma forma como a vegetação ao redor da casa.

Foi pouco antes disso que seus cavalos fugiram. Alguma coisa os assustou à noite, e seus relinchos e coices dentro do curral foram terríveis. Era quase impossível acalmá-los, e quando Nahum abriu a porta do estábulo todos saíram em disparada como cervos selvagens. Uma semana inteira foi necessária para rastrear os quatro, e quando foram encontrados estavam incontroláveis e inutilizados para o trabalho. Alguma coisa se rompera em seus cérebros, e todos precisaram ser sacrificados para seu próprio bem. Nahum pegou um cavalo emprestado de Ammi para puxar o arado, mas descobriu que o animal se recusava a se aproximar do celeiro. O bicho refugava, empacava e resmungava, e no fim não houve o que fazer a não ser conduzi-lo a duras penas pelo pátio enquanto os homens empurravam a pesada carroça com o arado até o campo de feno para fazer o cultivo. Mesmo as flores de cores estranhas estavam ficando cinzentas, e as frutas que ainda cresciam eram

cinzentas, pequenas e sem gosto. Os ásteres e as varas-
-de-ouro brotavam cinzentos e distorcidos, e as rosas,
zínias e malvas no jardim da frente pareciam coisas tão
blasfemas que Zenas, o filho mais velho, as arrancou do
chão. Os estranhos insetos morreram mais ou menos
nessa época, inclusive as abelhas que tinham deixado as
caixas onde eram criadas e migrado para a mata.

Em setembro toda a vegetação estava se desfazendo
rapidamente em um pó cinzento, e Nahum temia que as
árvores morressem antes que o veneno desaparecesse do
solo. Sua esposa tinha acessos de gritos terríveis, e ele e
os meninos se viram em um estado incessante de tensão
nervosa. Passaram a evitar as pessoas, e quando as aulas
começaram os meninos não voltaram à escola. Mas foi
Ammi, em uma de suas raras visitas, o primeiro a perceber que a água do poço não prestava mais. Tinha um
gosto horrível que não era nem fétido nem exatamente
salgado, e Ammi aconselhou ao amigo que cavasse outro
poço em um terreno mais alto para usar até que o solo se
recuperasse. Nahum, porém, ignorou o alerta, pois àquela altura estava calejado em relação a coisas estranhas e
desagradáveis. Ele e os meninos continuaram a usar a
água contaminada, bebendo-a de forma indiferente e
mecânica enquanto comiam as refeições magras e mal
cozidas e faziam suas tarefas ingratas e monótonas ao
longo de dias sem sentido. Havia neles uma resignação
estoica, como se estivessem com um pé em outro mundo
em meio a filas de guardiões inomináveis rumo a um
destino inevitável e conhecido.

Thaddeus enlouqueceu em setembro, depois de
uma visita ao poço. Ele partira com um balde e voltara
de mãos vazias, gritando e agitando os braços, e às vezes
se entregando a um balbucio ou um murmúrio vazio
sobre "as cores em movimentos lá embaixo". Dois casos

na família eram algo terrível, mas Nahum encarou tudo de forma corajosa. Ele deixou o menino à vontade por uma semana, até que começasse a esbarrar nas coisas e machucar a si mesmo, e então o trancou no sótão, no quarto em frente ao em que estava a mãe. Os gritos que os dois trocavam atrás das portas trancadas eram horripilantes, em especial para o pequeno Merwin, para quem os dois conversavam em uma linguagem medonha que não era deste mundo. Merwin estava se tornando assustadoramente imaginativo, e sua inquietação só piorou depois de ser privado da companhia do irmão, que era seu principal parceiro de brincadeiras.

Quase ao mesmo tempo começou a mortandade entre os animais. As aves ganharam uma coloração cinzenta e morreram depressa, e sua carne se tornou seca e barulhenta ao corte. Os porcos engordaram de forma incomum, e de forma súbita passaram por transformações repugnantes e inexplicáveis. Sua carne, obviamente, ficou inutilizada, e Nahum não sabia mais o que fazer. Nenhum veterinário rural queria comparecer ao local, e o veterinário de Arkham se mostrou absolutamente perplexo. Os suínos estavam ficando cinzentos e ressecados, e se despedaçando antes de morrer; os olhos e os focinhos também desenvolveram alterações estranhas. Era tudo absolutamente inexplicável, pois os animais não haviam sido alimentados com a vegetação contaminada. Então as vacas foram atingidas. Certas partes, e às vezes o corpo inteiro, ficavam absurdamente enrugadas ou contraídas, e colapsos horrendos e desintegrações totais se tornaram comuns. Nos últimos estágios – e a morte era sempre o resultado final – os bovinos ficavam cinzentos e ressecados da mesma forma que os suínos. Não podia ser envenenamento, pois todos os casos aconteceram em um celeiro fechado e bem conservado. Nenhuma mordida de criaturas rastejantes poderia ter transmitido o vírus, pois que criatura da Terra poderia ter atravessado obstáculos tão sólidos? Só podia ser uma doença natural – mas era impossível saber que enfermidade poderia produzir resultados tão devastadores. Quando chegou a colheita não havia mais nenhum animal vivo na propriedade, pois bovinos, suínos e aves estavam mortos e os cães tinham fugido. Os cinco gatos foram embora algum tempo antes, mas sua partida mal foi notada, pois não havia mais ratos, e apenas a sra. Gardner via os graciosos felinos como animais de estimação.

No dia 19 de outubro, Nahum correu até a casa de Ammi levando notícias terríveis. A morte chegara para o pobre Thaddeus em seu quarto no sótão, e de uma forma impossível de descrever. Nahum cavara uma cova no terreno cercado atrás da casa que pertencia à família, e pusera lá o que encontrara. Não podia ter sido nada vindo de fora, pois a pequena janela gradeada e a porta fechada a chave estavam intactas, mas acontecera o mesmo que no celeiro. Ammi e sua esposa consolaram o sofrido homem da melhor maneira que eram capazes, mas com um estremecimento visível. O terror absoluto parecia perseguir os Gardner e tudo aquilo que tocavam, e a simples presença de um deles em sua casa trazia uma espécie de sopro de regiões inominadas e inomináveis. Ammi acompanhou Nahum de volta a sua casa com grande relutância, e fez o que pôde para acalmar o histérico e soluçante menino Merwin. Zenas não precisava ser tranquilizado. Ultimamente não fazia nada além de olhar para o vazio e fazer o que seu pai mandasse; Ammi considerava que esse era um destino bastante piedoso. De tempos em tempos os gritos de Merwin eram respondidos fracamente do sótão, e ao receber um olhar inquisitivo Nahum contou que sua esposa estava muito fraca. Quando caiu a noite, Ammi conseguiu ir embora; nem mesmo por amizade ele ficaria naquele lugar quando a vegetação passasse a brilhar e as árvores começassem a se balançar, ou não, mesmo sem vento. Foi muita sorte de Ammi não ser um sujeito muito imaginativo. Mesmo diante das circunstâncias, sua mente tinha se alterado apenas um pouco; mas, caso fosse um pouco mais capaz de relacionar os fatos e refletir sobre o que acontecia ao seu redor, certamente se transformaria em um louco completo. Ao anoitecer ele correu para casa, com os gritos da mulher enlouquecida e da criança desesperada ecoando terrivelmente em seus ouvidos.

Três dias depois Nahum apareceu na porta da cozinha de Ammi de manhã bem cedo, e na ausência de seu anfitrião gaguejou outra história desesperada, enquanto a sra. Pierce ouvia cheia de aflição e medo. Era o pequeno Merwin dessa vez. Estava desaparecido. Tinha ido ao poço na noite anterior com um lampião e um balde buscar água e não voltou. O menino estava em frangalhos fazia dias, sem saber direito o que fazia. Gritava por qualquer motivo. Então houve um berro pavoroso no pátio, mas antes que o pai chegasse à porta o filho já havia desaparecido. Nem a luz do lampião que ele levou era visível, e não havia sinal da criança. A princípio Nahum pensou que o lampião e o balde também tinham sumido; mas, quando amanheceu, ele voltou de sua busca noturna pela mata e pelos campos e encontrou alguns objetos curiosos perto do poço. Havia uma massa retorcida e aparentemente derretida de ferro que com certeza fora o lampião, e uma alça torta com argolas de ferro mais abaixo, ambas semiderretidas, parecia indicar o que restara do balde. Isso era tudo. Nahum não sabia o que pensar, a sra. Pierce estava lívida, e Ammi, quando chegou em casa e ouviu a história, também não tinha como ajudar. Thad estava morto, e agora Mernie estava desaparecido. Havia algo à espreita, esperando para ser visto, sentido e ouvido. Nahum seria o próximo, e queria que Ammi cuidasse de sua esposa e de Zenas caso vivessem mais que ele. Devia ser alguma espécie de castigo, embora ele não soubesse por que, pois sempre andara no caminho do Senhor, até onde sabia.

Por mais de duas semanas Ammi não teve notícias de Nahum; e então, preocupado com o que poderia ter acontecido, superou seus medos e fez uma visita à casa dos Gardner. Não havia fumaça saindo da grande chaminé, e por um momento o visitante temeu pelo pior. O aspecto da propriedade como um todo era chocante – uma grama cinzenta e seca e folhas espalhadas pelo chão, trepadeiras ressecadas invadindo as paredes e o telhado triangular, e grandes árvores desfolhadas se erguendo na direção do céu cinzento de novembro com uma malevolência tão deliberada que para Ammi foi impossível não sentir que vinha de uma sutil alteração na inclinação dos galhos. Mas Nahum estava vivo, no fim das contas. Estava bem fraco, deitado em um sofá na cozinha de teto baixo, mas perfeitamente lúcido e ainda capaz de transmitir ordens simples a Zenas. O cômodo estava gelado; e, quando viu Ammi estremecer visivelmente, o anfitrião gritou com uma voz rouca para que Zenas trouxesse mais lenha. De fato, a lenha era dolorosamente necessária, pois a cavernosa lareira estava apagada e vazia, com uma nuvem de fuligem revoando sob o vento frio que entrava pela chaminé. Quando Nahum perguntou se a lenha extra tinha ajudado a deixá-lo mais confortável, Ammi percebeu tudo. O último fio de sanidade tinha enfim se rompido; a mente do pobre agricultor não resistira a tanto sofrimento.

Com suas perguntas cautelosas, Ammi não conseguiu nenhuma informação clara sobre o desaparecimento de Zenas.

– No poço... ele vive no poço... – era tudo o que o confuso pai conseguia dizer.

Foi então que o visitante se lembrou da esposa enlouquecida, e mudou sua linha de questionamento.

– Nabby? Ora, aí está ela! – foi a resposta surpresa do pobre Nahum, e Ammi logo percebeu que precisaria procurar sozinho. Deixando o debilitado patriarca resmungando no sofá, ele pegou as chaves do prego ao lado da porta e subiu os degraus rangentes até o sótão. Estava tudo muito fechado e malcheiroso lá em cima, e não era possível ouvir som nenhum de qualquer direção. Das quatro portas à vista, apenas uma estava trancada, e ele tentou abri-la com várias chaves da argola que levara. A terceira chave se revelou a certa, e depois de apanhar um pouco da fechadura Ammi abriu a porta branca e baixa.

Estava bem escuro do lado de dentro, pois a janela era pequena e estava semiobstruída por grades improvisadas de madeira, e Ammi não conseguiu ver nada sobre o piso de tábuas largas. O fedor era insuportável, e antes de prosseguir ele precisou se retirar para o outro cômodo e voltar com os pulmões cheios de um ar mais respirável. Quando entrou avistou algo escuro em um canto, e ao enxergar com mais clareza imediatamente deu um berro. Enquanto gritava ele sentiu que uma nuvem passageira eclipsou a janela, e um segundo depois se viu atingido por alguma odiosa corrente de vapor. Cores estranhas dançaram diante de seus olhos; e caso não estivesse anestesiado pelo terror teria pensado no glóbulo do meteorito que o martelo do geólogo destruíra, e na vegetação mórbida que brotara na primavera. Naquele momento ele só conseguia pensar na monstruosidade blasfema que tinha diante de si, que claramente compartilhara do mesmo destino inominável do jovem Thaddeus e dos animais da fazenda. Porém, o mais terrível daquela coisa horrenda era que ela se mexia lenta e perceptivelmente à medida que se desfazia.

Ammi não me forneceu maiores detalhes sobre a cena, mas o vulto do canto do quarto não voltou a aparecer em seu relato como um objeto que se movia. Existem coisas que não podem ser mencionadas, e um ato humanitário às vezes é julgado de forma cruel pela letra da lei. Deduzi que não havia mais nada se movendo quando ele saiu do quarto no sótão, e que deixar por lá algo capaz de se mover teria sido um ato tão monstruoso quanto condenar uma criatura ao tormento eterno. Qualquer um que não fosse um estoico homem do campo e da lavoura teria desmaiado ou enlouquecido, mas Ammi saiu consciente pela porta baixa e trancou o segredo amaldiçoado atrás de si. Agora era preciso lidar com Nahum; ele precisava ser alimentado e levado para algum lugar onde pudesse receber os devidos cuidados.

Ao começar sua descida pela escada escura, Ammi ouviu um baque mais abaixo. Chegou inclusive a pensar que um grito fora abafado, e se recordou apreensivamente do vapor viscoso que o atingiu naquele horrendo quarto mais acima. Qual fora a presença que seu grito e sua entrada evocaram? Detido por uma sensação vaga de medo, continuou ouvindo os sons vindos de baixo. Sem dúvida havia algo pesado sendo arrastado, e ele notou também o ruído detestável de sucção de alguma espécie ímpia e diabólica. Com seu senso de associação estimulado a alturas vertiginosas, pensou inadvertidamente no que havia visto lá em cima. Deus do céu! Que mundo assustador era aquele no qual tinha se metido? Sem coragem de subir ou descer, ele ficou imóvel e trêmulo na curva escurecida da escada. Cada detalhe da cena se entranhou em seu cérebro. O som, a sensação de temerosa expectativa, a escuridão, a inclinação dos degraus estreitos – e misericórdia!... a luminosidade fraca mas inconfundível de todas as superfícies de madeira à vista; degraus, paredes, ripas e vigas expostas!

Então houve o relinchar frenético do cavalo de Ammi do lado de fora, seguido imediatamente de um tropel indicativo de uma fuga desesperada. Em pouco tempo o cavalo e a charrete não podiam mais ser ouvidos, deixando o assustado homem no escuro e sem saber o que fizera a montaria fugir. Mas isso não era tudo. Houve um outro som também. Algo batendo em um líquido – provavelmente na água do poço. Ele deixara Hero desamarrado ali perto, e uma das rodas da charrete deve ter esbarrado na borda e derrubado uma pedra. E ainda havia a fosforescência pálida que emanava daquele madeiramento horrendamente antigo. Deus, como aquela casa era antiga! Em sua maior parte foi construída antes de 1670, e o telhado triangular não devia ser muito posterior a 1730.

Um leve arranhar no piso inferior ressoou distintamente, e Ammi apertou com mais força o pesado pedaço de pau que pegara no sótão por algum motivo. Criando coragem aos poucos, ele terminou de descer e ousou caminhar na direção da cozinha. Mas não terminou o trajeto, pois o que procurava não estava mais lá. Tinha ido a seu encontro, e ainda estava vivo em certo sentido. Se havia rastejado ou sido arrastado por alguma força externa, Ammi não sabia dizer, mas a morte o tocara. Tudo acontecera na última meia hora, mas o colapso, o aspecto cinzento e a desintegração já estavam em processo avançado. O ressecamento era terrível, e fragmentos secos estavam se desprendendo. Ammi não conseguiu tocá-lo, mas continuou olhando horrorizado para a paródia daquilo que um dia fora um rosto.

– Que foi, Nahum... o que foi? – ele murmurou, e pelos lábios fendidos e inchados veio uma última resposta.

– Nada... nada... a cor... ela queima... gelada e molhada... mas queima... viveno no poço... eu vi... um tipo de fumaça... como as flores da primavera passada... o poço brilhava de noite... Thad, e Mernie, e Zenas... tudo que é vivo... sugano a vida de tudo... naquela pedra... deve de ter chegado naquela pedra... envenenano a casa inteira... num sei o que ela quer... aquela coisa redonda que os homem da faculdade desenterraram da pedra... eles quebraram... era a mesma cor... a mesminha, como nas flores e nas plantas... deve de ter mais... sementes... sementes... elas cresceram... eu vi pela primeira vez esta semana... deve ter pegado Zenas de jeito... era um rapagão, cheio de vida... vai destruino a mente quando pega você... queima você por dentro... na água do poço... você tava certo... água maligna... Zenas não voltou do poço... não dá para evitar... ela atrai você... você sabe que tem alguma coisa vino, mas não tem jeito... vi um monte de vez depois que Zenas foi pego... e Nabby, Ammi?... minha cabeça num tá boa... num sei quanto tempo tem que dei comida para ela... ela pode ser pega se a gente não tomar cuidado... só uma cor... o rosto dela tem aquela cor às vezes à noite... ela queima e suga... vem de um lugar onde as coisas não são como aqui... um dos professor falou... tava certo... cuidado, Ammi, ela vai fazer mais coisa... suga sua vida...

Mas isso foi tudo. Depois ele não pôde dizer mais nada, pois sucumbira totalmente. Ammi estendeu uma toalha de mesa vermelha sobre o que restou dele e saiu apressado pela porta dos fundos para os campos. Ele escalou a encosta até o pasto de quatro hectares e cambaleou até sua casa atravessando a mata pela estrada norte. Não poderia passar pelo poço por onde o cavalo fugira. Ele o espiara pela janela, e viu que não havia pedra nenhuma faltando na beirada. Então a charrete em fuga não havia deslocado nada no fim das contas – o barulho de água fora por outro motivo... alguma coisa entrou no poço depois de fazer aquilo com o pobre Nahum...

Quando Ammi chegou em casa, o cavalo e a charrete já estavam lá, o que deixou sua esposa aflitíssima. Depois de acalmá-la sem maiores explicações, ele foi imediatamente a Arkham e avisou às autoridades que a família Gardner estava morta. Ele não entrou em detalhes, apenas notificou a morte de Nahum e Nabby, avisou que Thaddeus morrera tempos antes e mencionou que a causa ao que parecia era a mesma doença que matara os animais. Também revelou que Merwin e Zenas estavam desaparecidos. Houve um considerável interrogatório na delegacia, e no fim Ammi foi obrigado a acompanhar três policiais até a fazenda, junto com o perito criminal, o médico legista e o veterinário que examinara os animais doentes. Ammi foi contra sua vontade, pois a tarde já ia avançada e ele temia ser pego pelo anoitecer naquele lugar amaldiçoado, mas pelo menos não estava sozinho.

Os seis foram em uma carruagem puxada por dois cavalos, seguindo a charrete de Ammi, e chegaram à propriedade consumida pela peste por volta das quatro horas. Por mais que os policiais estivessem acostumados a experiências violentas, não houve um que não tivesse se abalado com o que encontraram no sótão e sob a toalha vermelha xadrez no piso térreo. O aspecto geral da propriedade, com sua desolação cinzenta, já era bem ruim, mas aqueles dois objetos se desfazendo ultrapassavam todos os limites do aceitável. Ninguém conseguia olhá-los por muito tempo, e até mesmo o médico legista admitiu que não havia muito o que examinar. Amostras poderiam ser analisadas, obviamente, então ele se ocupou de obtê-las – e aqui se desenvolve um estranho desdobramento ocorrido no laboratório da universidade, para onde os dois frascos de terra enfim foram levados. No espectroscópio ambas as amostras revelaram um espectro desconhecido, com muitas faixas inexplicáveis que eram idênticas às presentes no meteorito um ano antes. A propriedade de emitir tal espectro se esvaiu em um mês, depois do qual a terra passou a consistir principalmente de fosfatos e carbonatos.

Ammi não teria dito nada sobre o poço se pensasse que eles iriam querer tomar uma providência imediata. O fim da tarde estava chegando, e ele estava ansioso para ir embora. Porém, não conseguia parar de olhar nervosamente para a estrutura circular de pedra em torno da abertura, e quando um policial o questionou admitiu que Nahum temia o que havia lá dentro – tanto que nunca nem pensou em procurar Merwin e Zenas no poço. Depois disso não teve como impedir que eles quisessem esvaziar e explorar o poço naquela mesma hora, então Ammi precisou esperar tremulamente enquanto balde após balde de água podre eram retirados e emborcados no chão molhado. O cheiro do líquido enojava os homens, e mais perto do fim dos trabalhos precisaram tapar o nariz por causa do fedor que estavam trazendo à tona. Não demorou tanto quanto temiam, pois o nível da água estava excepcionalmente baixo. Não é necessário entrar em detalhes sobre o que encontraram. Merwin e Zenas estavam lá, embora seus restos se resumissem em grande parte a ossos. Havia também um pequeno cervo e um cão de grande porte mais ou menos no mesmo estado, e vários ossos de animais menores. O limo e o lodo do fundo pareciam inexplicavelmente porosos e borbulhantes, e um policial que entrou no poço com uma vara comprida descobriu que podia enfiar a madeira em qualquer profundidade na lama sem encontrar qualquer obstrução.

A noite caiu, e os lampiões foram trazidos da casa. Então, quando ficou claro que nada mais poderia ser obtido no poço, foram todos lá para dentro e se reuniram na velha sala de estar enquanto um luar intermitente lançava seu brilho sobrenatural sobre a desolação cinzenta do lado de fora. Os homens estavam absolutamente perplexos com o caso como um todo, e não conseguiam encontrar um elemento comum convincente para relacionar a estranha condição da vegetação, a doença desconhecida que atingiu tanto animais como humanos e as mortes sem explicação de Merwin e Zenas no poço contaminado. Eles tinham ouvido os boatos que circulavam pela zona rural, é verdade, mas não se sentiam propensos a acreditar que algo contrário às leis da natureza acontecera. Sem dúvida o meteorito envenenara o solo, mas o adoecimento de pessoas e animais que não comeram nada que brotou nesse pedaço de chão era outra questão. Seria a água do poço? Muito provavelmente. Seria uma boa ideia analisá-la. Mas que tipo peculiar de loucura fizera os dois meninos pularem no poço? Seus atos foram similaríssimos – e os fragmentos mostravam que ambos sofriam com a doença obscura e fatal. Por que estava tudo tão cinzento e ressecado?

Foi o perito criminal, sentado perto da janela que dava para o pátio, o primeiro a notar o brilho ao redor do poço. A noite já caíra por completo, e todo o solo aberrante ao redor parecia levemente iluminado por algo mais que os raios do luar; mas o novo brilho era definível e distinto, e parecia subir do buraco preto como um raio filtrado de uma lanterna, refletindo-se fracamente nas pequenas poças do chão, onde a água fora jogada. Tinha uma cor estranhíssima, e quando todos os homens se aglomeraram na janela Ammi teve um sobressalto violento. Pois aquele estranho raio de horrendo miasma não era de um tom desconhecido para ele. Ammi já vira aquela cor antes, e tinha medo de pensar no que poderia significar. Ele a vira no terrível glóbulo quebradiço do aerólito um ano antes, na vegetação inexplicável da primavera, e considerava tê-la visto naquela manhã por um instante pela janela fechada do terrível quarto no porão onde coisas inomináveis aconteceram. Ela brilhou por lá por um segundo, e uma corrente pegajosa e odiosa de vapor o atingiu – e em seguida o pobre Nahum foi dominado por algo dessa cor. Ele mesmo afirmara isso no fim – dissera que foram o glóbulo e as plantas. Depois disso veio a correria no pátio e o ruído de água no poço – e agora o poço estava se projetando noite adentro na forma de um raio pálido e insidioso do mesmo tom demoníaco.

O fato de a mente de Ammi ter ficado intrigada mesmo naquele momento tenso com algo que era basicamente uma questão científica é digno de crédito. Ele se questionou a respeito quando comparou o vapor visto de relance à luz do dia, em uma janela fechada contra o céu da manhã, e a exalação vista como uma névoa fosforescente contra um panorama noturno escuro e devastado. Havia algo errado – algo contrário à natureza –, e ele pensou nas terríveis últimas palavras de seu amigo corroído pela doença: "Vem de um lugar onde as coisas não são como aqui... um dos professor falou...".

Os três cavalos do lado de fora, amarrados a um par de troncos retorcidos perto da estrada, estavam relinchando e pisoteando freneticamente o chão. O condutor da carruagem correu até a porta para sair, mas Ammi pôs a mão trêmula sobre seu ombro.

– Num sai lá fora – ele murmurou. – Tem mais coisa aqui que a gente num sabe o que é. Nahum falou que tem alguma coisa viveno no poço que suga a vida da pessoa. Disse que deve de ser alguma coisa que saiu de uma bola redonda que nem aquela do meteoro que caiu um ano atrás, em junho. Suga e queima, ele falou, e é uma nuvem de cor como aquela que tá lá fora agora, que ninguém quase consegue ver e ninguém sabe explicar. Nahum achava que a coisa se alimenta dos vivo e fica cada vez mais forte. Disse que viu na semana passada. Disse que devia de ser alguma coisa que veio de longe pelo céu, como os homem da universidade falaram no ano passado que era o meteoro. Que o jeito como foi feita e funciona não é deste mundo de Deus. É alguma coisa do além.

Os homens hesitaram quando a luz do poço ficou mais forte e os cavalos, assustados, passaram a pisotear o chão e a relinchar em um frenesi cada vez maior. Foi um momento terrível, em meio ao terror daquela casa antiga e amaldiçoada, com quatro monstruosos conjuntos de fragmentos humanos – dois retirados da casa e dois do poço – no barracão nos fundos e aquele facho de desconhecida e profana iridescência que vinha das profundezas lodosas mais à frente. Ammi detivera o condutor por impulso, ignorando que saiu ileso do contato com a nuvem colorida de vapor no quarto do sótão, mas talvez tenha sido a atitude mais correta. Ninguém nunca vai saber o que havia do lado de fora naquela noite; e, apesar de aquela blasfêmia do além até então não ter feito mal a nenhuma pessoa com a mente intacta, não havia como prever o que teria provocado naquele último momento, com sua força aparentemente maior do que nunca e com o senso específico de propósito que em breve revelaria sob o céu parcialmente nublado e iluminado pelo luar.

De repente um dos detetives soltou um breve e tenso suspiro de susto. Os outros se viraram para ele, e em seguida seguiram seu olhar para o ponto alto em que repousava quando teve o súbito sobressalto. Não havia necessidade de dizer nada. Aquilo que era questionado nos boatos da zona rural agora estava acima de qualquer dúvida, e foi por causa do que todos os homens da comitiva confirmaram com sussurros mais tarde que os tempos estranhos nunca são comentados em Arkham. É preciso assinalar que não havia vento àquela hora. Um vendaval soprou no local não muito tempo depois, mas naquele momento não havia nada. Mesmo as pontas secas dos arbustos de mostarda restantes, cinzentos e ressecados, e as franjas da cobertura da carruagem permaneciam imóveis. E era em meio à calmaria tensa e antinatural que os galhos mais altos de todas as árvores do pátio se moviam. Estavam se contorcendo de forma mórbida e espasmódica, se esticando em uma loucura convulsiva e epiléptica na direção do luar, se agitando de forma impotente no ar nauseante como se estivessem sendo movimentados por cordões alienígenas e incorpóreos que os ligavam a horrores subterrâneos que se arrastavam e se debatiam sob suas raízes negras.

Todos prenderam a respiração por vários segundos. Então uma nuvem mais escura e espessa passou na frente da lua, e a silhueta dos galhos agitados desapareceu momentaneamente. Nesse instante houve gritos generalizados, abafados pelo susto, mas ásperos e quase idênticos em todas as gargantas. Pois o terror não desapareceu com as silhuetas, e em um momento assustador de escuridão mais profunda os presentes viram se remexendo no alto das árvores milhares de pontos de uma leve e profana radiância, encimando cada galho como fogo-de-santelmo ou as chamas que caíram na cabeça dos apóstolos no dia de Pentecostes. Era uma constelação monstruosa de luz sobrenatural, como uma nuvem ávida de vaga-lumes carniceiros executando danças infernais sobre o chão úmido e amaldiçoado, e tinha a mesma cor inominável que Ammi aprendera a reconhecer e a temer. Enquanto isso o raio de fosforescência emitido do poço ficava cada vez mais brilhante, levando à mente dos homens imóveis uma sensação de mau agouro e anormalidade que superava em muito qualquer imagem que suas consciências poderiam evocar. Não estava mais se *erguendo*, estava *jorrando* para fora; e, apesar de se espalhar em uma torrente sem forma de uma cor impossível de identificar, parecia fluir diretamente para o céu.

O veterinário estremeceu e caminhou até a porta da frente para travá-la com um pesado sarrafo de madeira. Ammi tremia tanto quanto, e se limitou a puxar os outros e apontar por se sentir incapaz de falar quando quis chamar a atenção para a luminosidade crescente nas árvores. Os relinchos e as patadas dos cavalos se tornaram assustadores, mas nem uma alma do grupo reunido na velha casa se arriscaria a sair por coisa alguma no mundo. Em instantes a iluminação das árvores se intensificou, enquanto os galhos inquietos pareciam se estender mais e mais para o alto. A madeira da vara que prendia o balde estava brilhando também, e nesse momento um policial apontou com perplexidade para os abrigos de madeira e as caixas de abelhas que ficavam perto da parede de pedra à esquerda da casa. Estavam começando a brilhar também, embora os veículos amarrados dos visitantes até então parecessem não ter sido afetados. Foi quando houve um alarido e um tropel na estrada, e Ammi ergueu o lampião para ver melhor o que eles notaram ser a fuga dos apavorados cavalos, que arrebentaram os troncos e saíram correndo freneticamente, levando consigo a carruagem.

O choque serviu para soltar algumas línguas, e sussurros tímidos foram trocados.

– Se espalhou por tudo que é orgânico existente por aqui – murmurou o legista.

Ninguém respondeu, mas o homem que descera no poço sugeriu que sua vara comprida devia ter remexido em algo intangível.

– Foi horrível – ele acrescentou. – Simplesmente não havia um fundo. Só lodo e bolhas e a sensação de que tinha alguma coisa escondida lá embaixo.

O cavalo de Ammi ainda pisoteava e gritava de forma ensurdecedora do lado de fora, e quase encobria os balbucios do dono, que tentava organizar seus pensamentos malformados.

– Veio com aquela pedra... cresceu lá embaixo... pega tudo que é vivo... se alimenta dos vivos, da mente e do corpo... Thad e Mernie, Zenas e Nabby... Nahum foi o último... eles tudo bebiam a água... pegou eles com força... veio do além, onde as coisa não são como aqui... agora tá ino embora...

Nesse momento, enquanto a coluna de cor desconhecida ficou mais forte e começou a emitir sugestões impressionantes de formas que cada espectador mais tarde descreveu de uma maneira, o pobre Hero, amarrado, emitiu um som que homem nenhum jamais ouvira antes de um cavalo. Todos os presentes na sala de teto baixo taparam os ouvidos, e Ammi se virou da janela, horrorizado e nauseado. Não havia palavra capaz de descrever aquilo – quando Ammi olhou para fora de novo o animal indefeso estava inerte, estendido no chão sob o luar entre os destroços da charrete despedaçada. Foi a última vez que pensou em Hero até que fosse enterrado na manhã seguinte. Mas naquele momento não havia tempo para lamentar, pois quase imediatamente um detetive chamou atenção de forma silenciosa para algo terrível no próprio cômodo onde estavam. Na ausência da luz do lampião ficava claro que a leve fosforescência começara a se espalhar pela casa. Espalhava-se pelo piso de tábuas sob o tapete e sobre a moldura das janelas de vidros pequenos. Percorria de alto a baixo as traves expostas nos cantos, as superfícies de prateleiras e aparadores e se entranhava em todas as portas e peças de mobília. A cada minuto ficava mais forte, e por fim se tornou evidente que todas as criaturas saudáveis precisavam sair daquela casa o quanto antes.

Ammi os conduziu para a porta dos fundos e pelo caminho que atravessava os campos até a pastagem de quatro hectares. Eles cambaleavam e tropeçavam como se estivessem em um sonho, e não ousaram olhar para trás até terem a certeza de que estavam em um ponto mais alto e distante. Tomaram aquele caminho de bom grado, pois não conseguiriam sair pela frente, passando pelo poço. Já era ruim o bastante ter que passar pelo celeiro e os barracões de madeira reluzente, além das árvores radiantes do pomar com suas silhuetas retorcidas e assustadoras; mas graças aos céus os galhos se movimentavam para cima. A lua estava escondida sob nuvens escuras quando eles cruzaram a rústica ponte sobre o córrego Chapman e saíram tateando às cegas para o campo aberto.

Quando olharam para o vale e para a distante propriedade dos Gardner lá embaixo o que enxergaram foi uma vista assustadora. Tudo brilhava com aquela variedade desconhecida de cor; árvores, construções e até mesmo a grama e a vegetação rasteira transformadas pelo ressecamento acinzentado. Os galhos estavam todos voltados para o céu, com línguas de chamas malignas nas pontas, e o brilho desse mesmo fogo monstruoso crepitava nas extremidades da casa, do celeiro e dos barracões. Era uma cena digna de uma visão de Fuseli, e sobre todo o resto pairava aquela luminosidade amorfa, aquele arco-íris alienígena e unidimensional de veneno misterioso do poço – espumando, apalpando, lambendo, tateando, cintilando, expandindo e borbulhando malignamente em seu cromatismo cósmico e irreconhecível.

Foi quando, sem aviso, a coisa horrenda se arremessou verticalmente para o céu como um foguete ou meteoro, sem deixar para trás nenhum rastro e desaparecendo por um buraco redondo e de bordas intrigantemente regulares nas nuvens antes que algum dos homens pudesse respirar ou pensar em gritar. Nenhum dos espectadores jamais vai se esquecer dessa visão, e Ammi ficou olhando perplexo para as estrelas da constelação do Cisne, onde Deneb brilhava com mais força e a cor desconhecida se dissolveu na Via Láctea. Mas no momento seguinte seu olhar foi atraído de volta para a terra pelo crepitar no vale. Isso foi tudo. Apenas estalos e o crepitar da madeira, e não uma explosão, como os outros presentes relataram. Mas o resultado foi o mesmo, pois em um instante febril e caleidoscópico emergiu da agourenta e amaldiçoada propriedade um cataclismo de faíscas e matéria sobrenatural, borrando as vistas dos poucos espectadores e lançando para o zênite um bombardeio tempestuoso de fragmentos indescritíveis da cor que nosso universo precisava expelir. Vapores em rápido deslocamento seguiram a enorme morbidez que havia desaparecido, e em questão de segundos se esvaíram também. Mais abaixo restou apenas uma escuridão para a qual nenhum dos homens ousou voltar, e ao redor começou a soprar um vento disposto a varrer tudo com rajadas obscuras e congelantes que pareciam vir do espaço intergaláctico. O vento guinchava e uivava, percorrendo os campos e a vegetação deformada em um frenesi cósmico enlouquecido, e em pouco tempo o trêmulo grupo se deu conta de que não valia a pena esperar para ver o que a lua revelaria ter restado da propriedade de Nahum.

Assustados demais para tentar elaborar teorias, os sete homens voltaram a pé para Arkham pela estrada norte. Ammi estava em pior condição que seus companheiros e implorou a eles que o levassem até a porta de sua cozinha, em vez de seguir direto para a cidade. Ele não queria atravessar sozinho em meio ao vento a mata escura até sua casa na estrada principal, pois sofrera um baque do qual os demais foram poupados, e estaria marcado para sempre por um medo entranhado que não teria coragem nem de mencionar nos anos seguintes. Enquanto os demais espectadores mantinham os olhos firmes na estrada, Ammi olhou para trás por um instante, para o vale escuro e desolado que até pouco tempo abrigava seu desafortunado amigo. E daquele ponto maltratado e distante ele viu algo se erguer fracamente, para em seguida afundar outra vez para o ponto de onde o grande horror sem forma se lançara para o céu. Era apenas uma cor – mas não uma cor de nossa Terra ou nossos céus. E, como reconheceu essa cor, e sabia que seu último vestígio ainda devia estar escondido no poço, Ammi nunca mais foi o mesmo depois disso.

Ammi jamais se aproximou de novo daquele lugar. Já faz mais de meio século que o horror aconteceu, mas ele nunca mais voltou, e vai ficar contente quando o reservatório inundar tudo. Eu também vou, pois não gostei da maneira como a luz do sol alterou a coloração ao redor da abertura do poço abandonado quando por lá passei. Espero que o nível da água permaneça sempre alto – mas, mesmo assim, jamais hei de bebê-la. Não acho que algum dia eu vá visitar de novo a zona rural de Arkham. Três dos homens que acompanharam Ammi voltaram na manhã seguinte para ver as ruínas à luz do dia, mas não havia nenhuma ruína de fato. Apenas os tijolos da chaminé, as pedras do porão e alguns detritos minerais e metálicos espalhados aqui e ali, além da borda do nefasto poço. Fora o cavalo morto de Ammi, que eles arrastaram para longe e enterraram, e da charrete quebrada que foi prontamente devolvida, tudo o que havia por lá desaparecera. Até hoje o local permanece exposto ao céu como uma grande mancha corroída por ácido no meio da mata e dos campos, e os poucos que ousaram visitá-lo apesar do que diziam os boatos o batizaram como "a charneca desolada".

Os boatos que circulam pela zona rural são estranhos. Seriam ainda mais se os homens da cidade e os químicos da universidade se interessassem em analisar a água do poço desativado ou a terra cinzenta que vento nenhum era capaz de dispersar. Os botânicos também poderiam estudar a flora maculada nas beiradas da clareira, pois isso poderia esclarecer os rumores de que a devastação está se espalhando – pouco a pouco, talvez menos de cinco centímetros por ano. Dizem que a cor da vegetação rasteira nos arredores não é mais a mesma, e que as criaturas selvagens deixam pegadas estranhas na neve mais leve de inverno. A neve nunca parece tão pesada na charneca desolada em comparação com os demais lugares. Os cavalos – os poucos que ainda restam nesta era motorizada – ficam inquietos no vale silencioso, e os caçadores não podem confiar em seus cães se estiverem perto demais da clareira de terra acinzentada.

Dizem que as influências mentais do lugar também não são boas. Muitos enlouqueceram nos anos posteriores à morte de Nahum, e assim perderam a capacidade de se afastar de lá. As pessoas mais sensatas foram embora da região, e apenas os estrangeiros ainda tentaram viver nas casas antigas e decadentes. Mas não conseguiam ficar; e de vez em quando alguém questiona que tipo de pensamento exótico aquela estranha magia oculta poderia ter lhes proporcionado. Os sonhos à noite, segundo dizem, são simplesmente horrendos naquela tenebrosa zona rural; e com certeza apenas a visão daquele reino das trevas é suficiente para despertar fantasias mórbidas. Nenhum viajante escapou da sensação de estranheza naqueles vales profundos, e os artistas estremecem ao pintar a mata fechada cujo mistério se revela tanto ao espírito como aos olhos. Eu mesmo fiquei curioso a respeito da sensação que extraí de minha caminhada solitária por lá antes que Ammi me contasse sua história. Quando caiu a noite tive um desejo vago que as nuvens se acumulassem acima de minha cabeça, em virtude de um estranho temor de que o vazio do céu penetrasse minha alma.

Não me peça minha opinião. Eu não sei – e isso é tudo. Não havia ninguém a interrogar além de Ammi, pois o povo de Arkham se recusa a falar sobre os tempos estranhos, e todos os três professores que viram o aerólito e seu glóbulo colorido estão mortos. Havia outros glóbulos – disso é possível ter certeza. Um deles deve ter se alimentado e fugido, e provavelmente havia outro que não conseguiu fazer isso. Sem dúvida ainda está lá embaixo no poço – eu sei que tinha alguma coisa errada na forma como a luz do sol iluminou sua borda opressiva. Os broncos dizem que a clareira cresce uns cinco centímetros por ano, então talvez ainda haja alguma espécie de crescimento ou alimentação mesmo hoje.

Mas, qualquer que seja o demônio que esteja abrigado lá, deve estar preso de alguma forma, caso contrário já teria se espalhado. Estaria emaranhado às raízes das árvores cujos galhos se elevavam no ar? Uma das correntes de boatos que circula em Arkham dá conta de carvalhos grossos que brilham e se movem à noite de uma maneira que deveria ser impossível.

O que de fato é, só Deus sabe. Em termos materiais, acredito que a coisa descrita por Ammi poderia ser definida como um gás que obedecia a leis que não são de nosso cosmo. Aquilo não era fruto dos mundos e dos sóis que aparecem nos telescópios e nas fotografias existentes nos observatórios. Não era um sopro de um céu cujas movimentações e dimensões nossos astrônomos conseguem mensurar ou intuir que são vastas demais para ser calculadas. Era simplesmente uma cor que veio do espaço – uma mensagem assustadora de reinos indefiníveis de infinitude situados além da natureza que conhecemos; de reinos cuja mera existência atordoa o cérebro e nos paralisa com os abismos escuros e extracósmicos que abre diante de nossos olhos incrédulos.

Eu duvido muito que Ammi tenha mentido para mim de forma proposital, e não acho que sua história seja um indício de loucura, como o povo da cidade me disse. Alguma coisa terrível chegou àqueles morros e vales junto com o meteorito, e alguma coisa terrível – embora em uma proporção incerta – ainda permanece por lá. Vou ficar contente quando a água inundar tudo. Enquanto isso, espero que nada aconteça com Ammi. Ele viu tudo de perto – e a influência da coisa era tremendamente insidiosa. Por que ele nunca conseguiu ir embora de lá? Com que clareza de fato se lembra das palavras do moribundo Nahum – "você sabe que tem alguma coisa vino, mas não tem jeito...". Ammi é um ótimo sujeito – quando o pessoal do reservatório começar a trabalhar, preciso escrever para o engenheiro responsável e pedir que fique de olho nele. Eu detestaria saber que se transformou na monstruosidade cinzenta, retorcida e ressecada que cada vez mais vem perturbando meu sono.

A história do *Necronomicon*

Título original: *Al Azif* – sendo *azif* a palavra usada pelos árabes para designar o ruído noturno (feito por insetos) que supostamente é o uivo dos demônios.

Composto por Abdul Alhazred, um poeta louco de Saná, no Iêmen, que segundo consta floresceu durante o período do califado Omíada, cerca de 700 d.C. Ele visitou as ruínas da Babilônia e os segredos subterrâneos de Mênfis e passou dez anos sozinho no grande deserto do sul da Arábia – o Roba el Khaliyeh, ou "Espaço Vazio" para os antigos, e o deserto "Dahna" ou "Escarlate" dos árabes modernos –, que segundo consta é habitado por espíritos malignos protetores e monstros da morte. Sobre esse deserto, muitas coisas estranhas e fabulosas são contadas por aqueles que fingem tê-lo penetrado. Em seus últimos anos, Alhazred morou em Damasco, onde o *Necronomicon* (*Al Azif*) foi escrito, e de sua morte ou desaparição final (738 d.C.) muitas coisas terríveis e conflitantes foram ditas. Conta Ebn Khallikan (biógrafo do século XII) que ele foi capturado por um monstro invisível em plena luz do dia e devorado de forma horrenda diante de uma multidão de testemunhas paralisadas de medo. Sobre sua loucura existem muitos relatos. Ele afirmava ter visto a fabulosa Irem, ou Cidade dos Pilares, e ter encontrado sob as ruínas de uma cidade em um deserto os registros chocantes e os segredos de uma raça mais antiga que a humanidade. Era apenas um moslém indiferente, que idolatrava entidades desconhecidas que dizia se chamarem Yog-Sothoth e Cthulhu.

Em 950 d.C., o *Azif*, que ganhara uma circulação considerável, ainda que sub-reptícia, entre os filósofos da época, foi secretamente traduzido para o grego por Theodorus Philetas de Constantinopla com o título de *Necronomicon*. Por um século o texto motivou certas experiências com consequências terríveis, depois das quais foi banido e queimado pelo patriarca Miguel. Depois foi comentado apenas de maneira furtiva, mas Olaus Wormiuns produziu uma versão em latim na Idade Média (1228), e esse texto foi impresso duas vezes – uma no século XV, em escrita gótica (obviamente em alemão), e uma no século XVII (provavelmente em espanhol) –, ambas as edições sem marcas identificadoras, e as informações sobre a época e o lugar só podem ser obtidas a partir das evidências tipográficas. A obra foi banida tanto em grego como em latim pelo papa Gregório IX em 1232, logo depois da tradução latina, que a colocou em evidência. O original em árabe foi perdido ainda na época de Wormius, conforme indicado na nota que serve como preâmbulo; e nenhum sinal da cópia em grego – impressa na Itália entre 1500 e 1550 – foi encontrado desde o incêndio da biblioteca de um certo homem de Salem em 1692. Uma tradução para o inglês feita pelo dr. Dee nunca foi impressa, e existe apenas na forma de fragmentos recuperados do manuscrito. Dos textos em latim existe um (do século XV) que está no Museu Britânico, trancado a sete chaves, enquanto outro (do século XVII) está na Bibliothèque Nationale de Paris. Existe uma edição do século XVII na Widener Library de Harvard, e outra na Universidade do Miskatonic em Arkham, além de uma na biblioteca da Universidade de Buenos Aires. Inúmeras outras cópias provavelmente existem em segredo, e segundo rumores persistentes um exemplar do século XV é parte do acervo de um célebre milionário americano. Um boato ainda mais vago credita a preservação do texto em grego do século XVI pela família Pickman, de Salem; mas, caso estivesse mesmo preservado, desapareceu junto com o artista R.U. Pickman, que sumiu para nunca mais ser visto no início de 1926. O livro é banido de forma explícita pelas autoridades da maioria dos países, e por todos os braços das religiões organizadas. Sua leitura leva a consequências terríveis. Teria sido com base nos rumores sobre esse livro (relativamente pouco conhecido do público em geral) que R.W. Chambers tirou a ideia para seu livro *O rei de amarelo*.

Cronologia

Al Azif é escrito por volta de 730 d.C., em Damasco, por Abdul Alhazred.

Tradução para o grego em 950 d.C., como *Necronomicon*, por Theodorus Philetas.

Queimado pelo patriarca Miguel, em 1050 (texto em grego). Original árabe perdido.

Tradução do grego para o latim por Olaus, em 1228.

Edição de 1232, em latim (assim como a grega), é banida pelo papa Gregório IX.

Edição impressa em escrita gótica no século XV (Alemanha).

Texto em grego impresso na Itália no século XVI.

Reimpressão na Espanha do texto em latim no século XVII.

O horror de Dunwich

"Górgonas, e hidras, e quimeras – histórias assustadoras de Celeno e das harpias – podem se reproduzir nas mentes supersticiosas – mas existiam antes. São transcrições, tipos – os arquétipos estão dentro de nós, e são eternos. De que outra forma o relato daquilo que sabemos conscientemente ser falso poderia nos afetar a todos? Nós naturalmente atribuímos terror a tais objetos, considerando sua capacidade de nos infligir sofrimento físico? Ora, isso pouco importa! Esses terrores são mais antigos. Vão além do corpo – ou, mesmo sem o corpo, seriam os mesmos... Que o tipo de medo aqui tratado seja puramente espiritual – que seja forte apesar de não ter equivalente concreto na Terra, que predomine no período de nossa infância sem pecado – são dificuldades cuja solução poderia oferecer alguma provável ideia de nossa condição antemundana, um vislumbre enfim das sombras da pré-existência."

– Charles Lamb,
"Bruxas e outros medos noturnos"

I.

Quando um viajante ao norte da região central de Massachusetts toma o caminho errado na bifurcação da estrada de Aylesbury logo depois de passar por Dean's Corner, chega a uma zona rural solitária e peculiar. A altitude se eleva, e os muros de pedra com espinheiros se tornam cada vez mais próximos das bordas da estrada poeirenta e sinuosa. As árvores dos vários trechos de bosque parecem grandes demais, e as ervas silvestres, os arbustos e o mato assumem um caráter luxuriante que quase não se vê em regiões habitadas. Os campos semeados por sua vez parecem escassos e inférteis; as casas esparsamente espalhadas adquirem um aspecto surpreendentemente uniforme de coisa velha, decrépita e dilapidada. Sem saber por que, a pessoa hesita em pedir orientação para as figuras solitárias e de aparência desagradável que espiam de tempos em tempos de portas caindo aos pedaços ou das campinas inclinadas e pedregosas. São figuras tão silenciosas e furtivas que o visitante se sente por algum motivo confrontado por coisas proibidas, com as quais seria melhor não se envolver. Quando uma elevação na estrada revela os morros visíveis além da mata fechada, a sensação de estranheza se intensifica. Os cumes são arredondados e simétricos demais para transmitir conforto e naturalidade, e às vezes o céu delineia com uma clareza toda especial os estranhos círculos de grandes pilares de pedra existentes sobre quase todos eles.

Gargantas e despenhadeiros de profundidade perturbadora se estendem pelo caminho, e as pontes toscas de madeira que os atravessam nunca proporcionam uma sensação de verdadeira segurança. Quando a estrada mergulha para baixo outra vez os brejos e terrenos alagadiços provocam uma repulsa instintiva, e chegam a causar quase um temor ao anoitecer, quando as aves noturnas tagarelam escondidas e os vaga-lumes aparecem em profusão anormal para dançar ao ritmo desordenado e insistente dos estridentes sapos-bois coaxantes. O curso estreito e reluzente do Miskatonic nessas alturas tem uma semelhança inquietante com o corpo de uma serpente sob o vento rasteiro que sobe na direção dos morros arredondados.

    Quando os morros ficam mais próximos, veem-se mais as encostas de mata fechada do que os cumes de pedra. As encostas parecem tão impenetráveis e íngremes que o viajante preferiria manter distância, mas não há outro caminho pelo qual evitá-las. Do outro lado de uma ponte coberta é possível ver um pequeno vilarejo espremido entre o rio e a face vertical da Montanha Redonda, e o visitante fica surpreso com o conjunto de telhados triangulares que remetem a um período arquitetônico anterior ao do restante da região. Não é nada tranquilizador ver, ao chegar mais perto, que a maioria das casas está abandonada e em ruínas, e que a igreja de torre desabada agora abriga o único e precário estabelecimento comercial do local. O túnel tenebroso da ponte é de meter medo, mas trata-se da única passagem possível. Depois de cruzá-la, é difícil evitar a impressão causada pelo odor sutil e maligno na rua principal do vilarejo, que parece vir do mofo acumulado em séculos de decadência. É sempre um alívio se afastar do lugar e seguir pela estrada estreita em torno do sopé dos morros e atravessar o terreno plano mais adiante até retomar o caminho pela estrada de Aylesbury. Depois disso, o viajante às vezes descobre que passou por Dunwich.

    Os forasteiros visitam Dunwich o mínimo possível, e depois de uma certa temporada de horror todas as placas que indicavam sua existência foram retiradas. O cenário, avaliado por qualquer cânone estético convencional, é com frequência belíssimo, mas por ali não existe um fluxo regular de artistas ou turistas de veraneio. Dois séculos atrás, quando as conversas sobre sangue de bruxas, culto satânico e estranhas presenças nas florestas não eram imediatamente ridicularizadas, era costume oferecer boas razões para evitar o local. Em nossa época de sensatez – pois o horror de Dunwich de 1928 foi silenciado por aqueles que se preocupavam com o bem-estar da cidade e do mundo –, as pessoas o ignoram sem saber exatamente por quê. Talvez uma razão – embora não se aplique a forasteiros desinformados – seja a repulsiva decadência demonstrada hoje pelos nativos locais, já avançados no caminho de involução tão comum em muitos rincões da Nova Inglaterra. Eles formaram uma raça própria, com os estigmas mentais e físicos bem definidos da degeneração e da procriação consanguínea. A média de inteligência é lamentavelmente baixa, e em seus registros abundam a brutalidade explícita e o abafamento apenas parcial de assassinatos, casos de incesto e atos de violência e perversidade quase inomináveis. Os mais bem-nascidos, representantes das duas ou três famílias aristocráticas vindas de Salem em 1692, se mantiveram um pouco acima do nível generalizado de decadência, mas muitos de seus descendentes mergulharam tão profundamente no sórdido populacho que apenas seus nomes remetem à origem que desgraçaram. Alguns dos Whateley e dos Bishop ainda mandam seus filhos mais velhos para Harvard e para a Universidade do Miskatonic, embora eles raramente voltem para debaixo dos telhados triangulares e mofados sob os quais nasceram seus ancestrais.

Ninguém, nem mesmo aqueles que conhecem os fatos referentes à recente onda de horror, sabe dizer qual é o problema de Dunwich; lendas antigas, porém, dão conta de rituais profanos e conclaves dos índios, nos quais evocavam vultos proibidos das sombras dos grandes morros arredondados e faziam orações orgiásticas selvagens respondidas por grandes estalos e tremores no subsolo. Em 1747, o reverendo Abijah Hoadley, recém-chegado à Igreja Congressional do vilarejo de Dunwich, fez um memorável sermão sobre a presença de Satã e seus demônios; afirmou ele:

> Deve ser admitido que tais Blasfêmias de uma infernal Caravana de Demônios são Questões de Conhecimento por demais generalizado para que se tente negar; as amaldiçoadas Vozes de *Azazel* e *Buzrael*, de *Belzebu* e *Belial* já foram ouvidas no Subterrâneo por mais de uma Vintena de confiáveis Testemunhas viventes. Eu mesmo pouco mais de Quinze dias atrás captei um Discurso claríssimo de Poderes malignos no Morro atrás de minha Casa; em seguida houve um Estalar e um Retumbar, Grunhidos, Guinchos e Sibilados tais que nenhuma Criatura desta Terra poderia emitir, e que só podem ter vindo de Cavernas que apenas a Magia negra é capaz de descobrir, e apenas o Diabo pode destravar.

O sr. Hoadley desapareceu logo depois de proferir esse sermão, mas o texto, impresso em Springfield, ainda pode ser encontrado. Ruídos nas colunas continuaram a ser relatados ano a ano, e ainda representam um enigma para geólogos e fisiógrafos.

Outras histórias dão conta de odores fétidos perto dos pilares circulares de pedra no alto dos morros e de presenças aéreas em movimento que podem ser ouvidas de forma discreta em certas horas de determinados pontos ao pé dos grandes despenhadeiros; outras por sua vez tentam explicar o Canteiro do Diabo – uma encosta desmatada e devastada onde nenhuma árvore, arbusto ou grama consegue crescer. Além disso, os nativos têm um medo mortal das inúmeras aves noturnas cujas vozes se fazem ouvir nas noites mais quentes. Segundo dizem, os pássaros são psicopompos à espera das almas dos moribundos e sincronizam seus piados sinistros em uníssono com a respiração irregular do doente. Se conseguem capturar a alma quando deixa o corpo, imediatamente batem em retirada em uma agitação demoníaca; mas, se fracassam, vão caindo gradualmente em um silêncio decepcionado.

Esses relatos, obviamente, são obsoletos e ridículos, pois vêm de tempos muitos antigos. Dunwich de fato é absurdamente antiga – mais do que qualquer comunidade em um raio de quase cinquenta quilômetros. Ao sul do vilarejo ainda é possível ver as paredes dos porões e a chaminé da antiga casa dos Bishop, construída antes de 1700; as ruínas do moinho nas quedas d'água, construído em 1806, são a forma mais moderna de arquitetura no local. A indústria não floresceu por aqui, e o movimento fabril do século XIX não durou muito. Mais antigos que tudo são os grandes círculos de pedra no alto dos morros, mas em geral são atribuídos aos índios, e não aos colonos. Depósitos de crânios e ossos, encontrados dentro dos círculos em torno de uma espécie de mesa de pedra de tamanho considerável no Morro da Sentinela, corroboram a crença popular de que tais lugares um dia foram cemitérios usados pelo povo Pocumtuk, embora diversos etnólogos, incrédulos em virtude da absurda improbabilidade de tal teoria, insistam em acreditar que os restos mortais pertenciam a caucasianos.

II.

Foi no distrito de Dunwich, em uma enorme e quase desabitada fazenda na encosta de um morro a aproximadamente quinze quilômetros do vilarejo e a dois quilômetros e meio de qualquer outra habitação, que nasceu Wilbur Whateley, às cinco horas da manhã de um domingo, 2 de fevereiro de 1913. A data era lembrada por ser o Dia da Candelária, mas curiosamente era comemorada pelo povo de Dunwich com outro nome; e também porque na noite anterior os ruídos nos morros ressoaram alto, e os cães de toda a região latiram sem parar. Menos digno de nota era fato de a mãe ser uma Whateley decadente, uma mulher um tanto deformada e albina de 35 anos, que vivia com seu pai idoso e meio louco sobre o qual se sussurravam as mais assustadoras histórias de bruxaria na juventude. Lavinia Whateley, até onde se sabia, nunca teve marido, mas de acordo com o costume da região não fez questão nenhuma de esconder a existência da criança; quanto à paternidade, o pessoal da região poderia especular à vontade – o que de fato aconteceria. Na verdade, ela parecia estranhamente orgulhosa do filho caprino e de pele escura, que formava um contraste tremendo com seu albinismo de olhos rosados, sobre quem murmurava curiosas profecias relativas a poderes incomuns e um futuro glorioso.

Lavinia era alguém que não causava estranhamento ao sair dizendo tais coisas, pois se tratava de uma criatura solitária e dada a vagar em meio a tempestades nos morros e disposta a ler os grandes e malcheirosos livros que seu pai herdara de dois séculos de linhagem dos Whateley, que estavam se desintegrando em virtude da idade e da ação das traças. Ela nunca fora à escola, mas detinha um conhecimento desconexo do antigo folclore local transmitido pelo velho Whateley. A isolada fazenda sempre fora temida por causa da fama de praticante de magia negra do velho Whateley, e a morte violenta e não explicada da sra. Whateley quando Lavinia tinha doze anos não ajudava nem um pouco a tornar o lugar mais atraente. Sozinha em meio a estranhas influências,

Lavinia tinha uma inclinação para devaneios exóticos e grandiloquentes e para ocupações singulares; além disso, seu lazer não era em nada atrapalhado pelos serviços de casa em um lar onde todos os padrões de ordem e limpeza haviam sido abandonados fazia tempo.

Gritos apavorantes ecoaram inclusive acima dos ruídos dos morros e dos latidos dos cães, mas nenhum médico ou parteira esteve presente no nascimento. Os vizinhos só ficaram sabendo do acontecido uma semana depois, quando o velho Whateley conduziu seu trenó no meio da neve até o vilarejo de Dunwich e discursou de forma incoerente para um grupo de desocupados reunido no armazém de Osborn. O velho parecia mudado – havia um novo elemento de caráter furtivo em seu cérebro perturbado que sutilmente o transformou de motivo de medo a uma vítima de tal sentimento, embora ele não fosse do tipo que se deixasse abalar por eventos familiares ordinários. Em meio a tudo isso ele demonstrou um certo traço de orgulho que mais tarde foi notado também em sua filha, e o que falou sobre a paternidade da criança foi lembrado por muitos de seus ouvintes por anos e anos.

– Num quero saber o que povo pensa... se o menino de Lavinny se parecer com o pai, vai ser diferente de qualquer coisa que vocês espera. Vocês num tem que pensar que o único povo que existe é o povo daqui. Lavinny leu um tanto, e viu umas coisa que a maioria de vocês tudo só ouviu falar. Para mim o homem dela é o melhor marido que se pode encontrar desse lado da Aylesbury; e se vocês conhecesse os morro tão bem quanto eu, ia saber que nenhum casamento de igreja ia ser tão bão para ela. Vocês me escute aqui: *algum dia vocês vai ouvir o filho de Lavinny gritando o nome do pai no alto do Morro da Sentinela!*

As únicas pessoas que viram Wilbur no primeiro mês de vida foram o velho Zechariah Whateley, um dos Whateley não afetados pela decadência, e a companheira de Earl Sawyer, Mamie Bishop. A visita de Mamie foi assumidamente motivada pela curiosidade, e as histórias contadas posteriormente eram baseadas em suas observações; mas Zechariah foi até lá para levar um par de vacas da raça Alderney que o velho Whateley comprara de seu filho Curtis. Isso marcou o início de um ciclo de compras de gado por parte da pequena família de Wilbur que só terminou em 1928, quando o horror de Dunwich chegou e passou, mas em momento nenhum o celeiro caindo aos pedaços da fazenda de Whateley ficou cheio de animais. Isso motivou um período em que as pessoas ficaram curiosas o bastante para subir até lá e contar o rebanho que pastava precariamente em uma encosta inclinada acima da velha casa, e jamais conseguiram encontrar mais de dez ou doze animais anêmicos e exangues. Obviamente algum tipo de praga ou doença, talvez em virtude da pastagem rala ou dos fungos na madeira do celeiro imundo, causava uma alta taxa de mortalidade entre os animais dos Whateley. Estranhos ferimentos ou chagas, com aspecto semelhante ao de incisões, pareciam afligir o gado; e uma ou duas vezes nos meses anteriores certos relatos davam conta de que chagas similares foram vistas na garganta do velho grisalho e barbudo e de sua desleixada filha albina de cabelos desgrenhados.

Na primavera seguinte ao nascimento de Wilbur, Lavinia retomou seus costumeiros passeios pelas colunas, levando nos braços desproporcionais a criança escura. O interesse do público pelos Whateley arrefeceu depois que a maioria do pessoal da região viu o bebê, e ninguém se deu ao trabalho de comentar o desenvolvimento acelerado que o recém-chegado parecia exibir a cada dia. O crescimento de Wilbur era de fato prodigioso, pois três meses após o nascimento já alcançara o tamanho e a potência muscular que em geral não se veem em crianças com menos de um ano. Seus movimentos e até os sons que vocalizava demonstravam um caráter controlado e deliberado altamente peculiar em alguém de sua idade, e ninguém ficou surpreso quando, aos sete meses, ele começou a andar sozinho, com leves tropeços que em questão de um mês já foram corrigidos.

Foi pouco depois disso – no Dia das Bruxas – que uma grande fogueira foi vista à meia-noite no alto do Morro da Sentinela, onde a velha mesa de pedra se eleva em meio aos túmulos de ossos antigos. As conversas mais significativas a respeito começaram quando Silas Bishop – um dos Bishop não afetados pela decadência – mencionou ter visto o menino correndo morro acima na frente da mãe uma hora antes de o fogo começar a arder. Silas estava perseguindo uma bezerra desgarrada, mas quase se esqueceu de sua missão quando viu de relance as duas figuras sob a luz fraca de seu lampião. Ambas corriam quase sem fazer barulho por entre a vegetação rasteira, e o atônito observador teve a impressão de que pareciam completamente nuas. Depois de um tempo essa impressão se desfez com relação ao menino, que parecia usar uma espécie de cinto com franjas e um par de calças escuras. Após essa ocasião Wilbur nunca mais foi visto vivo e consciente sem um traje completo e bem abotoado, cujo desalinho – ou a ameaça de desalinho – sempre lhe causava raiva e apreensão. Seu contraste com a esqualidez da mãe e do avô nesse sentido era considerado bastante curioso, até que o horror de 1928 fornecesse a mais válida das razões para tanto.

Em janeiro do ano seguinte houve um interesse moderado no fato de o "moleque preto de Lavinny" ter começado a falar aos onze meses de idade. Sua fala era um tanto notável porque, além de revelar um sotaque diferente do costumeiro na região, exibia uma ausência do tatibitate infantil do qual a maioria das crianças só consegue se livrar aos três ou quatro anos. O menino não era dos mais tagarelas, mas quando falava parecia expressar algum elemento elusivo e totalmente sem relação com Dunwich e seus habitantes. A estranheza não estava no que dizia, nem nas expressões simples que usava; parecia vagamente associada a sua entonação ou aos órgãos internos que produziam os sons. Seu aspecto facial também era impressionante para a idade; pois, apesar de ter o mesmo queixo para dentro da mãe e do avô, o nariz firme e bem formado se juntava à expressão dos olhos grandes e escuros, quase latinos, para lhe conferir um ar de quase adulto e uma inteligência que beirava o sobrenatural. No entanto, era um menino extremamente feio, apesar da aparência de brilhantismo; havia algo quase caprino ou animalesco em seus lábios grossos, em sua pele amarelada de poros largos, em seus cabelos grossos e crespos e em suas orelhas estranhamente alongadas. Em pouco tempo seria visto com uma antipatia ainda maior à despertada por sua mãe e seu avô, e todas as conjecturas sobre ele eram temperadas com referências à magia ancestral do velho Whateley e ao fato de que os morros certa vez estremeceram quando ele berrou o apavorante nome *Yog-Sothoth* em meio a um círculo de pedras com um grande livro aberto nos braços diante de si. Os cachorros detestavam o menino, que era obrigado a tomar diversas medidas defensivas diante da ameaça dos latidos constantes.

III.

Enquanto isso o velho Whateley continuava a comprar cabeças de gado sem aumentar significativamente o tamanho de seu rebanho. Ele também passou a cortar madeira para fazer reparos em partes abandonadas da casa – uma construção espaçosa com telhado triangular cuja parte dos fundos era escavada na encosta rochosa e que até então tinha ocupados apenas três cômodos menos dilapidados do andar térreo, que pareciam bastar para ele e a filha. Devia haver uma reserva prodigiosa de energia no velho para executar serviços tão pesados; e, apesar de ainda tagarelar como um demente às vezes, sua carpintaria demonstrava ser fruto de cálculos muito bem feitos. Tudo começara com o nascimento de Wilbur, quando ele de repente pôs em ordem um de seus muitos barracões de ferramentas, bloqueando as janelas com tábuas e trancando a porta com um cadeado novinho. E, ao se dedicar à restauração do segundo andar da casa, até então inutilizado, ele se revelou um artesão igualmente cuidadoso. Sua insanidade se revelava apenas no fato de ter pregado tábuas em todas as janelas da parte em reforma – embora muitos declarassem que a própria reforma era uma loucura. Menos inexplicável foi a adaptação de um quarto no andar de baixo para o neto – um cômodo que várias testemunhas visitaram, apesar de ninguém nunca ter tido acesso ao segundo andar ocultado pelas tábuas. O cômodo era repleto de prateleiras altas e firmes, ao longo das quais ele aos poucos foi alocando, de forma aparentemente ordeira e esmerada, todos os livros antigos em estado de desintegração e partes dos livros que durante sua juventude ficavam empilhados promiscuamente pelos cantos de diversos cômodos.

– Eu fiz um bom uso deles – ele falou enquanto tentava remendar uma página escurecida com uma gosma preparada no fogão enferrujado da cozinha –, mas o menino há de fazer um uso ainda melhor. É bão ter eles tudo bem arrumado, porque vai servir para o aprendizado dele.

Quando Wilbur tinha um ano e sete meses – em setembro de 1914 –, seu ritmo de crescimento e suas realizações chegavam a ser alarmantes. Ele tinha o tamanho de uma criança de quatro anos e falava de forma fluente, com uma inteligência incrível. Corria livremente pelos campos e os morros, e acompanhava a mãe em todos os passeios que ela fazia. Em casa o menino se debruçava com diligência sobre as estranhas imagens e diagramas dos livros do avô, enquanto o velho Whateley o instruía e catequizava durante longas e sussurradas tardes. A essa altura a reforma da casa estava concluída, e quem a via inevitavelmente se perguntava por que uma das janelas do andar de cima fora transformada em uma porta de estrutura maciça. Era uma janela no alto da extremidade leste do telhado triangular, bem próxima do morro, e ninguém era capaz de imaginar o motivo por que uma passarela de madeira fora fixada a ela a partir do chão. Na época em que esse serviço foi feito as pessoas notaram que o antigo barracão de ferramentas, com as janelas cobertas com tábuas e trancado a chave desde o nascimento de Wilbur, foi abandonado de novo. A porta fora deixada aberta e, quando Earl Sawyer entrou lá depois de uma visita para negociar gado com o velho Whateley, ficou desconcertado com o odor singular com que deparou – um fedor tamanho, ele afirmou, como nunca sentira na vida, a não ser perto dos círculos dos índios nos morros, e que não podia vir de nada saudável ou pertencente a esta Terra. Por outro lado, as casas e os barracões do povo de Dunwich nunca se notabilizaram pelo frescor olfativo.

Nos meses seguintes houve um vazio de eventos dignos de nota, a não ser o fato de que todos relataram um lento porém constante aumento dos ruídos misteriosos nos morros. Na Noite de Walpurgis de 1915 houve tremores de terra sentidos até pelo povo de Aylesbury, e no Dia das Bruxas daquele ano se produziu um retumbar subterrâneo estranhamente sincronizado com as chamas – "coisa da bruxaria dos Whateley" – do alto do Morro da Sentinela. Wilbur estava crescendo de forma assombrosa, tanto que parecia um menino de dez anos quando entrou em seu quarto ano de vida. A essa altura já lia avidamente sozinho, porém falava muito menos que antes. Um aspecto taciturno o consumia, e pela primeira vez as pessoas começaram a comentar sobre o surgimento de uma aparência maligna em seu rosto caprino. Às vezes ele murmurava em um jargão desconhecido e cantarolava em ritmos bizarros que arrepiavam quem ouvia com uma sensação de inexplicável terror. A aversão que os cachorros lhe demonstravam se tornou assunto de comentários generalizados, e ele se viu obrigado a carregar uma pistola consigo para poder andar pela região em segurança. O uso ocasional da arma não fez crescer em nada sua popularidade junto aos donos de cães de guarda.

Os poucos visitantes da casa com frequência encontravam Lavinia sozinha no pavimento térreo, em meio a estranhos gritos e passos ressoando no segundo andar, com as janelas bloqueadas com tábuas. Ela nunca dizia o que seu pai e o menino estavam fazendo lá em cima, mas uma vez ficou pálida e demonstrou um nível anormal de medo quando um peixeiro brincalhão tentou abrir a porta trancada que levava às escadas. O peixeiro contou aos desocupados reunidos no armazém do vilarejo que ouviu um cavalo pisoteando o piso superior.

Os demais refletiram um pouco, lembrando-se da porta e da passarela de madeira, e das cabeças de gado que desapareciam tão rapidamente. Então estremeceram quando se recordaram de histórias da juventude do velho Whateley, e das coisas estranhas que são evocadas quando um novilho é sacrificado na época certa para determinados deuses pagãos. Por um tempo se notou que os cães começaram a odiar e temer a propriedade dos Whateley com a mesma violência com que costumavam odiar e temer o jovem Wilbur.

Em 1917 veio a guerra, e o advogado Sawyer Whateley, na condição de chefe da divisão local de recrutamento, teve dificuldade para completar a cota de jovens de Dunwich aptos ao menos para ser mandados para um campo de treinamento. O governo, preocupado com tamanha decadência regional generalizada, enviou diversos funcionários e peritos médicos para investigar a situação; eles conduziram uma pesquisa da qual os leitores de jornais da Nova Inglaterra ainda podem se lembrar. Foi a notoriedade conquistada pela investigação que pôs os jornalistas no rastro dos Whateley e levou o *Boston Globe* e o *Arkham Advertiser* a publicar extravagantes reportagens dominicais sobre o caráter precoce do jovem Wilbur, a magia negra do velho Whateley, as prateleiras de estranhos livros, o segundo andar de acesso bloqueado da antiga casa de fazenda e a esquisitice da região como um todo, com seus morros ruidosos. Wilbur tinha quatro anos e meio na época, e parecia um rapazinho de quinze. O entorno dos lábios e suas bochechas eram cobertos de pelos grossos e escuros, e sua voz começava a engrossar.

Earl Sawyer foi até a propriedade dos Whateley com repórteres e fotógrafos de ambos os jornais, e chamou a atenção deles para o cheiro forte e desagradável que parecia vir do andar superior de acesso vedado. Segundo ele, era exatamente o odor que encontrou no barracão abandonado quando a reforma da casa terminou, e era parecido com o leve fedor que tinha a impressão de sentir perto dos círculos de pedra nos morros. Os habitantes de Dunwich leram as matérias quando foram publicadas, e riram dos erros óbvios que continham. Também se perguntaram por que os jornalistas deram tanta atenção ao fato de que o velho Whateley sempre pagava pelos animais que adquiria com peças de ouro antiquíssimas. Os Whateley receberam os visitantes com uma má vontade indisfarçada, mas não se arriscaram a atrair uma publicidade ainda maior demonstrando uma resistência violenta ou se recusando a colaborar.

IV.

Por uma década os relatos sobre os Whateley se misturaram de forma indistinta à vida cotidiana de uma comunidade mórbida, acostumada com suas estranhas maneiras e calejada por suas orgias na Noite de Walpurgis e no Dia de Todos os Santos. Duas vezes por ano eles acendiam fogueiras no alto do Morro da Sentinela, e nessas épocas o retumbar sob os morros era mais forte e mais violento; porém, durante o ano inteiro aconteciam coisas estranhas e relevantes na casa de fazenda isolada. Ao longo dos tempos os visitantes contaram ouvir barulhos no andar superior de acesso vedado quando toda a família estava no pavimento térreo, e se perguntaram com que frequência uma vaca ou um novilho costumavam ser sacrificados por lá. Houve rumores de que alguém prestaria queixa para a Sociedade de Proteção aos Animais, mas isso nunca deu em nada, pois o povo de Dunwich é do tipo que não gosta de atrair para si a atenção do mundo exterior.

Por volta de 1923, quando Wilbur era um menino de dez anos com mentalidade, voz, estatura e barba de adulto, uma segunda grande obra de carpintaria foi realizada na velha casa. Tudo aconteceu no andar superior de acesso vedado, e pelos pedaços de madeira descartados as pessoas concluíram que o jovem e o avô tinham derrubado todas as divisórias e removido o piso do sótão, deixando apenas um grande espaço vazio entre o chão do andar e o telhado triangular. Derrubaram também a enorme chaminé central, acoplando uma frágil tubulação externa de lata ao fogão de lenha enferrujado.

Na primavera seguinte a esse evento, o velho Whateley percebeu um número crescente de aves noturnas que saíam do vale da Fonte Gelada para piar debaixo de sua janela à noite. Ele parecia atribuir a isso grande relevância, e contou aos desocupados no armazém de Osborn que pensava que sua hora estava chegando.

– Eles pia afinado com minha respiração agora – contou – e acho que eles está se preparano para levar minha alma. Eles sabe que ela tá ino embora e não quer perder de vista. Vocês vai saber, pessoal, se eles conseguiu ou não depois que eu for embora. Se eles conseguir, vai continuar tudo cantando e fazeno zoada até o dia raiar. Se eles não conseguir vai ficar tudo quietinho. Acho que eles e as alma que eles captura tem uns arranca-rabo feio às vezes.

Na Noite de Lammas de 1924, o dr. Houghton de Aylesbury foi chamado às pressas por Wilbur Whateley, que saiu com seu único cavalo restante pela escuridão e telefonou do armazém de Osborn no vilarejo. O médico encontrou o velho Whateley em estado gravíssimo, com arritmia cardíaca e uma respiração difícil indicando que seu fim estava próximo. A filha albina deformada e o neto estranhamente barbado se colocaram ao lado de sua cama, e do espaço vazio mais acima vinha uma inquietante sugestão de um ruído ritmado, como as ondas do mar em uma praia. O médico, porém, ficou mais perturbado pela algazarra das aves noturnas do lado de fora; uma legião aparentemente sem limites de bacuraus que gritava sem cessar sua mensagem diabolicamente sincronizada com a respiração ofegante do moribundo. Era algo inexplicável e sobrenatural – exatamente, pensou o dr. Houghton, como aquela região em que ele se meteu de forma tão relutante em resposta a um chamado urgente.

Perto da uma hora o velho Whateley recobrou a consciência e interrompeu os suspiros de agonia para falar algumas palavras para o neto.

– Mais espaço, Willy, mais espaço depressa. Você tá cresceno... e *aquilo* tá cresceno ainda mais rápido. Logo vai tá no ponto para servir você, menino. Abre as porta para Yog-Sothoth com o canto longo que você vai encontrar na página 751 *da edição completa*, e *depois* põe fogo na prisão. Fogo nenhum da Terra pode queimar aquilo.

Ele estava obviamente louco. Depois de uma pausa, durante a qual os bacuraus ajustaram os piados ao ritmo alterado enquanto alguns estranhos indícios de ruídos nos morros começavam a ressoar ao longe, ele acrescentou mais uma ou outra frase.

– Num esquece de alimentar aquilo, Willy, e cuidado com a quantidade; só num deixa crescer demais pro lugar, porque se aquilo fugir ou sair antes de você abrir para Yog-Sothoth, vai ser tudo em vão. Só eles lá do além pode fazer aquilo multiplicar e funcionar. Só eles, os antigo que quer voltar...

A fala deu lugar aos suspiros outra vez, e Lavinia deu um grito ao ouvir a maneira como os bacuraus acompanhavam a mudança. A mesma coisa se repetiu por mais de uma hora, quando um último e trêmulo suspiro foi emitido. O dr. Houghton fechou as pálpebras enrugadas sobre os olhos cinzentos enquanto o tumulto dos pássaros ia se transformando imperceptivelmente em silêncio. Lavinia soluçou, mas Wilbur se limitou a uma risadinha enquanto os morros retumbavam de leve.

– Ele num foi pego – Wilbur murmurou com sua voz grave e pesada.

Wilbur a essa altura era um estudioso de tremenda erudição à sua própria maneira, discretamente conhecido por se corresponder com diversos bibliotecários de lugares distantes onde livros raros e proibidos de outros tempos são mantidos. Ele era cada vez mais odiado e temido em Dunwich por causa de certos desaparecimentos de jovens cujas suspeitas recaíam sobre sua porta, mas sempre conseguiu silenciar os questionamentos por meio da intimidação ou do uso do ouro antigo que, assim como na época de seu avô, ainda trocava de mãos para a obtenção de cabeças de gado. Seu aspecto nessa época era extremamente maduro, e sua altura, apesar de já ter alcançado o limite para um adulto normal, parecia inclinada a superar essa marca. Em 1925, quando um estudioso da Universidade do Miskatonic o procurou um dia e foi embora pálido e intrigado, ele já estava com mais de dois metros de altura.

Ao longo dos anos Wilbur continuou cuidando de sua mãe albina semideformada com um desprezo cada vez maior, e por fim proibiu que ela o acompanhasse nos morros nas noites de Walpurgis e do Dia das Bruxas; e em 1926 a pobre criatura disse para Mamie Bishop que tinha medo dele.

– Eu sei de mais coisa dele do que posso contar para você, Mamie – ela falou –, e hoje em dia tem mais coisa que eu também num sei. Juro por Deus, num sei o que ele quer e nem o que tá tentano fazer.

Naquele Dia das Bruxas os ruídos nos morros foram mais altos do que nunca, e o fogo foi aceso no Morro da Sentinela como de costume, mas as pessoas prestaram mais atenção à algazarra ritmada de enormes bandos tardios de aves noturnas que pareciam se reunir em torno da casa às escuras da propriedade dos Whateley. Depois da meia-noite seus piados agudos se transformaram em uma espécie de pandemônio de gargalhadas que se espalhou por toda a região e só se dissipou quando amanheceu. Então os pássaros desapareceram, voando para o sul, para onde sua migração já deveria ter ocorrido um mês antes. O que isso significava só se pôde saber tempos depois. Aparentemente ninguém morrera na região – mas a pobre Lavinia Whateley, a albina deformada, nunca mais foi vista.

No verão de 1927, Wilbur fez reparos em dois barracões da propriedade e começou a mover seus livros e pertences para lá. Pouco tempo depois Earl Sawyer disse aos desocupados no armazém de Osborn que mais serviços de carpintaria estavam sendo executados na casa dos Whateley. Wilbur estava tapando todas as portas e janelas do pavimento térreo e parecia estar removendo as divisórias, assim como fizera com o avô no andar de cima quatro anos antes. Ele estava morando em um dos barracões, e Sawyer considerou que estava incomumente preocupado e trêmulo. As pessoas em geral suspeitavam que ele sabia alguma coisa sobre o desaparecimento da mãe, e pouquíssima gente se aproximava da propriedade então. Sua altura atingiu mais de dois metros e dez, e ele não dava sinais de parar de crescer.

V.

No inverno seguinte houve o estranho evento que foi nada menos que a primeira viagem de Wilbur para fora da região de Dunwich. A correspondência com a Widener Library de Harvard, com a Bibliothèque Nationale de Paris, com o British Museum, com a Universidade de Buenos Aires e com a Universidade do Miskatonic em Arkham não foi capaz de lhe garantir o empréstimo de um livro que procurava desesperadamente, então ele precisou aparecer em pessoa, malvestido, sujo, barbado e com seu dialeto inculto, para consultar a cópia disponível na Miskatonic, que era o local mais próximo em termos geográficos. Com quase dois metros e meio, e carregando uma valise barata comprada no armazém de Osborn, apareceu com sua cara caprina de górgona em Arkham em busca do temido volume mantido a sete chaves na biblioteca da universidade – o temido *Necronomicon* do árabe louco Abdul Alhazred na versão em latim de Olaus Wormius, impressa na Espanha no século XVII. Ele nunca estivera em uma cidade antes, mas só pensava em encontrar o caminho para a universidade, onde, de fato, passou distraído pelo cão de guarda de grandes presas brancas que latia com uma fúria e hostilidade incomuns, puxando freneticamente a correia robusta pela qual estava preso.

Wilbur levava consigo a inestimável porém incompleta cópia da versão em inglês do dr. Dee que seu avô lhe deixara, e depois de ter acesso ao exemplar em latim começou imediatamente a cotejar os dois textos para descobrir uma certa passagem que deveria estar na página 751 de seu volume defeituoso. Isso ele não poderia fazer a descortesia de deixar de contar ao bibliotecário – o mesmo erudito Henry Armitage (formado na

Miskatonic, com doutorado em filosofia em Princeton e em literatura na Johns Hopkins) que certa vez o visitara na fazenda, e que naquele momento o enchia educadamente de perguntas. Estava procurando, era preciso admitir, uma espécie de fórmula ou encantamento que tivesse o assustador nome *Yog-Sothoth*, e ficou intrigado ao encontrar discrepâncias, repetições e ambiguidades que tornavam a tarefa da identificação dificílima. Enquanto Wilbur copiava a fórmula que enfim localizou, o dr. Armitage olhou involuntariamente por cima de seu ombro para as páginas abertas; as da esquerda, da versão em latim, continham ameaças monstruosas à paz e à sanidade do mundo.

"Nem se deve pensar", discorria o texto, que Armitage traduzia mentalmente, "que o homem é o mais antigo ou o último dos senhores da Terra, ou que a porção visível da vida e da matéria é a única do planeta. Os Anciãos estiveram, os Anciãos estão, os Anciãos estarão. Não nos espaços que conhecemos, mas *entre* eles, os Anciãos caminham serenos e primevos, unidimensionais e invisíveis para nós. *Yog-Sothoth* conhece a passagem. Passado, presente e futuro, tudo se funde em *Yog-Sothoth*. Ele sabe por onde os Anciãos atravessaram outrora, e onde Eles hão de atravessar outra vez. Sabe onde Eles caminharam pelos campos da terra, e onde Eles ainda caminham, e por que ninguém pode observá-Los enquanto Eles caminham. Pelo cheiro Deles os homens às vezes conseguem saber que Eles estão próximos, mas a aparência Deles homem nenhum conhece, *a não ser os traços que Eles legaram à humanidade*; e entre esses há muitos tipos, que diferem no aspecto do modelo ideal de homem para se aproximar da forma invisível e imaterial que são *Eles*. Eles caminham invisíveis e malcheirosos em lugares ermos onde as Palavras foram ditas e os

Ritos foram realizados em suas Épocas. O vento uiva com Suas vozes, e a terra murmura Sua consciência. Eles devastam a floresta e esmagam a cidade, embora nem a floresta nem a cidade possam ver a mão que as fustiga. Kadath na desolação fria Os conheceu, e que homem conhece Kadath? O deserto de gelo do Sul e as ilhas naufragadas do Oceano contêm pedras em que o selo Deles está entalhado, mas quem algum dia viu a cidade congelada ou a torre submersa há muito coberta de algas e conchas? O grande Cthulhu é primo Deles, e mesmo assim não pode vê-Los por completo. *Iä! Shub-Niggurath!* Pelo cheiro Eles serão reconhecidos. A mão Deles está em suas gargantas, embora Eles não sejam vistos, e a habitação Deles faz limite com a sua com a entrada protegida. *Yog-Sothoth* é a chave para a passagem, onde as esferas se encontram. O homem domina hoje onde Eles dominaram outrora; Eles em breve hão de dominar onde o homem domina hoje. Depois do verão vem o inverno, e depois do inverno, o verão. Eles aguardam, pacientes e poderosos, pois aqui Eles hão de reinar outra vez."

O dr. Armitage, associando o que lia ao que ouvira em Dunwich e suas presenças ocultas, e sobre Wilbur Whateley e sua aura obscura e horrenda que envolvia desde um nascimento de caráter questionável a uma nuvem de provável matricídio, sentiu uma onda de pavor tangível como uma lufada de ar frio vinda de uma tumba recém-aberta. O gigante curvado e caprino diante dele parecia ser cria de outro planeta ou dimensão; uma criatura apenas parcialmente humana e relacionada a abismos negros de essência e entidade que se estendiam como fantasmas titânicos além de todas as esferas conhecidas de força e matéria, de espaço e tempo. Nesse momento Wilbur ergueu a cabeça e começou a falar à sua maneira estranha e ressonante, que dava a impressão de que seus órgãos de fala não eram os mesmos do restante da humanidade.

– Sr. Armitage – ele disse –, acho que devo de levar este livro para casa. Tem coisas aqui que preciso tentar em certas condição que não existe aqui, e ia de ser um pecado mortal deixar uma regra de etiqueta vermelha me impedir. Me deixa levar, senhor, e juro que ninguém vai ficar sabendo. Num preciso nem dizer que vou cuidar bem dele. Num foi eu que deixou esse exemplar de Dee nesse estado...

Ele se interrompeu quando viu a firme expressão de negação no rosto do bibliotecário, e suas feições caprinas se contorceram. Armitage, então disposto a dizer que ele poderia copiar as passagens de que precisava, de repente pensou nas possíveis consequências disso e se deteve. Havia responsabilidade demais no fato de conceder a tal criatura a chave para esferas exteriores tão blasfemas. Whateley percebeu tudo e tentou responder sem se alterar.

– Ara, tudo bem, se é assim que cê pensa. Vai ver em Harvard as pessoas não são tão implicante quanto você. – E depois disso ele se levantou e saiu sem dizer mais nada, se abaixando para passar por todas as portas.

Armitage ouviu os latidos enlouquecidos do cão de guarda e observou a silhueta de gorila de Whateley enquanto atravessava a porção do campus visível de sua janela. Ele pensou nas histórias exóticas que ouvira, e se lembrou das velhas reportagens dominicais do *Advertiser*; nisso e no folclore que reuniu entre os broncos habitantes de Dunwich durante sua única visita ao local. Criaturas invisíveis que não são desta Terra – ou pelo menos deste mundo tridimensional – corriam fétidas e horrendas pelos vales da Nova Inglaterra, habitando obscenamente o alto dos morros. Quanto a isso ele tinha certeza fazia tempo. Agora parecia sentir a presença próxima de alguma parte terrível do horror invasor, e vislumbrar o avanço infernal dos domínios obscuros do pesadelo antigo e até então passivo. Ele trancou o *Necronomicon* com um estremecimento de repulsa, mas a sala continuou dominada por um fedor profano e impossível de identificar. "Um fedor que só vendo", ele se lembrou de ter escutado. Sim, o odor era o mesmo que embrulhou seu estômago na casa dos Whateley menos de três anos antes. Ele pensou outra vez em Wilbur, caprino e agourento, e deu uma risadinha irônica ao se lembrar dos boatos do vilarejo sobre seu parentesco.

– Procriação consanguínea? – Armitage murmurou consigo mesmo. – Deus do céu, que bando de simplórios! Mostre a eles o *Grande deus Pã*, de Arthur Machen*, e vão pensar que é algum escândalo de Dunwich! Mas que criatura, que amaldiçoada influência sem forma deste ou de fora deste mundo tridimensional seria o pai de Wilbur Whateley? Nascido no Dia da Candelária, nove meses depois da Noite de Walpurgis de 1912, quando os relatos sobre ruídos subterrâneos chegaram até Arkham... O que caminhava por aquelas montanhas nessa noite? Que tipo de horror surgido no dia da Exaltação da Cruz teria se posto no mundo em carne e ossos semi-humanos?

Durante as semanas seguintes o dr. Armitage se pôs a coletar todos os dados possíveis sobre Wilbur Whateley e as presenças sem forma ao redor de Dunwich. Entrou em contato com o dr. Houghton de Aylesbury, que acompanhara o caso do velho Whateley em sua última

---

* A novela *O grande deus Pã* (1894) descreve o caos causado pela filha transmorfa nascida da união de uma jovem com o deus Pã. (N.E.)

noite de vida, e encontrou muito sobre o que pensar ao ouvir suas últimas palavras citadas pelo médico. Uma visita a Dunwich não lhe rendeu nada que já não soubesse; porém, um exame mais detido do *Necronomicon*, nas partes que Wilbur procurou com tanta avidez, pareceu oferecer novas e terríveis pistas sobre a natureza, os métodos e os desejos do estranho mal que ameaçava o planeta de forma tão vaga. Conversas com diversos estudiosos dos folclores arcaicos em Boston, além de cartas para muitos outros que eram de fora, proporcionaram uma sensação cada vez maior de espanto, que pouco a pouco foi superando os diversos graus de preocupação para se transformar em um estado espiritual de medo agudo. Quando o verão se aproximou veio a sensação difusa de que algo precisava ser feito quanto aos terrores que pairavam no vale do alto Miskatonic e quanto ao ser monstruoso que o mundo humano conhecia como Wilbur Whateley.

VI.

O horror de Dunwich em si aconteceu entre a Noite de Lammas e o equinócio de 1928, e o dr. Armitage estava entre as testemunhas de seu monstruoso prólogo. Nesse meio-tempo, ele ficara sabendo da grotesca visita de Whateley a Cambridge e de seus esforços frenéticos para pegar emprestado ou copiar trechos do *Necronomicon* da Widener Library. Tais esforços foram em vão, pois Armitage emitira alertas da mais alta intensidade para todos os bibliotecários responsáveis pelo temido volume. Wilbur se mostrara assustadoramente nervoso em Cambridge; ansioso pelo livro e quase igualmente preocupado em voltar para casa, como se temesse se afastar de lá por muito tempo.

No início de agosto o desdobramento em parte já esperado se deu, e na madrugada do dia 3 o dr. Armitage foi despertado de forma súbita pela exaltação feroz do cão de guarda do campus. Profundos e terríveis, os latidos e rosnados enlouquecidos continuavam em um volume cada vez maior, mas com pausas assustadoras e cheias de significado. Então se elevou o grito de uma garganta totalmente diversa – e que despertou metade dos que dormiam na cidade de Arkham e assombrou seus sonhos por muito tempo depois disso. Tal grito não podia ser emitido por uma criatura nascida desta Terra, ou que fosse de fato desta Terra.

Armitage, vestindo uma roupa às pressas e correndo pelas ruas e pelos gramados na direção dos prédios da universidade, encontrou outros indo na mesma direção e ouviu os ecos de um alarme antifurto ainda tocando na biblioteca. Uma janela aberta apareceu sob o luar. Quem fora até lá tinha conseguido entrar, pois os latidos e os gritos, que se transformavam em uma mistura de rosnados e gemidos, vinham inequivocamente lá de dentro. Algum instinto alertou Armitage de que aquilo que estava acontecendo não deveria ser visto por olhos despreparados, então atravessou a multidão com autoridade e destrancou a porta do vestíbulo. Entre outros ele viu o professor Warren Rice e o dr. Francis Morgan, homens a quem contara algumas de suas conjecturas e descobertas, e os dois o acompanharam lá para dentro. Os sons no interior do prédio, a não ser um gemido alerta e constante do cão, a essa altura tinham cessado, mas Armitage percebeu com um sobressalto que um coro ruidoso de aves noturnas entre os arbustos começara uma temivelmente ritmada sessão de piados, como se estivesse em uníssono com os últimos suspiros de um moribundo.

O prédio exalava um fedor assustador que o dr. Armitage conhecia bem, e os três correram pelo saguão para a pequena sala de leitura genealógica de onde vinha o gemido. Por um instante ninguém ousou acender a luz, mas então Armitage criou coragem e acionou o interruptor. Um dos três – não se sabe ao certo qual – deu um berro que ressoou entre as mesas em desordem e as cadeiras tombadas. O professor Rice contou ter perdido a consciência por um momento, mas não cambaleou nem caiu.

A criatura semicurvada sobre uma das laterais do próprio corpo em uma poça fétida de icor verde-amarelado e uma gosma preta como piche tinha mais de dois metros e setenta de altura, e o cão havia rasgado suas roupas e uma parte de sua pele. Não estava exatamente morta, mas se contorcia de forma silenciosa e espasmódica enquanto seu peito chiava em um monstruoso uníssono com os piados enlouquecidos dos bacuraus cheios de expectativa do lado de fora. Pedaços de couro de sapato e de tecido de roupa estavam espalhados pela sala, e junto à janela um saco vazio de lona continuava no local onde evidentemente fora jogado. Perto da escrivaninha central havia um revólver caído, junto com um cartucho amassado porém não disparado que explicava o motivo por que nenhum tiro foi ouvido. A criatura em si, porém, ofuscou todas as demais imagens naquele momento. Seria banal e não exatamente correto dizer que palavras humanas não seriam capazes de descrevê-la, mas é possível afirmar que não teria como ser visualizada de forma mais vívida por alguém cujas ideias de aspecto e silhueta sejam muito vinculadas às formas de vida deste planeta e suas três dimensões. Era parcialmente humana, sem sombra de dúvida, com mãos e cabeça de homem e um rosto caprino e com queixo para dentro que tinha a marca dos Whateley. Mas o tronco e as partes inferiores do corpo eram tão teratologicamente fabulosos que apenas as roupas em abundância poderiam permitir que tal criatura caminhasse sobre a Terra sem ser confrontada ou exterminada.

Acima da cintura era semiantropomórfica, embora o peito, onde as patas do cão ainda estavam pousadas em postura de alerta, tivesse a carapaça reticulada de um crocodilo ou jacaré. Nas costas havia manchas amarelas e pretas e indícios da cobertura escamosa de certas serpentes. Mas o pior estava abaixo da cintura, pois a partir dali toda semelhança com qualquer coisa humana se perdia e a pura fantasia tomava seu lugar. A pele era coberta com uma pelagem espessa e preta de cavalo, e do abdome um conjunto de longos tentáculos cinza-esverdeados com bocas sugadoras vermelhas se dependurava imóvel. Seu arranjo era estranho, e parecia seguir a simetria de alguma geometria cósmica desconhecida da Terra ou do sistema solar. Nas laterais dos quadris, encravados profundamente em uma espécie de órbita rosada e ciliada, parecia haver olhos rudimentares; e no lugar da cauda havia um tipo de tromba com marcas anelares arroxeadas e com indícios que apontavam para sua função como uma espécie de boca ou garganta subdesenvolvida. Os membros, a não ser pela pelagem preta, lembravam vagamente as pernas traseiras dos sauros gigantescos da pré-história terrestre, e terminavam em patas com veias saltadas que não pareciam nem cascos nem garras. Quando a criatura respirava, a cauda e os tentáculos mudavam ritmadamente de cor, como se fosse uma função circulatória normal do lado não humano de sua ancestralidade. Nos tentáculos isso se observava com o aprofundamento de um tom de verde, enquanto na cauda se manifestava com uma aparência amarelada que se alternava com o branco acinzentado nos espaços entre os anéis arroxeados. De sangue de verdade não havia nada; apenas o icor amarelo-esverdeado e fétido que pingava no chão além do círculo de gosma e deixava uma curiosa descoloração atrás de si.

A presença dos três homens pareceu deixar exaltada a criatura, que começou a murmurar sem virar ou erguer a cabeça. O dr. Armitage não fez nenhum registro por escrito dessas palavras balbuciadas, mas afirma com convicção que nesse momento não foi dito nada em inglês. A princípio as sílabas desafiavam qualquer correlação com algum discurso terreno, porém mais adiante tomaram a forma de fragmentos desconexos obviamente retirados do *Necronomicon*, a monstruosa blasfêmia em busca da qual a criatura morrera. Esses fragmentos, de acordo com a lembrança de Armitage, diziam algo como: "N'gai, n'gha'ghaa, bugg-shoggog, y'hah; Yog-Sothoth, Yog-Sothoth...". As palavras se perderam no nada quando os bacurais começaram a gritar em crescendos ritmados de ansiedade profana.

Então os suspiros cessaram, e o cão ergueu a cabeça em um uivo prolongado e lúgubre. Uma alteração ocorreu no rosto amarelo e caprino da criatura imóvel, e os grandes olhos pretos se fecharam de forma assustadora. Do lado de fora da janela a algazarra dos bacurais acabou de repente, e por sobre os murmúrios da multidão que se juntava se elevou o som de um bater de asas motivado pelo pânico. Diante da lua se elevaram nuvens de espectadores cobertos de penas, que desapareceram das vistas em uma perseguição frenética de sua presa.

O cachorro teve um sobressalto brusco, soltando um latido assustado e pulando nervosamente pela janela por que entrara. Um berro se fez ouvir na multidão, e o dr. Armitage gritou para os homens do lado de fora que ninguém poderia entrar enquanto não chegassem a polícia e o legista. Agradecido pelo fato de as janelas serem altas o bastante para impedir que se espiasse lá dentro, ele fechou as cortinas pretas uma a uma. Nesse momento chegaram dois policiais; ao recebê-los no vestíbulo, o dr. Morgan pediu que, para seu próprio bem, adiassem sua entrada na fétida sala de leitura até que o legista aparecesse e a criatura sem vida pudesse ser coberta.

Enquanto isso, mudanças assustadoras aconteciam no chão. Não é preciso descrever o *tipo* e a *velocidade* do encolhimento e da desintegração que ocorreram diante dos olhos do dr. Armitage e do professor Rice, mas é possível afirmar que, além da aparência externa do rosto e das mãos, havia muito pouco de verdadeiramente humano em Wilbur Whateley. Quando o legista chegou, encontrou apenas uma massa esbranquiçada e gosmenta sobre o piso de madeira tingido, e o odor monstruoso quase desaparecera. Ao que parecia Whateley não tinha crânio nem esqueleto ósseo; pelo menos, não um que fosse sólido e estável. Isso era algo que herdara de seu pai desconhecido.

VII.

Porém, isso foi apenas o prólogo do verdadeiro horror de Dunwich. As formalidades foram conduzidas pelos perplexos policiais, os detalhes anormais foram devidamente escondidos da imprensa e do público, e homens da lei foram enviados a Dunwich e Aylesbury para avaliar propriedades e notificar os eventuais herdeiros do falecido Wilbur Whateley. Encontraram a zona rural em grande agitação, tanto em virtude das reverberações cada vez mais intensas sob os morros arredondados quanto por causa do fedor maligno e dos sons que vinham subindo de volume no grande casco vazio formado pela casa com janelas cobertas com tábuas da fazenda dos Whateley. Os enviados arrumaram um pretexto para não entrar na barulhenta casa vedada com tábuas, e se contentaram com uma única visita aos barracões que serviam de habitação para o morto. Eles entregaram um portentoso relatório no tribunal de Aylesbury, e os litígios a respeito da herança aparentemente ainda estão em andamento entre os numerosos membros da família Whateley, decadentes e não decadentes, que vivem no vale do alto Miskatonic.

Um manuscrito quase interminável de estranhos caracteres, escrito em um enorme livro-razão e considerado uma espécie de diário em virtude do espaçamento e da variação de tinta e caligrafia, se apresentou como um intrigante quebra-cabeça para aqueles que o encontraram na velha cômoda que seu dono usava como escrivaninha. Depois de uma semana de discussão foi mandado para a Universidade do Miskatonic, junto com a coleção de estranhos livros do falecido, para ser estudado e talvez traduzido; porém, mesmo os mais qualificados linguistas logo viram que a decifração era improvável. Não foi encontrado nem sinal do ouro antigo com que Wilbur e o velho Whateley pagavam suas contas.

Foi na noite de 9 de setembro que o horror se espalhou. Os ruídos nos morros foram bastante pronunciados no fim da tarde, e os cães latiam freneticamente desde o pôr do sol. Os primeiros a acordar no dia 10 notaram um fedor estranho no ar. Mais ou menos às sete horas Luther Brown, ajudante na propriedade de George Corey, entre o vale da Fonte Gelada e o vilarejo, voltou correndo apavorado de sua incursão matinal a uma campina de quatro hectares com as vacas. Estava quase convulsionado de medo quando entrou cambaleando na cozinha, e no pátio do lado de fora estava o não menos assustado rebanho, pisoteando o chão e mugindo deploravelmente depois de seguir o menino com o mesmo pânico que o fizera voltar. Com a respiração ofegante, Luther tentou encontrar palavras para contar sua história à sra. Corey.

– Lá em cima, na estrada depois do vale, dona Corey... tem alguma coisa lá! Tem um baita fedor, e os arbusto e as arvorezinha tudo de lá tá arrancado do chão como se uma casa tivesse passado por cima das planta. E isso num é o pior tamém. Tem umas *pegada* na estrada, dona Corey... umas pegada redonda e grande como uns barril, enfiada bem fundo como se fosse pisada de elefante, e *de um jeito que só uma coisa com mais de quatro pé podia fazer*! Olhei uma ou duas vez antes de fugir, e vi que elas tava tudo coberta de umas linha que saía de um lugar só, que nem um leque de folha de palmeira duas ou três vezes maior que qualquer folha tivesse sido pisoteado na estrada. E o cheiro era muito ruim, que nem aquele que tem perto da casa do velho feiticeiro Whateley...

Nesse momento ele se interrompeu e pareceu estremecer outra vez com o susto que o mandou correndo para casa. Sem conseguir extrair mais informações, a sra. Corey começou a telefonar para os vizinhos; assim teve início a disseminação do pânico que precedeu os grandes terrores. Quando falou com Sally Sawyer, empregada da propriedade de Seth Bishop, a mais próxima da fazenda dos Whateley, foi sua vez de ouvir em vez de falar, pois Chauncer, o filho de Sally, depois de uma noite maldormida, subira o morro na direção da casa dos Whateley e voltara correndo de pavor depois de dar uma olhada no lugar e na pastagem onde as vacas do sr. Bishop tinham passado a noite.

— Pois é, dona Corey – disse a voz trêmula de Sally do outro lado da linha –, Chauncey acabou de voltar correndo e num conseguia nem falar de medo! Disse que a casa do velho Whateley tava tudo explodida, com as tábua espalhada como se tivessem colocado dinamite dentro; só o piso de baixo tava inteiro, mas tudo coberto duma gosma parecida com piche que fede demais e que tá pingano e se espalhano no chão pelas borda nos lugar onde as tábua caiu. E tem umas marca horrível no pátio tamém, umas marca redonda maior que um tonel, e tudo grudenta com a mesma coisa que tem na casa explodida. Chauncey falou que a trilha aponta pras campinas, onde abriu uma vala maior que um celeiro e os muro de pedra tudo tombou no rastro da coisa. E ele falou, ele falou, dona Corey, que enquanto procurava as vaca de Seth, mesmo com o medo que tava, encontrou elas no pasto alto quase no Terreiro do Salto do Diabo e num estado horroroso. Metade delas tinha sumido, e a metade que sobrou tava quase sem sangue, com umas chaga que nem tinha no gado dos Whateley desde que o moleque preto de Lavinny nasceu. Seth saiu agora para ver elas, mas tomara que num chegue muito perto da casa do feiticeiro Whateley! Chauncey num olhou direito pra ver onde a vala ia depois do pasto, mas diz que acha que pontava pra estrada que vai do vale pro vilarejo. Tô dizeno, dona Corey, tem alguma coisa por aí que num devia tá por aí, e eu pelo menos acho que aquele Wilbur Whateley, depois de ter o fim que merecia, tá por trás disso. Ele num era bem humano, eu sempre falei isso pra todo mundo; e acho que ele e o velho Whateley deve de ter criado alguma coisa naquela casa tapada com tábua que não era bem humano que nem ele. Sempre teve umas coisa invisível em volta de Dunwich, umas coisa viva, que não é humana e nem é boa pros humano. O chão tava falano ontem de noite, e de manhã Chauncey ouviu os bacurau tão alto no vale da Fonte Gelada que num conseguiu dormir. Aí ele achou que tinha ouvido uns barulho pros lado da casa do feiticeiro Whateley... uns raspado e lascado de madeira, como se alguém tivesse abrino um caixote graúdo. Com tudo isso, ele num conseguiu pregar o olho até o sol raiar, e levantou logo de manhãzinha, mas foi até a casa dos Whateley ver o que tava aconteceno. Ele viu um bocado, dona Corey! Isso num pode de ser coisa boa, e acho que os homem tem que se juntar para fazer alguma coisa. Sei que tem alguma coisa terrível por perto, e tô sentino que minha hora tá chegano, mas isso só Deus pode saber. O seu menino Luther chegou a ver para onde ia a trilha? Não? Ara, dona Corey, se tava na estrada do vale deste lado do vale, e num chegou na sua casa ainda, acho que deve de tá ino pro vale. É o tipo de coisa que eles faria. Eu sempre disse que o vale da Fonte Gelada num é um lugar bão nem decente. Os bacurau e os vaga-lume de lá num parece ser coisa de Deus, e dizem que se ouve umas coisa estranha cochichando no ar por lá se você ficar num lugar entre os barranco de pedra e a Toca do Urso.

No início da tarde, três quartos dos homens e meninos de Dunwich saíram pelas estradas e campinas entre as ruínas recentes da propriedade dos Whateley e o vale da Fonte Gelada, examinando horrorizados as enormes e monstruosas pegadas, o gado ferido de Bishop, os destroços ruidosos da casa, e a vegetação marcada e fendida dos campos e das laterais das estradas. O que quer que tivesse sido libertado no mundo estava com certeza se deslocando para o fundo da grande e sinistra ravina, pois todas as árvores no barranco estavam vergadas e quebradas, e uma grande alameda fora escavada na vegetação rasteira do precipício. Era como se uma casa, levada por uma avalanche, tivesse sido arrastada em meio às plantas emaranhadas da encosta quase vertical. Lá de baixo não vinha nenhum som, apenas um fedor distante e indefinível; e não foi à toa que os homens preferiram ficar na beirada e especular a respeito em vez de descer e entrar em contato com o horror ciclópico em sua morada. Três cães que acompanhavam a expedição latiram furiosamente a princípio, mas pareceram acovardados e relutantes quando se aproximaram do vale. Alguém passou a notícia por telefone para o *Aylesbury Transcript*, mas o editor, acostumado com as histórias exóticas de Dunwich, se limitou a escrever um parágrafo irônico a respeito – um texto que pouco tempo depois foi republicado pela agência Associated Press.

Naquela noite foram todos para suas casas, protegidas com as barricadas mais firmes possíveis, assim como os celeiros. Nem é preciso dizer que nenhum rebanho foi deixado nas pastagens ao ar livre. Por volta das duas da manhã um mau cheiro assustador e o latido enlouquecido dos cães acordaram todos na casa de Elmer Frye, na extremidade leste do vale da Fonte Gelada, e todos corroboraram ter ouvido um som de líquido se agitando em algum lugar lá fora. A sra. Frye sugeriu telefonar para os vizinhos, e Elmer estava prestes a concordar quando o som de madeira rachando interrompeu a conversa. Aparentemente, vinha do celeiro, e logo foi acompanhado dos gritos horrendos e do pisotear desesperado do rebanho. Os cães perderam o ímpeto e foram se agachar aos pés da família paralisada pelo medo. Frye acendeu um lampião por força do hábito, mas sabia que encontraria a morte assim que saísse para a escuridão da noite. As crianças e a mulher choravam, impedidas de gritar por algum instinto obscuro e primitivo de defesa que lhes dizia que sua sobrevivência dependia do silêncio. Por fim a algazarra do rebanho se transformou em um gemido deplorável, e os estalos e as crepitações começaram. Os Frye, abraçados na sala de estar, não ousaram se mover até que os últimos ecos cessaram nas profundezas do vale da Fonte Gelada. Então, entre os gemidos melancólicos do celeiro e o tagarelar demoníaco das aves noturnas do vale, Selina Frye apanhou o telefone e espalhou tudo o que viu da segunda fase do horror.

No dia seguinte a região inteira estava em pânico, e grupos assustados e silenciosos passavam pelo local onde a coisa apavorante aconteceu. Dois rastros titânicos de destruição se estendiam do vale para a propriedade dos Frye, com pegadas monstruosas cobrindo o chão, e um dos lados do velho celeiro vermelho tinha cedido por completo. Do rebanho, apenas um quarto foi encontrado e identificado. Alguns estavam curiosamente mutilados, e todos precisaram ser sacrificados. Earl Sawyer aventou que pedissem ajuda em Aylesbury ou Arkham, mas os outros eram da opinião de que não adiantaria nada. O velho Zebulon Whateley, de um ramo da família que estava no meio do caminho entre a sanidade e a decadência, sugeriu sinistramente certos ritos exóticos a ser praticados no alto dos morros. Ele vinha de uma linhagem em que a tradição corria forte, e suas lembranças de encantamentos entoados nos grandes círculos de pedra não tinham ligação alguma com o que faziam Wilbur e seu avô.

A noite caiu sobre uma zona rural passiva e assustada demais para organizar uma defesa eficiente. Em alguns casos famílias aparentadas se juntaram para fazer vigília sob o mesmo teto, mas em geral houve apenas a repetição das barricadas da noite anterior e o inútil e ineficaz gesto de carregar mosquetes e deixar os forcados à mão. Nada aconteceu, contudo, a não ser alguns ruídos nos morros, e quando o dia chegou muitos tinham a esperança de que a nova onda de horror se fora com a mesma velocidade com que aparecera. Houve inclusive almas mais ousadas que propuseram uma ofensiva no fundo do vale, embora não tenham se aventurado a de fato servir de exemplo à maioria ainda relutante.

Quando a noite caiu outra vez a tática das barricadas se repetiu, mas houve menos famílias se reunindo. De manhã, tanto na propriedade de Frye como na de Seth Bishop houve relatos de excitação entre os cães e sons vagos e maus odores à distância, e os primeiros a sair pela manhã notaram com pavor um novo conjunto de rastros monstruosos na estrada que circundava o Morro da Sentinela. Assim como antes, as laterais da estrada indicavam a dimensão blasfemamente estupenda daquele horror; a disposição dos rastros sugeria uma passagem em duas direções, como se a montanha ambulante tivesse saído do vale da Fonte Gelada e voltado pelo mesmo caminho. Na base do morro, uma trilha de nove metros de largura de arbustos amassados apontava para cima, e os presentes respiraram fundo quando viram que mesmo nos locais mais inclinados o rastro seguia firme em seu caminho. Qualquer que fosse aquele horror, era capaz de escalar um despenhadeiro rochoso e quase vertical; e quando os homens subiram até o alto do morro por rotas mais seguras viram que a trilha terminava – ou melhor, se revertia – por lá.

Era o local onde os Whateley costumavam fazer suas fogueiras infernais e entoavam seus rituais diabólicos na pedra em forma de mesa na Noite de Walpurgis e no Dia de Todos os Santos. A essa altura, tal pedra configurava o centro de um vasto espaço vasculhado pelo gigantesco horror, em cuja superfície ligeiramente côncava havia um espesso e fétido depósito da mesma gosma parecida com piche encontrada no chão da casa em ruínas dos Whateley de onde o horror escapara. Os homens se entreolharam e trocaram sussurros. Então todos olharam morro abaixo. Ao que parecia, o horror descera por uma rota praticamente idêntica à usada na subida. Mas não adiantava especular. A razão, a lógica e as motivações normais ali não tinham lugar. Apenas o velho Zebulon, que não estava no grupo, seria capaz de compreender a situação ou sugerir uma explicação plausível.

A noite de quinta-feira começou mais ou menos como as outras, mas terminou de forma bem mais infeliz. Os bacuraus do vale gritavam com uma persistência incomum e deixaram muita gente sem dormir, e por volta das três da manhã os telefones começaram a tocar por toda parte. Aqueles que atenderam ouviram uma voz enlouquecida que gritava "Socorro, ai, meu Deus!...", e alguns pensaram ouvir um som de impacto interromper a exclamação. Não houve nada mais. Ninguém ousou tomar uma atitude, e até o amanhecer ninguém sabia de onde viera a ligação. Então aqueles que a ouviram telefonaram para todos os demais, e constataram que apenas os Frye não atenderam. A verdade foi conhecida uma hora depois, quando um grupo reunido às pressas de homens armados caminhou até a casa dos Frye na extremidade do vale. Foi uma visão terrível, mas não surpreendente. Havia mais rastros e pegadas monstruosas, porém a casa não estava mais lá. Estava esmagada como uma casca de ovo, e entre os destroços não foi possível encontrar nenhuma criatura viva ou morta. Somente o fedor e a gosma parecida com piche. A família de Elmer Frye tinha desaparecido de Dunwich.

VIII.

Enquanto isso, uma fase mais silenciosa do horror, porém espiritualmente ainda mais perturbadora, estava se desenrolando de forma sinistra atrás da porta fechada de um cômodo com paredes cobertas de prateleiras em Arkham. O curioso manuscrito ou diário de Wilbur Whateley, entregue à Universidade do Miskatonic para tradução, causara muita preocupação e perplexidade entre os especialistas tanto em línguas antigas como modernas; seu alfabeto, apesar de uma semelhança genérica com o árabe antiquíssimo usado na Mesopotâmia, era absolutamente desconhecido dos estudiosos mobilizados. A conclusão dos linguistas foi que o texto representava um alfabeto artificial, que fazia a função de um código cifrado; porém nenhum dos métodos habituais de decifração de criptografia forneceu alguma pista, nem mesmo quando aplicado com base em todos os idiomas que pudessem ter sido teoricamente usados. Os livros antigos retirados da habitação de Whateley, embora interessantes e em vários casos com potencial para expor novas e terríveis linhas de pesquisas entre filósofos e homens da ciência, não ofereciam nenhuma ajuda nessa questão. Um deles, um tomo pesado com braçadeiras de ferro, era escrito em um outro alfabeto desconhecido – esse de uma estirpe diferente, mais parecido com sânscrito que qualquer outra coisa. O velho livro-razão foi deixado totalmente a cargo do dr. Armitage, tanto em virtude de seu interesse acentuado no caso Whateley quanto por seu amplo saber no campo da linguística e das fórmulas místicas da Antiguidade e da Idade Média.

Armitage pensava que o alfabeto poderia ser algo usado esotericamente por certos cultos proibidos que remontavam a tempos antigos, que herdaram muitas formas e tradições dos feiticeiros do mundo sarraceno. Essa questão, porém, não parecia ser fundamental, pois não haveria necessidade de conhecer as origens dos símbolos se, conforme ele suspeitava, eles fossem usados como uma forma de código cifrado para escritos em um idioma moderno. Ele acreditava que, considerando a grande quantidade de texto envolvido, quem o escreveu não se daria ao trabalho de estruturá-lo em outra forma de discurso que não fosse a sua, com exceção talvez de fórmulas e encantamentos específicos. Assim, ele abordou o manuscrito partindo do pressuposto de que a maior parte remontava ao inglês.

O dr. Armitage sabia, pelos repetidos fracassos de seus colegas, que o enigma era profundo e complexo, e que nenhuma solução simples valeria nem ao menos uma tentativa. Por toda a segunda metade do mês de agosto ele se cercou de uma enorme bibliografia sobre criptografia, se valendo de todos os recursos de sua própria biblioteca e navegando noite após noite entre os mistérios de *Poligraphia*, de Tritêmio, *De Furtivi Literarum Notis*, de Giambattista Porta, *Traité des Chiffres*, de De Vigenère, *Cryptomenysis Patefacta*, de Falconer, além dos tratados do século XVII de Davys e Thicknesse e de especialistas razoavelmente recentes como Blair e Von Marten, e de Klüber e seu *Kryptographik*.* Ele intercalava o estudo dos livros com incursões no manuscrito em si, e com o tempo se convenceu de que precisaria lidar com o mais sutil e engenhoso dos criptogramas, no qual muitas listas distintas de letras correspondentes são arranjadas como uma tabuada, e a mensagem é constituída de palavras-chave arbitrárias conhecidas apenas pelos iniciados. Os especialistas mais antigos se

---

* Obras sobre mensagens cifradas e códigos secretos publicadas entre 1518 e 1819. (N.E.)

mostraram mais úteis que os mais recentes, e Armitage concluiu que o código do manuscrito era antiquíssimo, sem dúvida passado de pai para filho ao longo de uma longa linhagem de místicos. Muitas vezes ele se viu quase lá, mas então seu progresso era detido por um obstáculo inesperado. Então, quando setembro se aproximou, a névoa começou a se dissipar. Certas letras, pelo modo como eram usadas em determinadas partes do manuscrito, se revelaram de forma definitiva e inequívoca; ficou claro que o texto de fato fora escrito em inglês.

No anoitecer de 2 de setembro, a última grande barreira foi superada, e o dr. Armitage leu pela primeira vez uma passagem contínua dos registros de Wilbur Whateley. Era de fato um diário, como todos pensavam, e composto em um estilo que revelava de forma clara a erudição no ocultismo e o semianalfabetismo em termos gerais do estranho ser que o escrevera. Praticamente na primeira passagem que decifrou, uma entrada datada de 26 de novembro de 1916, Armitage deparou com um material assustador e inquietante. Fora escrito por uma criança de três anos e meio de idade que tinha a aparência de um rapazinho de doze ou treze.

"Hoje aprendi o aklo para o Sabaoth", dizia o texto, "que não gostei, era respondido do morro e não do ar. Aquele do alto está mais à minha frente do que pensei que estaria, e não parece ter muito cérebro terreno. Atirei em Jack, o collie de Elam Hutchins, quando veio me morder, e Elam falou que me mataria se ele morrer. Acho que não. O avô me fez dizer a fórmula de Dho ontem à noite, e acho que vi a cidade interior nos 2 polos magnéticos. Devo ir a esses polos quando a Terra estiver liberada, se conseguir irromper com fórmula de Dho-Hna quando executá-la. Aqueles do ar me disseram no sabá que pode levar anos para eu liberar a Terra, e acho que o avô vai estar morto a essa altura, então preciso aprender todos os ângulos dos planos e todas as fórmulas entre Yr e Nhhngr. Aqueles de fora vão ajudar, mas não podem ganhar corpo sem sangue humano. Aquele do alto parece ter o esquema certo. Consigo enxergá-lo um pouco quando faço o sinal *voorish* ou sopro o pó de Ibn Ghazi nele, e está quase como eles na Noite de Walpurgis no Morro. O outro rosto pode esmaecer um pouco. Eu me pergunto qual vai ser minha aparência quando a Terra for liberada e não houver mais criaturas terrenas nela. Aquele que veio com o Aklo Sabaoth disse que eu posso ser transfigurado, e que existe muito exterior para ser trabalhado."

Ao amanhecer o dr. Armitage estava suando frio de pavor e em um frenesi de concentração e vigília. Ele não largara o manuscrito durante a noite, ficou sentado à escrivaninha sob a lâmpada elétrica virando página após página com as mãos trêmulas na velocidade em que conseguia decifrar o texto críptico. Nervoso, telefonou para a mulher para avisar que não voltaria para casa, e quando ela trouxe o café da manhã ele mal se dispôs a comer alguns bocados. Durante todo o dia a leitura continuou, irritantemente interrompida de tempos em tempos quando uma reaplicação da complexa chave se tornava necessária. O almoço e o jantar lhe foram levados, mas ele comeu apenas uma pequena fração das refeições. No meio da noite seguinte ele cochilou na cadeira, mas logo acordou depois de uma série de pesadelos quase tão horrenda quanto as verdades e ameaças à existência humana que vinha revelando.

Na manhã de 4 de setembro o professor Rice e o dr. Morgan insistiram que queriam conversar um pouco com ele, e foram embora trêmulos e pálidos. Naquela noite, Armitage foi para a cama, mas não conseguiu dormir direito. Na quarta-feira – o dia seguinte –, ele voltou ao manuscrito e começou a fazer anotações cuidadosas tanto das seções que lia como daquelas que já decifrara. No início daquela madrugada dormiu um pouco em uma poltrona reclinável no escritório, mas se debruçou de novo sobre o manuscrito antes do amanhecer. Logo depois do almoço, seu médico, o dr. Hartwell, pediu para vê-lo e insistiu para que parasse de trabalhar. Ele se recusou, afirmando que era importantíssimo completar a leitura do diário e prometendo uma explicação quando fosse conveniente.

Naquela noite, logo depois que o sol se pôs, ele encerrou sua terrível tarefa e foi descansar, exausto. Quando trouxe o jantar, sua esposa o encontrou em um estado quase comatoso, mas ele estava consciente o bastante para afastá-la com um grito agudo quando a viu passando os olhos pelas anotações que fizera. Levantando com movimentos débeis, ele reuniu os papéis que escrevera e os selou dentro de um envelope grande, que imediatamente acondicionou no bolso interno do casaco. Teve força suficiente para voltar para casa, mas estava tão claramente necessitado de assistência médica que o dr. Hartwell foi chamado de imediato. Quando o médico o pôs na cama, só o que ele conseguia fazer era murmurar sem parar:

– Mas, pelo amor de Deus, o que podemos fazer?

O dr. Armitage dormiu, mas passou o dia seguinte em uma espécie de semidelírio. Não deu nenhuma explicação a Hartwell, mas em seus momentos de maior serenidade falou da necessidade urgente de uma longa conversa com Rice e Morgan. Seus momentos de delírio eram de fato assustadores e incluíam apelos frenéticos pela destruição de algo em uma casa de fazenda com janelas cobertas por tábuas e referências fabulosas a um certo plano para a extirpação da raça humana e de todas as formas de vida animal e vegetal da Terra por alguma raça terrível e antiga de seres de outra dimensão. Ele gritava que o mundo estava em perigo, pois os Anciãos queriam dizimá-lo e arrastá-lo para longe do sistema solar e do cosmo de matéria para algum outro plano ou fase de entidade de onde caíram incontáveis éons antes. Em outros momentos gritava pelo temido *Necronomicon* e pela *Daemonolatreia* de Remígio,* em que parecia haver esperança de encontrar alguma fórmula para deter o perigo que mencionara.

– Detenham-nos, detenham-nos! – ele gritava. – Esses Whateley queriam deixá-los entrar, e o pior ainda está por vir! Digam a Rice e Morgan que precisamos fazer alguma coisa... é um tiro no escuro, mas eu sei fazer o pó... Aquilo não foi alimentado desde o segundo dia de agosto, quando Wilbur morreu, e a essa altura...

Mas Armitage tinha um físico robusto apesar de seus 73 anos, e com mais uma noite de sono se curou e se livrou da febre. Acordou tarde na sexta-feira, já lúcido, embora acometido de um medo agudo e de uma tremenda sensação de dever. Na tarde de sábado se sentiu recuperado a ponto de ir à biblioteca e chamar Rice e Morgan para uma longa conversa, e pelo resto do dia e da noite os três torturaram seus cérebros em extravagantes especulações e debates acaloradíssimos. Livros estranhos e terríveis foram retirados em grandes quantidades das prateleiras repletas e de locais seguros onde estavam guardados; diagramas e fórmulas foram copiados com uma pressa frenética e uma abundância impressionante. De ceticismo nada mais restava. Todos os três tinham visto o corpo de Wilbur Whateley caído no chão de uma

---

* Guia sobre bruxaria e caça às bruxas publicado em 1595 por Nicolau Remígio (1530-1612). (N.E.)

sala naquele mesmo prédio, e depois disso nenhum dos três parecia nem ao menos levemente inclinado a tratar aquele diário como os delírios de um louco.

As opiniões se dividiram quanto a notificar a polícia estadual de Massachusetts, e no fim a negativa venceu. Havia coisas envolvidas que simplesmente não seriam levadas a sério por alguém que não tivesse visto uma parte da coisa com os próprios olhos, o que ficou bem claro durante certas investigações subsequentes. No fim da noite a conversa foi interrompida sem que se estabelecesse um plano definitivo, mas durante todo o domingo Armitage se ocupou de comparar fórmulas e misturar produtos químicos obtidos no laboratório da universidade. Quanto mais refletia sobre o diabólico diário, mais se via inclinado a duvidar da eficácia de qualquer material para deter a entidade que Wilbur Whateley deixara para trás – a ameaçadora entidade que, ele não sabia, estava prestes a escapar em algumas horas e se tornar o memorável horror de Dunwich.

A segunda-feira foi uma repetição do domingo para o dr. Armitage, pois a tarefa exigia uma infinidade de pesquisas e experimentos. Consultas posteriores ao monstruoso diário provocaram várias mudanças de planos, e ele sabia que mesmo depois de terminar ainda haveria uma boa dose de incerteza. Na terça-feira ele tinha uma linha de ação mapeada, e achava que poderia arriscar uma visita a Dunwich em uma semana. Então, na quarta-feira, veio o grande choque. Escondido em um canto do *Arkham Advertiser* havia um textinho irônico da Associated Press, falando sobre um monstro nunca visto que o uísque contrabandeado que circulava em Dunwich trouxera à tona. Atordoado, Armitage telefonou para Rice e Morgan. Eles discutiram noite adentro, e no dia seguinte houve preparativos feitos às pressas pelos três. Armitage sabia que agiria contra poderes terríveis, mas entendia que não havia outra maneira de anular os atos mais profundos e malignos que outros perpetraram antes dele.

IX.

Na sexta-feira pela manhã Armitage, Rice e Morgan foram de carro para Dunwich, chegando ao vilarejo por volta da uma hora da tarde. Era um dia de tempo agradável, mas mesmo sob o sol uma espécie de pavor silencioso e portentoso parecia pairar sobre os morros com cumes estranhos das ravinas profundas e tenebrosas da região. Aqui e ali, no alto de algum morro, um círculo de pedras estreitas podia ser visto contra o céu. Pelo clima de medo sussurrado no armazém de Osborn eles notaram que algo terrível acontecera, e em pouco tempo ficaram sabendo da aniquilação da casa e da família de Elmer Frye. Durante aquela tarde eles circularam por Dunwich; questionaram os nativos sobre tudo o que ocorrera, viram por si mesmos os sinais de horror nas ruínas da propriedade dos Frye e seus vestígios de gosma preta como piche, os rastros blasfemos no pátio da fazenda, o gado mutilado de Seth Bishop e os enormes rastros de destruição na vegetação em diversos lugares. A trilha que subia o Morro da Sentinela pareceu ter uma importância quase cataclísmica para Armitage, e ele observou por um bom tempo a sinistra pedra que parecia um altar no topo da elevação.

Mais tarde os visitantes, informados de que um destacamento da polícia estadual tinha ido a Aylesbury naquela manhã em resposta aos telefonemas notificando a tragédia dos Frye, decidiram procurar os policiais e comparar anotações na medida do possível. Isso, no entanto, se mostrou mais difícil na prática do que na teoria, pois não havia sinal do destacamento em parte nenhuma. Cinco homens foram até lá de carro, mas o veículo estava vazio perto das ruínas no pátio dos Frye. Os nativos, que tinham conversado com os policiais, a princípio pareceram tão perplexos quanto Armitage e seus companheiros. Foi quando o velho Sam Hutchins pensou em alguma coisa e ficou pálido, cutucando Fred Farr e apontando para a depressão úmida e profunda ali perto.

– Deus do céu – ele disse, ofegante –, eu falei para eles num descer no vale, e nunca pensei que alguém fosse fazer isso com essas trilha e esse cheiro e os bacurau gritano lá em baixo em plena luz do dia...

Um arrepio coletivo percorreu os nativos e os visitantes, e todos os ouvidos pareceram se afiar de forma instintiva, à espera de algo. Armitage, agora diante do horror em si e suas consequências, estremeceu ao pensar na responsabilidade que considerava ser sua. A noite logo cairia, e era então que a montanhosa blasfêmia se arrastava em seu curso assustador. *Negotium perambulans in tenebris...* O velho bibliotecário ensaiou a fórmula que memorizara e segurou firme o papel que continha a fórmula alternativa, que ainda não memorizara. Ele se certificou de que a lanterna elétrica estava funcionando. Ao seu lado, Rice tirou de uma valise um borrifador metálico do tipo que se usa para combater insetos; Morgan, por sua vez, tirou do estojo o rifle de caça, apesar dos avisos dos colegas de que nenhuma arma material seria capaz de ajudá-los.

Armitage, por ter lido o horrendo diário, estava dolorosamente ciente do tipo de manifestação que deveria esperar, mas ele não deixaria o povo de Dunwich ainda mais assustado revelando indícios ou dando pistas. Ele esperava ser bem-sucedido sem fazer nenhuma revelação ao mundo sobre a coisa monstruosa que escapara daquela casa. Quando as sombras se adensaram, os nativos começaram a se dispersar na direção de suas casas, ansiosos para se trancar sob seus tetos apesar da evidência de que nenhuma tranca ou barreira humana teria utilidade diante de uma força capaz de derrubar árvores e demolir casas. Eles sacudiram a cabeça ao ouvir o plano dos visitantes de montar guarda nas ruínas da propriedade dos Frye perto do vale; e, quando foram embora, não tinham muitas esperanças de voltar a ver os visitantes.

Houve ruídos sob os morros naquela noite, e as aves noturnas piavam ameaçadoramente. De tempos em tempos um vento subia do vale da Fonte Gelada e trazia um toque de um fedor inefável para o ar noturno e pesado; era um odor que os três visitantes já tinham sentido antes, quando se viram diante da criatura moribunda que vivera quinze anos e meio como um ser humano. Mas o terror esperado não apareceu. O que quer que estivesse lá embaixo no vale estava sem pressa, e Armitage disse a seus colegas que seria suicídio arriscar um ataque no escuro.

O dia amanheceu palidamente, e os ruídos noturnos cessaram. O céu estava cinzento e nublado, com um ou outro período de garoa; nuvens cada vez mais pesadas pareciam se acumular sobre os morros a noroeste. Os homens de Arkham ficaram sem saber o que fazer. Procurando abrigo da chuva sob uma das construções ainda intactas da propriedade dos Frye, eles debateram se era melhor esperar ou tomar uma atitude mais agressiva e descer ao vale em busca de seu alvo inominável e monstruoso. A chuva ganhou força, e trovões distantes começaram a ressoar. Os relâmpagos faiscavam no ar, e então um raio bifurcado espocou ali perto, como se estivesse descendo na direção do vale amaldiçoado. O céu ficou bem escuro, e aos visitantes só restava torcer para que o temporal fosse rápido, intenso e sucedido pelo tempo aberto.

Ainda estava assustadoramente escuro quando, pouco mais de uma hora depois, uma babel de vozes se aproximou pela estrada. Logo em seguida um grupo de mais de uma dúzia de homens apareceu, correndo, gritando e até chorando histericamente. O que vinha na frente começou a emitir palavras em meio a soluços, e os homens de Arkham tiveram um sobressalto violento quando as palavras assumiram uma forma coerente.

– Ai, meu Deus, meu Deus – a voz falou, agoniada. – Tá aconteceno de novo, *e agora de dia*! Tá lá... tá lá se moveno agorinha memo, e só Deus sabe o que vai ser de nós tudo!

O homem ficou em silêncio, ofegante, mas outro se encarregou de continuar o relato.

– Quase uma hora atrás Zeb Whateley ouviu um telefone tocar, e era a dona Corey, mulher de George, que mora lá perto da junção. Ela contou que o menino ajudante Luther tava tirano as vaca da chuva depois que o raio caiu, e aí viu as árvore vergano na boca do vale, lá do outro lado, e sentiu aquele memo fedor horrível de quando encontrou aqueles rastro gigante na segunda de manhã. Ela falou que ele disse que tinha um som de água se agitano, mais alto que o barulho das árvore vergano e dos arbusto esmagado, e de repente as árvore perto da estrada começaro a tombar pra um lado, e ele escutou um barulho bem alto pisoteano e chafurdano a lama. Mas olha só, Luther num viu nada, só as árvore vergano e os arbusto caino. Aí, mais na frente, onde o córrego Bishop passa por debaixo da estrada, ele ouviu uns estalo e uns rangido na ponte, e disse que escutou a madeira começar a estalar e rachar. Aí o som de água se agitano ficou longe, na estrada pra casa do feiticeiro Whateley e o Morro da Sentinela, e Luther criou coragem pra chegar mais perto e dar uma boa olhada no chão. Tava tudo coberto de lama e água, e o céu tava escuro, e a chuva tava limpano tudo os rastro bem depressa; mas, começano na boca do vale, onde as árvore tinha se mexido, ainda tinha aquelas pegada horrível, igual as que ele viu na segunda.

Nesse momento, o exaltado homem que fora o primeiro a falar o interrompeu.

– Mas *isso* num é o problema agora... esse foi só o começo. Zeb começou a telefonar pra todo mundo e tava todo mundo escutano quando entrou a ligação de Seth Bishop. A empregada dele, Sally, tava apavorada... tinha acabado de ver as árvore vergar do lado da estrada, e disse que tava ouvino um som meio que molhado, como um elefante chafurdano, e ino na direção da casa dela. Aí ela falou de repente que tava sentino um cheiro medonho, e que seu menino Chauncey tava gritano que era o memo cheiro que sentiu na fazenda dos Whateley na segunda de manhã. E os cachorro tava latino e gritano muito. E aí ela soltou um grito terrível e disse que o barracão na estrada tinha desabado como se tivesse sofrido com a tempestade, só que num tava ventano tanto assim. Ficou todo mundo escutano, e dava pra ouvir a respiração de todo mundo pela linha. Logo depois Sally gritou de novo, dizeno que a cerca do pátio da frente tinha desabado, mas que num dava pra ver o que tinha feito aquilo. Aí todo mundo na linha ouviu Chauncey e o velho Seth Bishop gritano, e Sally deu um berro dizeno que alguma coisa pesada acertou a casa... num era um raio nem nada, era uma coisa pesada que vinha da frente, e que continuou bateno sem parar, mas ela não tava veno nada pelas janela. E aí... e aí...

As rugas de preocupação se aprofundaram em todos os rostos, e Armitage, abalado como estava, não estava em condições de instar seu interlocutor a continuar falando.

– E aí... Sally berrou: "Ai, socorro, a casa tá caino"... E do outro lado da linha escutamo um barulhão terrível, e uma gritaria só... igual quando a casa de Elmer Frye foi pega, só que pior...

O homem fez uma pausa, e outro começou a falar.

– E nada mais... mas nenhum pio no telefone depois disso. Só silêncio. Nós que ouvimo isso saímo nos carro e nas charrete e juntamo todos os homem que encontramo na casa de Corey e viemo aqui ver se vocês sabia o que fazer. Mas o que eu acho é que é o julgamento de Deus pelos nosso pecado, de que ninguém nunca consegue escapar.

Armitage percebeu que o momento para uma ação positiva chegara, e falou com convicção para o grupo indeciso e apavorado de broncos.

– Nós precisamos ir atrás dessa coisa, rapazes. – Ele tentou manter o tom de voz mais seguro possível. – Acho que existe uma chance de tirá-la de circulação. Vocês sabem que aqueles Whateley eram feiticeiros... bom, essa coisa é fruto de feitiçaria, e deve ser extinta dessa mesma forma. Eu vi o diário de Wilbur Whateley e li alguns dos estranhos livros que ele costumava consultar; e acho que sei o tipo de feitiço que deve ser recitado para fazer essa coisa desaparecer. Claro que não dá para ter certeza, mas podemos arriscar. É invisível, eu sabia que seria, mas existe um pó neste borrifador que pode mostrá-la por um instante. Mais tarde vamos tentar fazer isso. É uma coisa assustadora de encarar, mas não tão ruim quanto seria se Wilbur tivesse vivido mais tempo. Vocês nunca vão saber do que o mundo escapou. Agora temos só essa coisa a enfrentar, e ela não é capaz de se multiplicar. Mas pode fazer muito estrago; então não podemos ser hesitantes na hora de livrar a comunidade de sua presença. Precisamos segui-la... e começar pelo lugar onde a coisa acabou de atacar. Preciso que alguém mostre o caminho, pois não conheço essas estradas muito bem, mas acho que deve haver algum atalho cruzando as propriedades. Estou certo?

Os homens hesitaram por um instante, e então Earl Sawyer falou baixinho, apontando um dedo sujo em meio à chuva cada vez mais fraca.

– Acho que dá pra chegar mais depressa na casa de Seth Bishop cortano pela campina por aqui, cruzano o córrego no ponto mais baixo, subino pela roça de Carrier e pelo meio das árvore mais adiante. Aí dá pra sair no alto da estrada quase na casa de Seth... um tanto pro outro lado.

Armitage, acompanhado de Rice e Morgan, saiu a caminhar na direção indicada, e a maior parte dos nativos começou a segui-lo lentamente. O céu estava se abrindo, e havia sinais de que a tempestade tinha passado. Quando Armitage tomou inadvertidamente a direção errada, Joe Osborn o alertou e tomou a frente para mostrar o caminho certo. A coragem e a confiança cresciam, mas a escuridão no alto do morro quase perpendicular no fim do atalho, coberto de árvores fantasticamente antigas que precisariam superar como se subissem uma escada, submeteria essas qualidades a um teste severo.

Por fim eles emergiram em uma estrada lamacenta, onde encontraram o sol a pino. Estavam um pouco além da propriedade de Seth Bishop, mas as árvores vergadas e os rastros horrendamente inconfundíveis mostravam o que passara por lá. Apenas alguns momentos foram gastos na investigação das ruínas ao redor. Era uma repetição do incidente na fazenda dos Frye, e nenhuma criatura viva ou morta foi encontrada entre os destroços da casa e do celeiro dos Bishop. Ninguém queria ficar ali em meio ao fedor e à gosma preta como piche, mas todos se viraram de forma instintiva para a fileira de pegadas terríveis que apontava para os escombros da casa dos Whateley e para o altar no alto do Morro da Sentinela.

Quando passaram pelo local da antiga morada de Wilbur Whateley, os homens estremeceram visivelmente e pareceram mais uma vez mostrar uma certa hesitação em seu senso de dever. Não era fácil perseguir uma coisa do tamanho de uma casa que ninguém conseguia ver, mas que tinha a malevolência feroz de um demônio. No sopé do Morro da Sentinela os rastros deixavam a estrada, e havia uma vegetação vergada recentemente marcando a rota do monstro em sua subida e descida do cume.

Armitage sacou um telescópio de bolso de potência considerável e esquadrinhou a encosta inclinada e verdejante do morro. Em seguida entregou o instrumento para Morgan, cuja visão era mais afiada. Depois de um instante de observação Morgan soltou um grito agudo, passando a lente para Earl Sawyer e apontando para um ponto específico da elevação. Sawyer, com a falta de jeito que seria de se esperar de alguém não habituado ao uso de dispositivos ópticos, pelejou por um momento, mas por fim conseguiu ajustar o foco das lentes, com a ajuda de Armitage. Quando isso aconteceu, seu grito foi bem menos contido que o de Morgan.

– Deus do céu, o mato e os arbusto tá se mexeno! Tá subino devagarinho, chegano no topo agora memo, e vai saber pra quê!

O germe do pânico aparentemente se espalhou entre os perseguidores. Uma coisa era ir atrás de uma entidade sem nome, encontrá-la era outra bem diferente. Os feitiços podiam muito bem funcionar – mas e se isso não acontecesse? Vozes começaram a questionar Armitage a respeito do que ele sabia sobre a coisa, e resposta alguma parecia satisfatória. Todos pareciam se sentir próximos de fases absolutamente proibidas da natureza e do ser, totalmente alheias à experiência sã da humanidade.

X.

No fim, os três homens de Arkham – o velho dr. Armitage com sua barba branca, o professor Rice com seus cabelos grisalhos e o mais jovem e magro dr. Morgan – subiram o morro sozinhos. Depois de explicações pacientes sobre a forma de uso, eles deixaram o telescópio com o assustado grupo que permaneceu na estrada, e enquanto subiam eram observados de perto por aqueles que se revezavam com as lentes. Era um avanço difícil, e Armitage precisou ser ajudado mais de uma vez. Mais acima do grupo de perseguição o grande rastro estremecia quando a coisa infernal que o produzia passava novamente com seu deslocamento lento e constante. Nesse momento ficou claro que quem vinha atrás estava ganhando terreno.

Curtis Whateley – membro de um dos ramos não decadentes da família – estava a cargo do telescópio quando os homens de Arkham se desviaram radicalmente da trilha. Ele disse aos demais que os três estavam tentando chegar a um cume secundário junto ao qual a trilha passava em um ponto consideravelmente mais acima de onde os arbustos estavam se vergando. Isso de fato se revelou verdadeiro, e os homens chegaram à pequena elevação pouco antes de a blasfêmia invisível passar.

Então Wesley Corey, que estava com o telescópio, gritou que Armitage estava ajustando o borrifador que Rice segurava, e que algo estava prestes a acontecer. Os espectadores se inquietaram, lembrando que a função do borrifador era tornar visível o horror por alguns instantes. Dois ou três homens fecharam os olhos, mas Curtis Whateley pegou de volta o telescópio e ajustou o foco da melhor maneira possível. Ele viu que Rice, posicionado no ponto elevado bem atrás da entidade, tinha uma excelente chance de espalhar o potente pó e produzir um efeito surpreendente.

Aqueles que estavam sem o telescópio viram apenas o piscar instantâneo de uma nuvem cinzenta – do tamanho de uma construção razoavelmente grande – perto do cume do morro. Curtis, que olhava pelo instrumento, largou-o com um grito agudo na lama da estrada, que chegava até os tornozelos. Ele cambaleou, e teria ido ao chão caso dois ou três dos outros não o segurassem e o equilibrassem. Só o que conseguiu fazer foi murmurar de forma quase inaudível:

– Ai, ai, Deus do céu... *aquilo... aquilo...*

Houve um pandemônio de perguntas, e apenas Henry Wheeler teve a presença de espírito de resgatar o telescópio caído e limpar a lama do dispositivo. Curtis se mostrava incapaz de qualquer coerência, e até mesmo as respostas isoladas pareciam fora de seu alcance.

– Maior que um celeiro... toda feita de umas corda retorcida... o casco parece um ovo de galinha maior que tudo, com um monte de perna larga que nem tonel que fecha pela metade quando dá um passo... num tem nada sólido na coisa, tudo parece geleia, e feita de umas corda separada e puxada bem junto... com uns olho enorme pelo corpo... dez ou vinte boca ou tromba nas lateral, do tamanho de umas chaminé, e se sacudino e se abrino e fechano... tudo cinza, com uns anel roxo ou azul... *e, Deus do céu, aquela metade de cara no alto!...*

Essa última lembrança era mais do que o pobre Curtis conseguia suportar, e ele perdeu os sentidos antes de conseguir dizer mais. Fred Farr e Will Hutchins o carregaram para a lateral da estrada e o deitaram sobre a grama úmida. Henry Wheeler, todo trêmulo, voltou o telescópio resgatado na direção da montanha para ver o que fosse possível. Pelas lentes, três pequenas figuras eram discerníveis, aparentemente correndo na direção do cume com a máxima rapidez que a inclinação permitia. Apenas os homens – nada mais. Então todos perceberam um ruído bizarramente extemporâneo no fundo do vale mais atrás, e também na vegetação rasteira do Morro da Sentinela. Era o piar de inúmeros bacurais, e seu coro agudo parecia carregado de tensão e expectativa maligna.

Earl Sawyer apanhou o telescópio e relatou que as três figuras estavam no cume principal, no mesmo nível do altar de pedra, mas a uma distância considerável. Uma das figuras, ele contou, parecia erguer as mãos sobre a cabeça a intervalos ritmados; e quando Sawyer mencionou isso os espectadores ouviram um som distante e semimusical, como se uma cantoria alta acompanhasse tais gestos. A estranha silhueta no cume remoto devia parecer um espetáculo infinitamente grotesco e impressionante, porém nenhum dos observadores estava com disposição para uma apreciação do lado estético da coisa.

– Acho que ele tá dizeno o feitiço – murmurou Wheeler, pegando o telescópio de volta.

Os bacurais piavam enlouquecidamente, e em ritmo curioso e irregular bem diferente do habitual.

De repente, a luz do sol enfraqueceu sem a intervenção de nenhuma nuvem visível. Foi um fenômeno dos mais peculiares, assim notado por todos. Um som retumbante parecia rugir sob os morros, estranhamente misturado com um ruído em concordância que vinha do céu. Um raio cruzou os ares, e os espectadores esperaram em vão pelo espocar de um trovão. A cantoria dos homens de Arkham então se tornou inequívoca, e Wheeler viu pela lente que os três estavam erguendo as mãos em um encantamento ritmado. De alguma propriedade distante vinha o latido frenético de cães.

A mudança na intensidade da luz do dia se aprofundou, e os espectadores olharam para o horizonte. Uma escuridão arroxeada, provocada simplesmente pelo escurecimento espectral do azul do céu, se aproximava dos morros retumbantes. Então um relâmpago brilhou de novo, mais ofuscante que o anterior, e os observadores acharam que o clarão revelara uma certa névoa em torno do altar de pedra no cume distante. Ninguém, porém, estava usando o telescópio nesse momento. Os bacurais continuavam com seu pulsar irregular, e os homens de Dunwich se prepararam tensamente para ter que enfrentar alguma ameaça imponderável que parecia impregnar a atmosfera.

Sem aviso, se elevaram os sons vocais ásperos, profundos e rasgados que nunca vão sair da memória do grupo que os ouviu. Não saíram de uma garganta humana, pois os órgãos de fala do homem não são capazes de tais perversões acústicas. Seria possível dizer que vinham do próprio abismo caso sua fonte não remetesse tão inquestionavelmente ao altar de pedra no cume. É quase um equívoco definir aquilo como *sons*, pois muito de seu timbre apavorante e infrabaixo se comunicava com pontos da consciência e do terror mais sutis que os ouvidos; mas isso é necessário, pois sem sombra de dúvida se revelava na forma de *palavras* semiarticuladas. Eram altas – altas como o rugir do trovão que ecoava –, mas não vinham de nenhum ser visível. E, como a imaginação poderia sugerir uma fonte conjectural no mundo dos seres não visíveis, os espectadores na base da elevação se aproximaram uns dos outros e se encolheram como se estivessem se preparando para um impacto.

– Ygnaiih... ygnaiih... thflthkh'ngha... Yog-Sothoth... – rugia a voz horrenda em pleno ar. – Y'bthnk... h'ehye... n'grkdl'lh...

O impulso natural de falar aparentemente se perdeu ali, como se alguma batalha psíquica assustadora estivesse em andamento. Henry Wheeler ajustou a visão no telescópio, mas viu apenas as três silhuetas humanas no cume, movendo os braços furiosamente em estranhos gestos à medida que seu encantamento se aproximava do ápice. De que poços escuros de medo ou aspecto aquerôntico, de que abismos desconhecidos de consciência extracósmica ou hereditariedade obscura e latente poderiam vir esses trovões e rugidos semiarticulados? Nesse momento eles começaram a ganhar força e coerência renovada até assumirem o caráter de um frenesi total e absoluto.

– *Eh-ya-ya-ya-yahaah... e'yayayayaaaa... ngh'aaaaa... ngh'aaaa...* h'yuh... h'yuh... SOCORRO! SOCORRO!... p-p-p-PAI! PAI! YOG-SOTHOTH!...

Mas isso foi tudo. O pálido grupo na estrada, ainda perplexo com as sílabas *inequivocamente discerníveis* que desceram espessas e trovejantes do frenético espaço vazio ao lado do altar de pedra, jamais ouviria tais sílabas de novo. Em vez disso, tiveram um sobressalto violento com a terrível cena que parecia dominar o morro; um clangor cataclísmico e ensurdecedor cuja fonte, fosse nas profundezas da Terra ou no céu, nenhum ouvinte era capaz de identificar. Um único raio desceu do zênite arroxeado para o altar de pedra, e uma grande onda de uma força invisível e um fedor indescritível se espalhou a partir do morro por toda a paisagem. Árvores, grama e arbustos foram arrancados de forma furiosa; e os apavorados homens reunidos no sopé do morro, enfraquecidos pelo fedor letal que parecia prestes a asfixiá-los, quase foram ao chão. Os cães uivavam à distância, e a grama e a folhagem verde se ressecavam e assumiam uma coloração curiosa e doentia de um tom amarelo acinzentado, e sobre os campos e os bosques se espalharam os corpos dos bacuraus mortos.

O mau cheiro se espalhou rapidamente, mas a vegetação nunca mais voltou ao normal. Até hoje existe algo estranho e profano naquilo que cresce no temido morro e seus arredores. Curtis Whateley estava só então recobrando a consciência quando os homens de Arkham desceram o morro sob os raios de um sol mais brilhante e desobstruído. Estavam sérios e silenciosos, e pareciam abalados por lembranças e reflexões ainda mais terríveis que aquelas que deixaram os nativos em um estado de imobilidade trêmula e acovardada. Em resposta à saraivada de perguntas com que foram recebidos, eles se limitaram a sacudir a cabeça e reafirmar o essencial.

– A coisa se foi para sempre – disse Armitage. – Se desfez na matéria que a constituía originalmente e nunca mais vai voltar a existir. Tratava-se de uma impossibilidade em um mundo normal. Apenas uma ínfima fração era realmente material no sentido que conhecemos. Era como quem a criou, e sua maior parte voltou com ele para algum reino vago ou dimensão fora de nosso universo material; para algum abismo distante que apenas os mais amaldiçoados rituais de blasfêmia humana podem evocar por um momento nos morros.

Houve um breve silêncio, e durante a pausa os sentidos do pobre Curtis Whateley funcionaram de novo em uma espécie de continuidade; ele pôs as mãos na cabeça com um gemido. A lembrança pareceu voltar no ponto em que fora interrompida, e o pavor da visão que o prostrara o dominou mais uma vez.

– Ai, ai, meu Deus, aquela metade de cara... aquela metade de cara no alto... a cara com uns olho vermelho e um cabelo albino desalinhado, e sem queixo, como os Whateley tudo... Era uma criatura que nem um polvo, uma centopeia ou aranha, mas com uma metade de cara de homem no alto, e parecia o feiticeiro Whateley, só que vários metro maior...

Ele se interrompeu, exausto, e o grupo inteiro de nativos o encarou com uma perplexidade que ainda não se cristalizara como um terror renovado. Apenas o velho Zebulon Whateley, que se lembrava de acontecimentos antigos mas até então se manteve em silêncio, ousou levantar a voz.

– Quinze ano atrás – ele divagou – ouvi o velho Whateley dizer que um dia nós ia escutar o filho de Lavinny gritar o nome do pai no alto do Morro da Sentinela...

Mas Joe Osborn o interrompeu para voltar a interrogar os homens de Arkham.

– O que era aquilo, afinal, e como o jovem feiticeiro Whateley conseguiu evocar a coisa lá do nada de onde veio?

Armitage escolheu as palavras com cautela.

– Era... bom, era em sua maior parte uma espécie de força que não pertence a esta parte do espaço; uma espécie de força que age, cresce e se molda com leis diferentes das de nossa natureza. Não temos nada que evocar tais coisas, e apenas gente muito maligna pertencente a cultos muitos malignos tenta fazer isso. Havia um pouco disso no próprio Wilbur Whateley, o suficiente para transformá-lo em um demônio e um monstro precoce, e para transformar seu falecimento em uma visão terrível. Vou queimar esse maldito diário e, se vocês tiverem algum juízo, devem dinamitar o altar de pedra lá no alto e demolir os círculos de pedra nos outros morros. Coisas como essa atraem os seres de que os Whateley tanto gostavam, seres que eles iriam deixar entrar para dizimar a raça humana e arrastar a Terra para um lugar inominável e para algum propósito inominável. Mas, quanto a essa coisa que acabamos de expulsar, os Whateley a criaram como uma parte terrível de seus futuros atos. Cresceu bastante e depressa pela mesma razão por que Wilbur cresceu bastante e depressa, mas o superou porque havia uma porção maior do *além* na coisa. Vocês não devem me perguntar como Wilbur evocou a coisa do nada. Ele não a evocou. *A coisa era seu irmão gêmeo, porém se parecia mais com o pai do que ele.*

Poesias, contos
todos os romance[s]
em mais de
20 títulos

L&PM EDITORES

Kerouac para todos os gostos:
romances, haicais, peças, cartas
e o clássico dos clássicos, *On the Road*

L&PM EDITORES

L&PM POCKET ENCYCLOPÆDIA

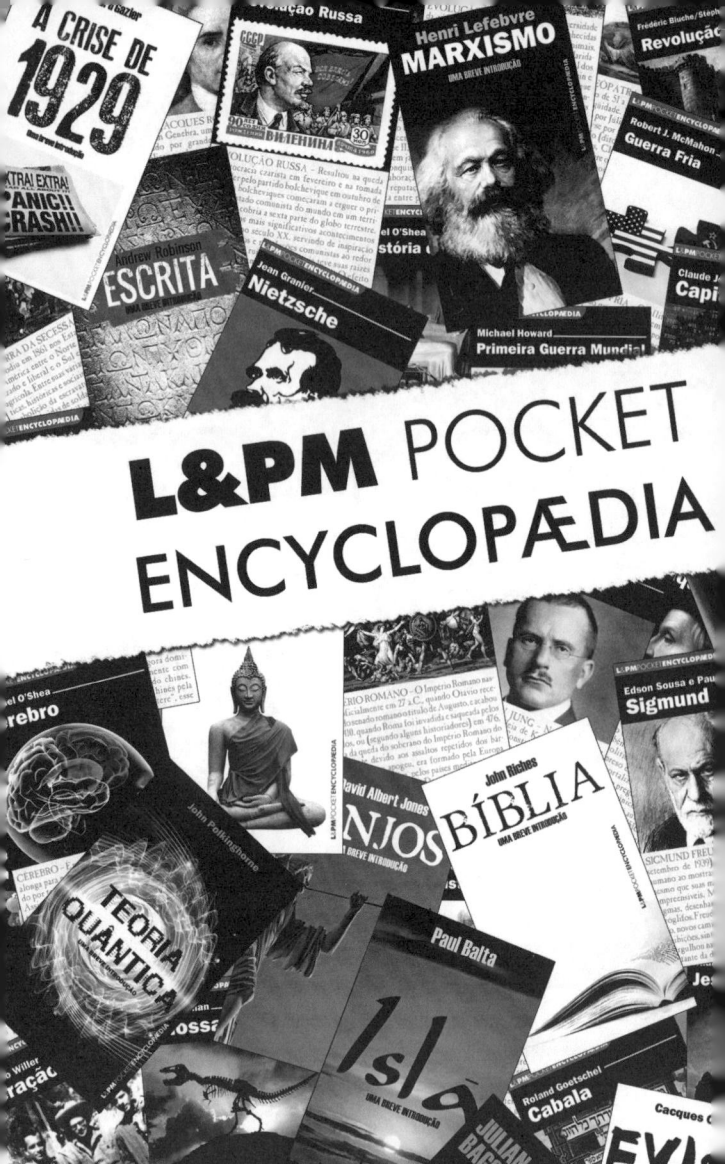

IMPRESSÃO:

Pallotti
GRÁFICA EDITORA
IMAGEM DE QUALIDADE

Santa Maria - RS - Fone/Fax: (55) 3220.4500
www.pallotti.com.br

Biografias
L&PM POCKET

Personalidades que mudaram o mundo agora na palma da sua mão.

Agatha Christie

EM TODOS OS FORMATOS
AGORA TAMBÉM EM FORMATO TRADICIONAL (14x21)

© 2016 Agatha Christie Limited. All rights reserved.

L&PM EDITORES

COLEÇÃO 96 PÁGINAS

Pequenos livros, GRANDES LEITURAS!